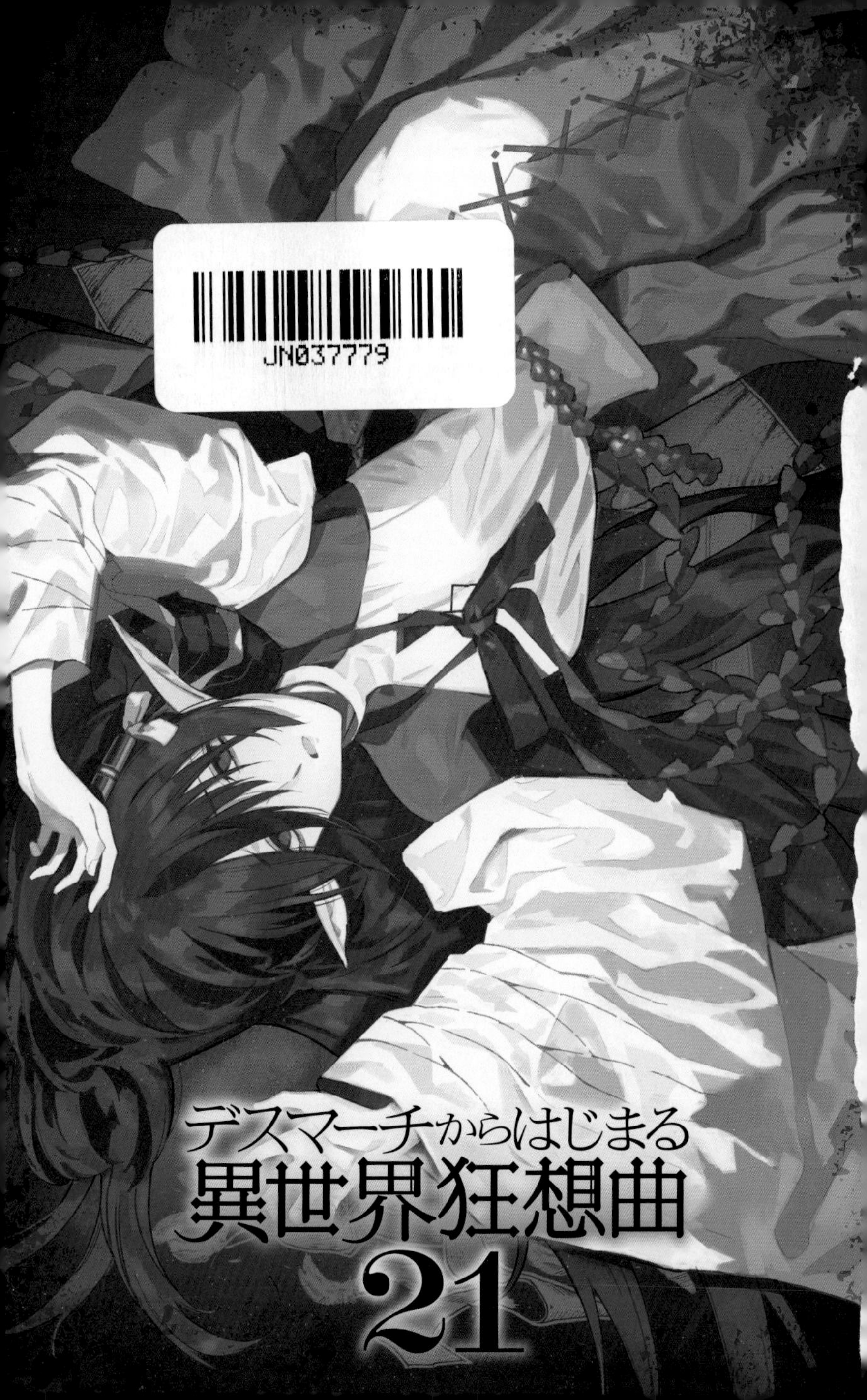
デスマーチからはじまる
異世界狂想曲
21

ナナ
無表情なホムンクルス
ミーア
無口な音楽好きのエルフ
リザ
橙鱗族の少女

ルル
クボォーク王国出身。アリサの姉
アリサ
クボォーク王国の元王女。前世は日本人。金髪のカツラで変装中
貿易港のある西関門領のバザールを満喫中！

「才ある者」の里で忍術修行！
……のはずが
元から規格外すぎて!?
ポチ
犬耳族の少女
タマ
猫耳族の少女
サトゥー
異世界に迷い込んだ
アラサープログラマー

デスマーチから
はじまる
異世界狂想曲
21

★★★

愛七ひろ

Death Marching to the
Parallel World Rhapsody

Presented by Hiro Ainana

口絵・本文イラスト
shri

装丁
coil

C O N T E N T S

Death Marching to the Parallel World Rhapsody 21

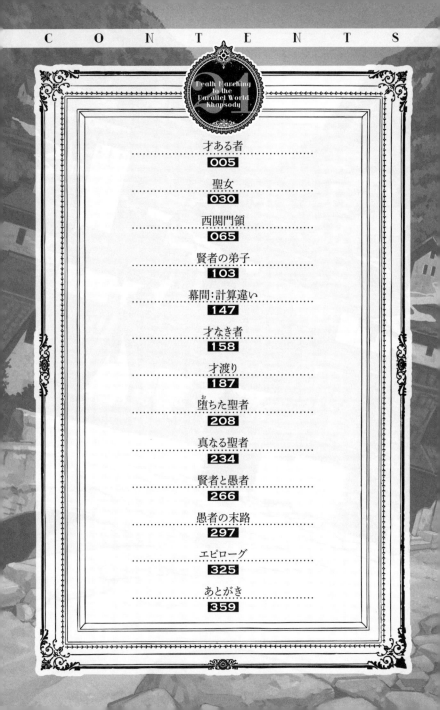

才ある者

〝サトゥーです。頭角を現した人に「才能がある」なんて表現をしますが、生まれ持った才能だけが全《すべ》てという考えには賛同できません。才能を磨き上げたのは本人の努力だと思うからです。〟

「賑《にぎ》やか」

パリオン神国の中心街に犇《ひし》めく人達を見て呟《つぶや》いたのはエルフのミーアだ。

今日は周囲に溶け込めるように、パリオン神国の民族衣装を身に纏《まと》っているが、くるりと振り向いた拍子にベールがめくれ、ツインテールにした淡い青緑色の髪とエルフの特徴である少し尖《とが》った耳が覗《のぞ》いた。

「ぱっれーど～？」

白い髪をショートにした猫耳猫尻尾《しっぽ》の幼女タマがオレの身体《からだ》をよじ登って、賑やかな人混《ひとご》みの向こうにパレードを見つけた。

「輿《こし》の上にいるのは聖剣のヒトなのです！」

知り合いを見つけて興奮した声を上げたのは、茶色の髪をボブカットにした犬耳犬尻尾の幼女ポチだ。

彼女が見つけたのは、パリオン神殿の騎士にして聖剣ブルトガングの担い手であるメーザルト卿《きょう》だ。勇者ハヤトの魔王討伐に参加した功績でパレードを行っているのだろう。

「パレードは盛大だと告げます」

無表情な顔で呟いたのは、金髪巨乳美女という見た目をした生後一年強のホムンクルスであるナナだ。ポニーテールに結い上げた髪に着けたパリオン神国風のアクセサリーが、シャラシャラと風に揺れる。

「断ったのはもったいなかったかしら？」

不吉と言われる紫髪を金髪のカツラで隠した幼女アリサが、ナナにリフトアップしてもらってパレードを眺める。

オレ達にもパレードのオファーがあったのだが断った。

メリーエスト皇女を始めとする従者一行も断っていたし、オレ達だけ受けるのも変だからね。

その従者達も、今朝早くにオレ達やパリオン神国のお偉いさん達に見送られて、次元潜行船ジュールベルヌに乗ってサガ帝国へと帰還した後だ。

「アリサはああいうのが好きだものね」

うふふと上品に微笑《ほほえ》んだのは、アリサの姉で傾城《けいせい》という言葉が逃げ出しそうなほど超絶的な美貌《びぼう》を持つ和風の黒髪美少女ルルだ。

アラビア風に似たパリオン神国の民族衣装もよく似合っている。

「ですが、勇者様や従者様方が不参加なのに、私達が参加するのも僭越《せんえつ》ではないでしょうか？」

りりしい表情で控えめに意見したのは橙鱗《とうりん》族のリザだ。首元や手首にある橙《だいだいいろ》色の鱗《うろこ》が、パリオン神国の日差しを反射してキラキラしている。

「それもそっか——あっ。行列が前を通りそうよ」

アリサが軽く嘆息した後、パレードの行列が大通りから大聖堂前へとやってくるのを指摘した。

見ているうちに行列が接近し、輿の上の騎士メーザルトと目が合った。

「むぅ？」

「ご主人様ってば、睨《にら》まれていたわね」

魔王戦で倒れた騎士メーザルトから、勝手に聖剣を借りたのを怒っているのだろうか？

「逆恨みですね。恨むなら、魔王と対等に戦い続けられなかった己の未熟さを恨むべきです」

「イエス・リザ。メーザルトは危地から救出された恩を忘れていると指摘します」

厳しい意見が仲間達から出ているけど、魔王戦ではサガ帝国の黒騎士リュッケンと一緒にけっこう頑張っていたと思う。

「リザも鎧《よろい》じゃなく、民族衣装を着れば良かったのに」

「私はご主人様の護衛ですから」

リザがキリリとした表情で言う。

彼女だけは民族衣装風のベールの下に目立たない軽鎧を着込み、布で巻いた魔槍《まそう》ドウマを手にしていた。

白銀鎧は町中で使うには派手すぎるし、整備が必要なのでストレージに回収してある。

「調整した槍《やり》はどうだい？」

「まだ少し試しただけですが、素晴らしいとしか言いようがありません。早く強敵と相まみえたいです」

リザが闘志を瞳《ひとみ》に宿して拳《こぶし》を握りしめる。

魔王の側近クラスだと魔槍ドウマの力不足が際立つので、彼女の許可を得て「竜の牙《きば》」の欠片《かけら》と融合してみたのだ。

死霊魔法の「骨加工《ボーン・クラフト》」だと完全な融合はできなかったので、穂先の辺りに薄くコーティングしてある感じだ。迷宮下層の邪竜親子のモノだけど、十分に攻撃力が改善された。

その試作で作った竜牙《りゅうが》コーティングの竜爪《りゅうそう》短剣はストレージに死蔵してある。改良が進んだら、皆《みんな》の分も作ろう。

「そのうちチャンスを作ってあげるよ」

「はい、ご主人様」

魔王クラスとそう何度も会うわけはないけど、内海沿いには大型の魔物も出るだろうし、手頃《てごろ》なのを見つけて戦わせてあげよう。

「ご主人様、屋台があるのです！」

「いい香り〜？」

「ちょっと摘《つ》まんでいこうか」

「わ〜い」

「なのです！」

仲間達と買い食いしつつ、聖都の空港へと向かう。

空港にいる生成りの民族衣装を着た人達の中に、砂色の肌をした元気な少年がいた。

「貴族様ー！」

彼は「ライト」という英語っぽい現地語の名前で、現地では珍しいという「イユースァク」という名の父親を捜して、隣国からパリオン神国までやってきた行動力のある少年だ。ちょっとした縁からオレが後見人となって彼を聖都へと連れてくる事になった。

今は賢者の紹介で、彼の父親がいるという「才ある者」の里へと向かう事になっている。

彼は修行の里と言っていたが、役人の話だとそれは通称で、「才ある者」の里というのが正式名称らしい。

彼は「直感」というレアスキルを持っており、その才能を見込まれて「才ある者」の里にスカウトされたのだ。

「見送りに来てくれたのか？」

「いや、里まで一緒に行くよ。これでも君の後見人だからね」

ちゃんとした場所か確認する義務くらいあるだろうし、「才ある者」の里っていうのもちょっと興味がある。

「それじゃ、貴族様もひきーてーに乗るのか？　おいら空飛ぶ乗り物なんて初めてだ」

ライト少年が周りの子供達と同じキラキラした目で飛空艇を見つめる。

フルー帝国時代の遺物という縄文土器風の船体に、帆船のマストみたいな翼を左右に生やしていた。

前は四隻あったが、今は一隻だけが空港の桟橋に係留されている。

あれがオレ達を乗せて「才ある者」の里へ行く飛空艇だろう。

「皆さん、そろそろ出発いたします。飛空艇に乗り込みますよ」

神官服を着たおっとりとした中年男性がライト少年達に声を掛ける。彼が責任者らしい。

ライト少年達を「才ある者」の里に送る責任者は、オレ達の同行に難を示したが魔王討伐の褒賞としてザーザリス法皇から貰《もら》ったタリスマンを見せたら、平伏せんばかりの態度に変わってオレ達の同行を許可してくれた。

タリスマンはよっぽど権威ある品だったのか、旅の間ずっと下にも置かぬもてなしで、ちょっぴり居心地が悪い。

「それにしても遅い飛空艇ね」

「まあ、風魔法使いが補助する以外は風任せみたいだし、こんなもんじゃないかな?」

「ん、風弱い」

確かに遅いけど、今でも一般的な馬車の三倍から五倍くらいの速度がある。

「でも、加速用の噴射システムくらいあるわよね？　船尾に噴射口だってあったし。どうして使わないのかしら?」

アリサが首を傾《かし》げる。

「燃料の節約の為《ため》ですよ。パリオン神国では魔核《コア》が貴重なのです」

さっきまで興奮する子供達を宥《なだ》めていた責任者が、アリサの疑問に答えてくれた。

「最近は魔窟《まくつ》に現れた魔王の下僕である砂塵《さじん》兵を討伐した事で魔核が豊富にありますが、それは異例な事なのです。本来のパリオン神国はパリオン神の御力で魔物が少なく、魔核を得る為には国外にある魔物領域に行って集めるか、商人達に輸入させるしか入手方法がありませんでしたから」

そう説明した後、彼は燃料節約の工夫について話してくれた。

推進力を風に頼っているだけでなく、空力機関も最低限で済むように、貨物スペースの半分に軽い空気を入れた気嚢《きのう》を詰めて機体の浮力を補助しているそうだ。昔は水素を使っていたようだが、今は錬成された安全な気体を使っているらしい。

「へー、エコね。運用コストが下がるなら使い道も多そうだわ」

「えこえこ～？」

「い、い、い、えこはとっても偉いのですよ」

タマとポチがアリサの言葉を拾って、難しい顔でこくこくと頷《うなず》く。

パリオン神国は魔窟周辺以外は飛行の邪魔になる魔物がいないから、遅い飛空艇でも国内輸送になら問題なく使えそうだ。

オレ達は窓外を眺めつつ、ライト少年達と雑談に興じた。

やがて平坦《へいたん》な荒野から、丘陵地帯へと至り、ついには峻厳《しゅんげん》な山々が連なる奥地へと風景が変わっていく。

「到着～？」

「ごーるなのです」

山奥にある村近くの広場に飛空艇が着陸する。

「ここが『才ある者』の里？」

村と言うには大きいが、街と言うには小さい微妙な規模になっている。

「普通だと告げます」

「いいえ、ナナ。あの山をご覧なさい」

「イエス・リザ。不思議だと告げます」

リザが指摘したように、村の背後にある山の斜面だけが不自然なほど緑豊かだ。

きっと、賢者が何か緑地化の実験でもしているに違いない。

「それにパリオン神国にしては外壁が高いですよ」

ルルが言うように、五メートル近い壁というのは聖都以外では見た事がない。

この辺りには魔物か危険な獣でもいるのかもしれないね。

着陸した飛空艇から降りると、活気ある喧噪《けんそう》が耳に届いた。

「活気」

「はい、賑やかな村ですね」

通りを行く人達は忙しそうに足早だし、大きな声が家々から聞こえてくる。

「武術も盛んなようです」

リザが言うように、遠くから武術訓練のものらしき掛け声もしていた。

「貴族様！　おいら登録するんだってさ」

ライト少年と一緒に村役場へ行き、彼が登録作業をしている間にオレは彼の父について尋ねてみる事にした。

マップ検索だと、村周辺のマップにいなかったからだ。

「イユースァク、ですか？　少しお待ちを――」

神官服を着た役場の女性が、分厚い台帳をめくりながら名前を探す。

「――半月ほど前から鉱山に出張していますね。神官の手伝いとして向かったようです」

そういえばライト少年の父親は、万人を癒《い》やすザーザリス法皇のユニークスキル「万能治癒《ヒール・オール》」と似た力を持つとライト少年が言っていたっけ。

「その鉱山への道を教えていただけますか？」

「申し訳ございません。こちらは賢者様か法皇猊下《げいか》の許可を受けた者しか訪れる事ができないのです」

申し訳なさそうに言う女性に、例のタリスマンを見せてお願いしてみたが、脂汗を流すほど恐縮していたにも拘《かか》わらず許可は下りなかった。

まあ、機密性の高い場所なら無理は言えないか。ライト少年の父親はあと一〇日くらいで里に帰って来るらしいしね。

「貴族様ー！　登録終わったよ！」

ライト少年に父親の事を伝えると、「あと一〇日で父ちゃんと会えるんだね。へへっ、なんだか待ち遠しいや」と言って鼻の下を擦《こす》っていた。

「ライト君は君かな？　君の導師に会わせます。ついてきてください」

「分かった！　貴族様も一緒でいいか？」

「貴族？」

村役場付きの神官が不思議そうな顔でオレを見たので、「彼の後見人です」と補足した。

「後見人ですか。高位神官の中には、付き人に様子を確認させる者もいます。他国の貴族の方は珍しいですが、後見人という事ならばよろしいでしょう」

のっぺりした表情でそう告げると、神官はオレ達の同行を許可してくれた。

「こんこんこん～？」

「きんこんかんなのです」

目的地に行く途中の広場では、三〇人ほどの男女が幾つかの集団に分かれて模擬戦をしていた。

「教師はなかなかの腕前ですね」

「イエス・リザ。生徒をよく見ていると称賛します」

修行をする者の中には突出した人物はいなかったが、誰《だれ》一人手を抜く事なく真面目《まじめ》に取り組んでいる。それを指導する教師の方はリザやナナが褒めるように、生徒の間を練り歩きながら、悪い癖を矯正し、コツを教えているようだ。

「音楽」

「この辺りの民族楽器かしら？」

「変わった音色ですね」

練習中らしく同じフレーズが繰り返されている。

リズムが合ってない者もいて、ちょっと親近感が湧《わ》く。

「ちょーこく～？」

「陶器《トーキ》や木工《モッコー》の人もいるのですよ！」

あちこちに修行をつける工房があるので見ていて楽しい。

「ねぇねぇ、ご主人様」

アリサがオレの袖《そで》を引いて耳打ちしてきた。

「なんだか変じゃない？」

「何が？」

「鑑定してみて」

言われて生徒を鑑定してみたが特に変なスキルを持つ者はいない。

その事をアリサに伝えると、我が意を得たりとばかりに頷いて言葉を続けた。

「『才ある者』を集めているにしてはスキルのない子が多くない？　見た感じ、才能やセンスに溢《あふ》れる風でもないしさ」

「ああ、そういう事か――」

言われてみれば、総じて熱心ではあるものの「才ある者」とは思えない生徒が多かった。優秀な教師が多いせいで、余計にそう思えるのかもしれないけどさ。

「ここが君の修行場所です」

そんな事を話している間に、オレ達は目的の場所へと着いたようだ。

ライト少年が案内に促されて建物の中に入っていく。オレ達も案内の神官に続いてお邪魔した。

「やあ、初めまして。名前を聞かせてくれるかな？」

「おいら、ライトって言うんだ。変な名前だけど、父ちゃんの故郷では光っていう意味なんだってさ」

――ふむ、偶然の一致、かな？

ライト少年の父親の名前は日本人っぽくないし、転生者って事はないだろう。今のところ出会った転生者や勇者は必ずと言っていいほど日本人名だったしね。

「良い名前だね。君はどんな『才』を持っているのかな？」

「――才？」

「アルカル導師、彼は『直感』の才を持っております」

言いよどんだライト少年の代わりに、案内の神官がフォローしてくれた。

「そうか、それは珍しいね。ライト君、ここには君と同じように希少で他《ほか》の教室に合わない子が集められている。他人と違うという事は悪い事じゃないから、君を見いだした賢者様を信じて、卑下せず修練に励みなさい。そうすればきっと聖女様にも認められるでしょう」

導師はそう言うとライト少年を教室の子達に紹介し、車座のテーブルに着かせた。

他の子達の自己紹介を聞き流しつつ、教室の子達の邪魔にならないように教室の端に寄って授業参観の保護者のような気持ちでライト少年を見守る。

「おいら、ライトって言うんだ。お前は？」

ライト少年が横に座るハイソな少年に声を掛けた。

「ボクは聖都のユーベル司祭の次男でジジリアーズって言うんだ。その肌は砂人だね」

「そうさ。よろしくなジジリアーズ」

「面白《おもしれ》ぇ、司祭様の息子に初対面でため口を叩《たた》く砂人なんて初めて見たぜ」

あけすけなライト少年の返事を聞いたやんちゃそうな子が口を挟んできた。

口は悪いが育ちは良さそうな少年だ。

「止《や》めなよ、カルカス。この里では俗世の階級や種族は関係ないって賢者様が仰《おつしや》っていただろう。それに聖女様だって――」

「分かってるよ、ジジリアーズ。人は生まれながらに平等に幸せになる権利を持つ、だろ？」

聖女はこの世界で育った人にしては、貴重な考えをしているようだ。

そういえば賢者も獣娘達に偏見がない感じだったっけ。

「俺はお綺麗《きれい》すぎる言葉は苦手だ。賢者様みたいに、主義主張よりも実利を取る考え方の方が好きだぜ」

「なるほど、今度会ったら聖女様にカルカスはそう言っていたと伝えておくよ」

「お、おい、止めてくれよ！　冗談だって！　聖女様のお花畑な考え方も込みで大好きなんだって！　聖女様に嫌われたら、俺はもう生きていけねぇよ」

けっこう酷《ひど》い言い方だ。

少年達の会話を聞いているだけで、なんとなく聖女の人となりが見えてくる。

「聖女様って美人なのか？　おいら興味あるぞ」

「おう、儚《はかな》げですっげー綺麗な人だぜ。白衣に青空を散らしたような聖女衣に、夜を抜き出してきたみたいな黒髪がすっげー似合っているんだ。俺がバカ言っても、厭《いや》な顔をせずに笑ってくれるんだ」

それはちょっと会ってみたい。

「ギルティ」

ミーアがオレの心を読んだように呟《つぶや》く。

浮気をしようというわけじゃないんだし、心の中くらい自由でいたいね。

◆

「それじゃ、オレ達は行くけど、何か困った事があったら手紙を出してくれ。可能な限り力になるよ」

「ありがとう、貴族様。おいらは大丈夫。一〇日もしたら父ちゃんが戻ってくるしな」

オレは教室の前でライト少年と別れる。

本当は何日か滞在するつもりだったのだが、聖都からザーザリス法皇の招待状を携えた早馬が来て予定が変わった。

法皇からの手紙には、サガ帝国の一行を労《ねぎら》うザーザリス法皇主催の祝宴を開くから、オレにも参加してほしいと書かれてあった。魔王討伐で魔窟に同行していたサガ帝国の一行が聖都に戻ったのだろう。

ご丁寧に出迎えの大型馬車付きだ。

馬車だと聖都まで時間が掛かるから、途中の村か街で一泊する必要がありそうだ。

オレ達は里の食堂で遅めの昼食を取ってから出発する事になる。

この近くに炭酸泉があるらしく、食堂では水ではなく冷たい炭酸水が供されているそうだ。

「……あんまり美味《おい》しくないわね」

「肉は入ってないけど、不味《まず》くはないのです、よ？」

アリサやポチが言うように、一般食堂で供される食事は微妙だった。

「ここは無料の代わりに、修行する奴《やつ》らが練習で作った食事が出るからな。美味《うま》い物が喰《く》いたきゃ、教官用の食堂に行きな。そっちは調理教室の導師や上級生が作っているから美味いぜ」

「才能があっても修行しなきゃ上手《うま》くならないのさ」

「そうそう『新月の行』の連中も――」

「――おいっ」

何か失言でもしたのか、気持ちよく喋《しゃべ》っていた男が横の男に掣肘《せいちゅう》されて口を閉ざした。

たぶん、この里の者にしか言ってはいけない、秘密の修行なり儀式なりがあるのだろう。

ちょっと気まずい空気になってしまったが、すぐに一人の男が「賢者様に！」と言って炭酸水の入った杯を掲げると、別の男が「麗しの聖女様に！」と言って杯を掲げ、すぐに賢者や聖女の名を称《たた》える乾杯が巻き起こった。

よく分からないノリだだが、重い空気が払拭《ふっしょく》されて良かった。

オレ達は手早く食事を済ませ、村の入り口にいるという送迎馬車の方へと足を向けた。

「ばーろう！　ここはきちっと最後まで気を抜くな！」

「だけど、親方――」

「口答えすんな！　賢者様の教えなんだよ！」

「――分かった。やる」

細い街路を進む間に、工房の中から導師と生徒の声が聞こえてくる。

「砂人なんかとやってられるか！」

「黙れ、小僧！　賢者様が見ていらっしゃるのは『才』だけだ！　人種なんて関係ないんだよ！

一緒にできないなら、今すぐ里を出て行け！」

新人の中には差別意識が残っているみたいだけど、賢者の薫陶を受けた導師達には人種差別なんかはないようだ。これなら差別されやすい砂人のライト少年を安心して預けられる。

「さあ、皆さん。今日も聖女様に感謝を捧《ささ》げましょう」

礼拝所みたいな場所で女性神官っぽい人がお祈りをしている。

パリオン神の聖印があるからパリオン神殿だと思うけど、彼女達が祈りを捧げる相手は聖女らしい。

聖女を通してパリオン神に祈っているのかな？

「マスター、馬車を発見したと報告します」

「豪華」

村の入り口に止まっていた送迎馬車は、聖都で司祭以上の上級神官が乗っていたような豪華な物だった。六頭引きの馬車は初めてかもしれない。これなら移動中にお尻《しり》が痛くならずに済みそうだ。

◆

「はらぴこ～？」

宿泊予定の街が近付いた頃《ころ》、窓の外を眺めていたタマが呟いた。

「もうお腹《なか》が減ったのかい？」

「違う～」

タマがそう言って馬車の外を指さす。

バオバブのような見た目の樹木が作り出す日陰に、幾人もの砂人らしき人達が座り込んでいる。

「単に涼んでいるだけじゃないの？」

アリサが言うように、人々が休憩する木陰の方から涼やかな風が流れてくる。

乾いたパリオン神国では珍しい湿気を帯びた風だ。樹木の周りには背の低い雑草や苔《こけ》が生えており、緑の絨毯《じゅうたん》のように見える。

「でも、ガリガリ～？」

「なんだか元気がないのです」

マップで確認すると状態が「空腹」の人が多く、希《まれ》に「飢餓」の人までいた。

後で街の神殿に食料を提供して、彼らに炊き出しでもしてもらおう。

「不作なのかしら？」

「でも、あっちの畑は実ってますよ」

ルルが指し示す畑には、黒っぽい葉っぱが一面に生えている。

AR表示によると「ニルボグ」という野菜らしい。聖都では見かけなかった野菜だ。

木陰に座り込む人達の所に、取り巻きを連れた血色の良い人族の男が肩を怒らせてやってきた。

「この砂人め！　休まず働け！」

「だ、旦那《だんな》様。腹が減って動けない――」

「やかましい！　昨日もニルボグを喰わせてやっただろう！」

労働者らしき砂人の男性は奴隷ではないようだが、それに似た扱いを受けていた。

「……あんな不味いもん、食料じゃねぇよ」

「なんだと！」

砂人が漏らした呟きを聞きつけて人族の男が激高した。

「お前達が涼御樹《すずみじゅ》を切らせぬから、ニルボグを育てるはめになっておるのだろうが！　ニルボグが厭なら、今すぐ作物を枯らす厄介者の木を切り倒してくれるわ！」

涼御樹とやらの周辺にも雑草や苔は生えているし、涼御樹が有毒物質を分泌するとかではなく、普通の農作物よりも土中の水分を吸い取る力が強いんじゃないかと思う。

「や、止めてくれ！」

「涼御樹は俺達の守り神なんだ！」

「絶対に切っちゃなんねぇ！」

砂人達がふらふらと立ち上がり、涼御樹を守るように立つ。

一触即発の雰囲気だったが、取り巻きが男を宥《なだ》めて事なきを得ていた。

「ふん、涼御樹を切られたくなくばニルボグで我慢しろ！」

男がそう吐き捨て、砂人達が追い立てられるように農作業へと戻っていく。

「そうだ働け、働け！　これも修行だ！　徳を積みパリオン神の祝福を得られれば、お前達も来世は人族に生まれ変われるかもしれんぞ」

男がとんでもない差別発言をする。

酷い言い草に、アリサが腕まくりをして馬車を飛び出していこうとしたので、なんとか宥めて押しとどめた。

「――まったく！　人種差別が少ない国だと思ってたけど、全部ってわけじゃないのね」

アリサが残念そうにぼやいた。

二一世紀の地球でも差別は根絶できていなかったし、人が人である限り難しいのかもね。

「街の中も同じか～」

聖都の繁栄からは想像も付かないほど、地方都市には裕福さがない。

重労働をしているのは砂人を始めとした亜人ばかりで、神官を始めとした人族に修行と称して酷使されるのを何度か見かけた。特に砂人の扱いが悪い。

「立派な神殿ですね」

「う～ん、悪徳神官のかほり」

パリオン神を冠する国なんだし、庁舎を兼ねた神殿が立派なのは不思議じゃないと思う。

「ようこそおいでくださいました。質素ですが夕餉《ゆうげ》もご用意いたしました。ぜひとも食事の席で魔王討伐のお話を聞かせていただければ幸甚です」

腰の低い聖区長に出迎えられ、愛想のいい神官に案内されて上級神官向けの宿舎に腰を落ち着けた。

「シガ王国にある貴族向けの宿より豪勢ね」

「綺麗な彫刻～？」

「ん、雅《みやび》」

タマとミーアは家具や柱に施された彫刻が気になるようだ。

「では夕食までお寛《くつろ》ぎください。何かございましたら、この鈴を鳴らしていただければ、私か部屋付きの見習い神官が参りますので、ご遠慮なくお申し付けください」

この神官は他人種に偏見がないのか、獣娘達やミーアを見ても態度を変える事なく接してくれている。この人なら信用できそうだ。

「貧困層の人達に炊き出しをしたいのですが、聖区長か神殿長に許可を取る事はできるでしょうか?」

聖区長というのはシガ王国で言う「守護」や「太守」の事だ。

「貧困層というと、砂人や他《ほか》の少数種族も、ですね?」

神官が声を潜めて尋ねてきたので首肯する。

「難しいですか?」

「はい、聖区長も神殿長も人族至上主義派閥の方ですので……」

「神殿に寄付をしても無理かしら?」

アリサがひょこっと顔を出して神官に尋ねる。

「それなら可能ですね。お二人とも来たるべき聖都勤務の為《ため》に、色々とご入り用でしょうから」

金で解決できるなら簡単だ。

オレは神官に神殿への寄付として金貨の入った小袋を渡す。彼にもいくらか渡そうとしたのだが、そちらは不要だと拒否されてしまった。全員が生臭坊主というわけではないようだ。

しばらくして許可を取ってきてくれたので、彼が手配してくれた人達に炊き出しの食材と手間賃を渡す。小銭だったが、神殿の下働きの人達は喜んで受け取ってくれた。見知らぬオレ達が炊き出しを行うよりも、神殿の人達が行った方が炊き出しにも手を出しやすいだろうしね。

そろそろ晩餐《ばんさん》の時間が近いという事で、仲間達は先に部屋に帰して身支度をさせる。

同席する神官達は人種差別をする人が多いという事なので、晩餐に参加するのはオレとナナの二人だけだ。残りのメンバーは部屋に食事を運んでもらう事になっていた。

「差別は根強いと告げます」

ドレスアップしたナナが移動中に呟いた。

「砂人差別は魔王の尖兵《せんぺい》だった砂塵《さじん》兵の存在で加速したのもありますが、パリオン神国成立以前に人族を襲う蛮族だった影響も大きいのですよ」

神官が苦笑しながら、砂人差別の理由を教えてくれた。

セーリュー市の獣人差別と似たような理由だ。

食堂には聖区長以外の神官達が既に揃《そろ》っていた。

「ようこそペンドラゴン卿《きょう》、そちらは細君かな？」

ホスト席の神殿長が両手を広げて歓迎してくれる。

「初めまして、神殿長殿。こちらのナナは妻ではなく私の家臣です」

「おおっ、そうかそうか。さすがは大国の上級貴族だけあって、家臣もお美しい」

神殿長とは初見だったが、神官経由の寄付が効いたのか非常に友好的だ。

聖区長が最後に入室して晩餐が始まった。

神殿の夕飯は貧しい街の様子とはかけ離れた豪華なものだ。メニューは聖都の宿舎で何度か見かけた事があるる料理がほとんどだが、なかなか手間暇掛かったものが多い。

それぞれの席には、見目麗しい見習い神官の少年少女が後ろに付いて給仕をしてくれている。ここにいるのは清貧を良しとするはずの聖職者ばかりだが、仕立ての良い神官服や高価な装飾品をじゃらじゃらさせている様は、まるで貴族と見紛《みまが》うばかりだ。

彼らには思うところがあるが、歓待してくれている相手に嫌みを言うのも大人げない。

オレとナナは神官達に乞《こ》われるままに勇者による魔王討伐を語る。リップサービスで彼らが欲しているであろう神殿騎士達の活躍話を増量しておいた。


「おかり〜？」

「お帰りなさいなのです」

晩餐を終えて部屋に戻ると、微妙な香りの料理が鎮座していた。

「一皿しかないけど、これが夕飯だったのか？」

「あはは、違うわよ。ちゃんとご馳走《ちそう》が出たわ」

アリサによると、夕飯にニルボグという野菜が使われていなかったので、試しに調理してもらったそうだ。

「見た目は黒いニンジンみたいだと告げます」

「なかなか勇気がいる見た目ですよね」

ナナが箸《はし》でつんつんと突《つつ》くと、それを見たルルが苦笑した。

「これから実食なの。ご主人様も一緒に食べましょう」

食欲をそそらない香りだが、味見くらいはしたいし、怖いもの見たさ半分で箸を付けた。

「――うげっ、ガボの実みたいな味ね」

アリサが言うように、シガ王国で作られている激マズなファンタジー野菜のガボの実とどっこいどっこいの不味《まず》さだ。苦みとえぐみがタップダンスを踊るような味はなかなかない。

世話役の神官によると、ガルレオン同盟から輸入した救荒野菜の一種で、それだけを食べていても病気にならない栄養食でもあるとの事だ。

どんな痩《や》せた土地でも育ち、この街の貧困層の主食になっているらしい。

「こんな野菜が主食なんて、なかなか辛《つら》そうね」

「まったくだ」

パリオン神国では都市核《シティ・コア》の力を、農作物の育成ではなく魔物の排除に偏らせているのかもね。

せめてニルボグを美味《おい》しく食べられないか研究する為に、小麦と交換でニルボグを少し分けてもらった。パリオン神国滞在中に、ちょっと研究してみよう。ガボの実みたいな栄養剤用途もアリかもね。

オレはそんな事を考えながら、白銀鎧《よろい》の整備の為に一人でボルエナンの森へ来ていた。

雰囲気ブレイカーの羽妖精《ようせい》を躱《かわ》してアーゼさんと僅《わず》かな逢瀬《おうせ》を楽しみ、白銀鎧の整備の為に借りっぱなしの研究所へと向かう。

「――あれ？」

ストレージから白銀鎧を取り出そうと検索したら、二〇着近い白銀鎧がリストに並んでいる。

「どういう事だ？」

そう考えた瞬間に自分が大ポカをしていた事に気付いた。

魔王戦前にアリサ達の公開装備として白銀鎧を作ったが、その前にエコノミータイプとも言うべき白銀鎧を紅革鎧と一緒に作っていたのだ。

「まあ、いいか……」

エコノミータイプは魔王戦で使うには少し心許《こころもと》ないし、問題なかった事にしよう。こっちはサイズを調整してナナ姉妹達やカリナ嬢に使ってもらえばいいだろう。

大人用のフレームが足りないので追加が必要だし、ゼナさん用のも作ろうかな？

オレは仲間達の白銀鎧を整備しつつ、エコノミータイプの追加フレームの製造と魔法回路《サーキット》の調整を並行する。もちろん、いつものように名前を変更してからだ。認識阻害回路が優秀なのでごく一部の者にしか作成者名が読み取れないから、不要な気がするけどさ。

一心不乱に作業を進め、全《すべ》てが終わる頃《ころ》には夜が明けていた。

時差もあるし、アーゼさんと朝食を楽しんでから戻るとしよう。

聖女

〝サトゥーです。聖女と聞くと「女性の聖人」ではなく、聖属性魔法が得意な術者や優れた回復役のようなイメージをしてしまいます。きっと漫画やゲームの影響に違いありません。〟


「ご主人様、聖都に到着いたしました」

リザに告げられて、馬車が止まっているのに気付いた。馬車での移動時間を利用して貧困対策を考えているうちに聖都に到着したようだ。

聖堂前が混雑していたので、手前で降りてそこからは徒歩で進む。

「怪我《けが》人が多いですね」

「今日は法皇の癒《い》やしの日なのかしら？」

そんな日が制定されているかは知らないが、聖都に初めて訪れた日と同様に、怪我人や病人が聖堂前の広場に集結している。

「出てきた～？」

「法皇の人なのです」

垂れ布を四方に掲げたザーザリス法皇が大聖堂から出ていた。

人々が一斉に平伏したので、法皇のいる場所がよく見える。今日も賢者が付き従っているようだ。

布の向こうで青く清浄な光が巻き上がり、その光が周囲へと広がっていく。

光とともに布がはためき、白髭《しろひげ》が豊かな法皇の顔が見えた。気のせいか、疲れた顔をしている。

法皇は老齢だし、ユニークスキルの行使が負担になっているのかもしれない。

「気持ちいい」

「旅の疲れが取れますね」

ミーアとルルが柔らかな光に身を委《ゆだ》ねる。

法皇のユニークスキル「万能治癒《ヒール・オール》」がここまで届いたようだ。

「母ちゃんの火傷《やけど》が治った！」

「息子の熱が下がったぞ！」

光を浴びて怪我や病気が治ったようで、周りの人達が口々に法皇による奇跡を喜び合う。

「ありがてぇ、ほんにありがてぇ」

「法皇様はパリオン神の使徒だぜ！」

「「法皇様、万歳！　パリオン神に栄光あれ！」」

信徒達が法皇に心酔し涙を流しながら万歳三唱を始めた。

「おいら、大人になったら神官になって、法皇様のお役に立つんだ」

「おいらだって！　法皇様の為に頑張るぞ！」

「あたしも！」

遠くで親族を癒やしてもらった少年少女が、退場する法皇に無邪気な顔で言うのを聞き耳スキルが拾ってきた。

垂れ幕の隙間《すきま》からチラリと見えた法皇は、疲労困憊《こんぱい》の様子だったが、自分を慕う子供の純粋な気持ちが嬉《うれ》しいのか、優しい顔で目を細めていた。

退場中によろめいて賢者に支えられていたけど大丈夫なのかな？

◆

「『天空の間』も久々ね」

その日の晩、オレ達は大聖堂の最上階にある「天空の間」に来ていた。

法皇主催の祝宴に参加する為だ。

「でも、宗教施設の中でパーティーなんて、なんだか変な感じね」

「教会の結婚式も教会の庭先でパーティーをしたりするじゃないか」

大抵は結婚式場の中にある教会の庭先だろうけどさ。

「いい匂《にお》い～？」

「どんな料理があるか今から楽しみなのです」

「山羊《やぎ》肉の料理が多いようですね」

晩餐会は「天空の間」で法皇の祝辞が終わってから、一階下の大広間で行われるようだ。下の階から微《かす》かに届く料理の匂いに獣娘達が興味津々の顔で鼻をスンスンさせている。

「楽器」

ミーアが部屋の一角で準備をする音楽隊を見つけた。

「なんだか凄《すご》い楽器ですね」

「ハープを二つくっつけてハート型にしたみたいな楽器ね。弦の数が凄いわ」

「音色が気になると告げます」

ミーア、ルル、アリサ、ナナの四人が音楽隊の方に向かう。

オレも一緒に行きたかったが、他《ほか》の招待客との挨拶《あいさつ》があるので我慢した。

「サトゥー殿！　ここにおられたか」

そう言って現れたのはサガ帝国の侍で、ポチとタマが懐いていたスィン・カァーゲ流免許皆伝のカゥンドー氏だ。

彼の後ろには同じくサガ帝国の侍でジィ・ゲイン流免許皆伝のルドルー氏がいた。

「お二人は今日戻られたのですか？」

この二人はサガ帝国の黒騎士リュッケンと同様に、勇者ハヤト一行やオレ達と一緒に次元潜行船ジュールベルヌで一度帰還していたのだが、彼らが指揮するべき偵察部隊を魔窟《まくつ》に置き去りにしていたので、帰還を援護する為《ため》に魔窟まで迎えに行っていたのだ。

「いや、戻ったのは昨日だ」

なんだかお疲れのようだったので、部隊の退却が大変だったのか尋ねてみたら――。

「帰還作業は問題なかったのだが……」

言葉を濁す彼らの言葉の端々から理由が分かった。

どうやら、彼らの上司である黒騎士リュッケンが、帰還作業を彼らに押しつけて高速飛空艇でサガ帝国に帰還しようとするのを止めるのが大変だったようだ。

「皇帝陛下に魔王討伐を奏上する栄誉に浴したいのであろうが……」

遠征していた自分の部隊を捨て置いて先に戻るのは、ちょっと無責任すぎるからね。

「これはこれは魔王に叩《たた》きのめされて伸びていた神殿騎士殿ではないか。貴公に使われては聖剣が不憫《ふびん》でならん」

「なんだと！　錆止《さびど》めの分際で、聖なるパリオン様の騎士を愚弄《ぐろう》するか！」

大声で口論する声が届いた。

黒騎士と聖剣使いの神殿騎士メーザルトが口喧嘩《くちげんか》をしているようだ。本当にこの二人は仲が悪いね。

「……またか」

「祝宴の間くらい顔を合わせない努力をしてほしいでござる」

侍二人が顔を見合わせてげんなりとした顔になる。

それでも放置するわけにはいかないのか、溜《た》め息《いき》を一つ吐《つ》いた後、口論の場へと足早に歩いていく。

侍二人に押さえられた黒騎士と神官達による人の壁で制された聖剣使いが物理的に引き離されて、会場の端と端に追いやられた。

これならしばらくは大丈夫だろう。

微妙な空気を払拭《ふっしょく》しようと、音楽隊がパリオン神国の民族楽曲を流し始めた。町中でも聞いた事があるが、遥《はる》かに洗練されているし心に訴えかけてくる迫力がある。

特にミーア達が気にしていたハート型のダブルハープを弾く奏者が凄い。

彼女はパリオン神殿の巫女《みこ》で、「奏聖ソルルニーアの弟子」という称号を持っていた。なんとなくエルフっぽい名前の人が師匠らしい。

「さすがはフルー帝国時代の聖楽器ですね」

「ええ、歴史を感じる音色です」

線の細い神官達がそんな会話をしているのを聞き耳スキルが拾ってきた。

面白い楽器だから入手しようと思っていたんだけど、何百年も前に滅んだ古代帝国の遺品じゃ無理かもしれない。後でレプリカが手に入らないか楽団の人にでも尋ねてみよう。

素晴らしい音楽に耳を傾けているうちに法皇やドーブナフ枢機卿《すうききょう》が到着したようで、サガ帝国の黒騎士や侍二人、さらに偵察隊の隊長達が壇上に呼ばれて式典が始まった。

オレ達も神殿騎士達と一緒に最前列で式典を見守る。

黒騎士や侍二人は既に、勇者一行やオレ達や聖剣使いと一緒に法皇から盛大に賞賛されたはずだが、今回は帰還した偵察隊の指揮官という立場で式典に参加しているらしい。

彼らと同様に魔王討伐の補給や監視を手伝ってくれた神官兵団や賢者配下の諜報《ちょうほう》員なんかは、引き上げが完了する後日に別途行われるそうだ。

ポチとタマのお腹《なか》からリズミカルな音が聞こえ始めた頃、ようやく式典が終わり、神官達の案内で晩餐《ばんさん》会の会場へと移動した。

「食器のヒトがとっても綺麗《きれい》なのです」

「テーブルクロスも素敵～？」

青い糸で刺繍《ししゅう》された真っ白なテーブルクロスの上には、白磁の皿や丁寧に磨かれた銀食器が並び、燭台《しょくだい》に掛けられた照明の魔法の灯《あか》りを受けてキラキラと光を反射している。

「まるで天上の食卓みたいですね」

ルルが嬉しそうに微笑《ほほえ》む。

「名札」

「マスター、座席に名札があると告げます」

「これならどこに座るか迷わずに済みますね」

リザの呟《つぶや》きに少し遅れて、オレ達の案内役の神官が席へと先導してくれる。

法皇や枢機卿に近い席だ。聖剣使いや黒騎士の方が上座なので、すぐ隣というわけではない。聖剣使いと黒騎士は法皇を挟んで反対側のテーブルなので、静かに食事ができそうだ。

「日々の糧を、聖なるパリオン様に感謝して――」

宗教国家らしく、パリオン神への祈りから晩餐会は始まった。

趣向を凝らしたパリオン神国風の豪華なコース料理が次々に運ばれてくる。この宴《うたげ》の為にわざわざ西関門領から運ばれた海産物がふんだんに使われ、美食に慣れた司教や司祭達も感嘆の吐息を漏らしつつ舌鼓を打つ。

「茄子《なす》、美味」

「この焼き色を付けた茄子や野菜の焼き物が美味《おい》しいですね」

「貝殻のソース入れが可愛《かわい》いと称賛します」

土地柄か、新鮮な野菜がご馳走《ちそう》に分類されるらしい。どれも素材を活《い》かした丁寧な調理がしてあって実に美味だ。ヨーグルト系のソースの柔らかな酸味が、独特の味わいを醸し出してくれている。

「鶏肉のオイル焼きも美味～？」

「こっちの細長いハンバーグ先生も美味なのです」

ポチの言う料理は、山羊の挽肉《ひきにく》を棒状にしたつくねのような料理だ。甘辛いタレを塗って焼いてある。

「もう少し歯ごたえが欲しいところですが、これほどのご馳走を前に注文を付けてはバチが当たりますね」

晩餐会場では奇異の目で見られないように、エビや小さいカニを殻ごと食べたりしていなかったから、リザには物足りないのかもしれない。

「アリサは口に合わないかい？」

さっきから静かなアリサに声を掛ける。

「んー、そんな事はないけど、すぐ隣の街で食糧難が起きているのを知っちゃうとさ。何か後ろめたくて」

なるほど、そんな事を考えていたのか。

「ノー・アリサ、食事は美味しく食べるのが、調理された生き物への礼儀だと告げます」

「そうよ、アリサ。後ろめたく感じるよりも、あの人達の為にできる事を考えるのが、いつものアリサじゃない」

「……そうよね。そうだわ！　美味しい料理と対策は分けて考えるべきよね！」

「イエス・アリサ。それが合理的だと告げます」

ナナとルルに諭されて、アリサが元気に食事を取り始めた。

晩餐会の後にでも、アリサと貧困層向けの対策を考えるとしようか。


晩餐の後は、再び天空の間で音楽鑑賞をしながらの歓談となった。

いつの間にか設置された舞台の上では、巫女服の女性達がゆったりとしたリズムのダンスを披露してくれている。露出の少ない服だが、動きがなかなか色っぽい。

「——食事は口に合ったかな？」

グラス片手にダンス鑑賞をしていたオレ達に声を掛けたのは、賢者に付き添われたザーザリス法皇だった。

「ええ、とっても——今日の糧も満足に食べられない民が育てたものだと思うと格別の味でしたわ」

地方の惨状を憂いていたせいか、アリサが珍しく嫌みの針でチクリと法皇を刺す。

本人は悲しい顔をするだけだったが、さすがに周りが黙っていない。

「なんだ、この失礼な娘は！」

「聖下に対し、無礼であろう！」

アリサに怒りを表したのは、さっきから法皇におべっかを言って纏《まと》わり付いていた司祭達だった。

「お待ちなさい。この娘を責めてはいけません。——お嬢さん、あなたの言う通りです」

法皇は怒らないどころか、アリサを糾弾する司祭達を止めた後、腰を落としてアリサと同じ目線に合わせてから真摯《しんし》に語りだした。

「民が満足に食べられない状況で、聖なる教えを人々に伝える私達が、このような贅沢《ぜいたく》をする事は恥ずべき事です。私も常々思うのです。このような集まりで浪費される食物を民草に分け与えられたら、と」

表情や口調からすると、法皇は本気でそう考えているように感じる。

「聖下、急《せ》いては事をし損じます。一つずつ地道に施策を講じていくしか、全《すべ》ての民を豊かにするという聖下の理想は叶《かな》えられません」

賢者が自責する法皇を宥《なだ》める。

「分かっているよ、ソリジェーロ。君が諸国を巡って手に入れたニルボグのお陰で餓死者も大幅に減った。後は難航している魚の養殖事業が軌道に乗りさえすれば……」

例の黒ニンジンみたいな激マズ野菜のニルボグは賢者が手に入れてきた品のようだ。

法皇の理想を叶える為に、色々とやっているようだね。

アリサも同じように考えたのか、法皇に頭を下げて素直に謝る。

「ごめんなさい、よく知りもせずに嫌みな事を言っちゃって」

「いいのですよ。あなたのように意見してくださる方がいないと、私達は知らぬうちに現状に慣れ、憂えるだけで現状を打破しようとせず、怠惰に過ごしてしまうかもしれませんからね」

法皇は鷹揚《おうよう》にアリサの謝罪を受け入れた。

「さすがは聖下！」

「なんとお心が広いのでしょう」

「このジホゥスース、聖下のお言葉に感銘いたしました！」

周りの司祭達が法皇を実のないよいしょで持ち上げている。彼らの脳裏にはアリサの事はもう残っていないようだ。

穏便に終わって良かった――なんて思いながら周囲を確認すると、少し離れた場所で枢機卿が冷めた目で法皇を見守っていた。

彼は法皇の方針や思想を快く思っていないようだ。

「聖下はお疲れだというのに……」

賢者は法皇の取り巻きに辟易《へきえき》しているようだ。

「賢者殿、先ほどは私の家臣が失礼いたしました」

「構わぬ。聖下は既に許されたのだ。それに魔王討伐で活躍した勇士ならば、少しくらいの失態は帳消しにされる」

賢者が軽く流した。特にわだかまりはないようだ。

「先ほど『魚の養殖事業』の事を仰《おっしゃ》っていましたが、何か技術的な問題が？」

「養殖事業に興味が？」

「いえ、何かお力になれればと」

「残念だが、問題は都市単位での魔力の割り振りだ。個人の力でどうにかなるものではない」

都市核《シティ・コア》の魔力問題かな？

魔力炉で補助するにしても、パリオン神国では慢性的に魔核《コア》が足りていないみたいだしね。

「それこそ、身の丈の三倍ほどの巨大な水石《みずいし》を都市の数だけ用意できるなら別だが、それができるなら、そもそも養殖などせずに野菜や穀物を今の何倍も育てられる」

残念ながら、オレのストックにもそれだけ大量の水石はない。

迷宮で大量ゲットした火石《ひいし》や黒竜山脈で手に入れた巨大な風石《かぜいし》や氷石《こおりいし》なら、そのくらいは余裕であるんだけど、他《ほか》のはそれほど集めていないんだよね。

「これ使って～？」

タマが妖精鞄《ようせいかばん》の中から小さな水石を取り出して差し出した。

あれは迷宮の水没エリアか砂糖航路で拾った品だろう。

「……ふむ」

賢者はタマから受け取った水石をしげしげと眺めた後、手首をひねって花に変えてみせた。

「にゅ！」

「石が花に変わったのです！」

賢者の手品にタマとポチが目をまん丸にして驚いた。

「これは忍術だ。やってみるか？」

「あい！」

「ポチもやってみたいのです！」

賢者はそう言って、タマとポチに花と水石を渡す。

目を輝かせるタマとポチだったが、手品の種も知らずに見よう見まねで成功するはずもなく、何度挑んでも失敗だった。

それでも懸命に挑む二人の姿に、周りの大人達も笑顔になる。

微妙な雰囲気だった周りの空気も、二人のお陰で明るいものになったようだ。

「サトゥー殿、ポチとタマは何をしているでござるか？」

「手品ですよ」

「なるほど、言われてみれば――」

サガ帝国の侍であるカゥンドー氏とルドルー氏が、パリオン神国産のフルーティーなワインを傾けながらやってきた。

「カゥンドー～？」

「ルドルーも一緒なのです！」

二人を見つけたタマとポチが、奮闘していた手品を諦《あきら》めて飛んできた。

訓練で仲良くなったので、侍二人に頭を撫《な》でられてタマとポチがご機嫌だ。

「サトゥー殿はこの後、どうされるのだ？」

「サガ帝国に参られるのであれば、我らの飛空艇に同乗されるのをお勧めするでござる」

「申し出はありがたいのですが、私達は西方諸国を巡る仕事がありますので……」

物見遊山で観光するだけだけど、一応、観光副大臣の仕事でもあるしね。

「そうでござるか。それならば、黒煙島の侍大将や修羅山の剣聖殿に会ってみるのはどうでござろう？」

「どういう方達なのですか？」

字面でなんとなく分かるけど、一応聞いてみた。

「それがし達も面識はござらん。侍大将は勇者様でさえ従者にと望まれたほどの強者《つわもの》で、西方で一番腕の立つ侍という事でござる」

「黒煙島はサガ帝国から離反した侍達が集まる里だ。そのせいで、この島では各流派の技が独自の進化を遂げている。ポチのように侍に憧《あこが》れる者ならば間違いなく修行になるだろう」

「それはすごく凄《すご》いのです！　ポチは修行したいのですよ！」

ポチが飛び上がって喜んだ。

「忍者は～？」

「一緒に流れた忍者もいるはずだが、あまり噂《うわさ》は聞かぬな」

「残念～？」

耳をぺたんとするタマの頭を、ルドルーがぐりぐりと撫でる。

「剣聖はどんなヒトですかと問います」

「そちらも会った事はない。先代勇者――ハヤト様の先代に仕えていた従者で、シガ八剣筆頭のジュレバーグ殿の師匠でもあるそうだ」

「ルスス殿とフィフィ殿が『あれは剣聖なんて可愛いものじゃない。剣の化け物――剣鬼だ』と言っていたでござる」

ジュレバーグ氏の師匠で、おまけに勇者ハヤトの従者である虎耳《とらみみ》族のルススと狼耳《おおかみみみ》族のフィフィがそこまで言うなら、かなりの傑物に違いない。

「それはぜひとも手合わせ願いたいですね」

「イエス・リザ。剣聖の剣を受けたいと告げます」

リザが目を爛々《らんらん》とさせて拳《こぶし》を握り、ナナは無表情でリザと同じポーズを取った。

表情はまるで違うが、二人とも剣聖と修行がしたいようだ。

「予定がてんこ盛りね」

「そうだね」

急ぐ旅でもないし、順番に巡ればいいさ。

「むぅ」

「そんな顔しないで、ミーア。西方諸国には『賢者の塔』っていうのがあるらしいし、そこで新しい魔法がゲットできるかもよ」

「興味」

頬《ほお》をふくらませていたミーアが、アリサの話を聞いて興奮気味に頷《うなず》いた。

この国の賢者ソリジェーロと関係があるのか分からないけれど、オレも「賢者の塔」には興味がある。ヨウォーク王国によってキメラにされていた人達を、元の姿に戻す方法がないか調べたいんだよね。

◆

「ここが枢機卿《すうききょう》邸か――」

晩餐《ばんさん》会の翌日、オレは一人でパリオン神国のナンバー2であるドーブナフ枢機卿の屋敷を訪れていた。

理由は不明だが、晩餐会の終わりに枢機卿から昼食会への招待状を受け取ったからだ。

オレを乗せた迎えの馬車は、正門で止められる事なく通り過ぎ、エントランスの車止めへと向かう。

――黒。

白い服や生成りの服が多いパリオン神国にしては珍しい黒い服を見かけた。

賢者が訪れているのかと思ったが、ＡＲ表示によると賢者ではなく、彼の弟子らしい。

賢者のお使いで枢機卿邸を訪れているのだろう。

「ようこそ、ペンドラゴン子爵」

「お招きに与《あずか》り光栄の極みです」

エントランスまでわざわざ出迎えてくれた枢機卿と連れだって食堂へと向かう。

広々とした食堂の長テーブルにはオレと枢機卿の二人分だけしかカトラリーが用意されていない。

なんとなく落ち着かない気分なので、昼食会の前に用件を聞いておこう。

「それで今日はどのようなご用件でしょう――」

「それは食事の後で良かろう。今日は美食家の貴公の為《ため》に、西方諸国の珍味を集めた。ぜひとも感想を聞かせてほしい」

ほほう、それは興味がある。

用件は後回しにして、今は料理に集中しよう。気にはなるが、美味《おい》しい料理の方が重要だ。

「食前酒は『司法国家』シェリファード法国から、『神の情け』をご用意しました。二日酔いになる事も酔って己を失う事もないという特色がございます」

黄金色のお酒が透明なグラスに注がれる。微《かす》かに蜂蜜《はちみつ》の甘い香りが鼻腔《びこう》をくすぐった。蜂蜜酒《ミード》の一種のようだ。

「――ふぅ、美味《うま》い。シェリファードの連中にはもったいない美酒だ」

テイスティングなのに、枢機卿はグラスの酒を一気に空けてしまった。枢機卿はこの酒が好物のようだ。

「禁欲主義のウリオン中央神殿の堅物どもが手放さぬのも分かる」

シェリファードという国にはウリオン中央神殿っていうのがあるらしい。

味見を終えた枢機卿が頷くと、給仕がオレと枢機卿のグラスに黄金色の美酒を注いだ。

「乾杯といこう」

互いの健康と平和を祈って軽く杯を掲げ、酒を口に運ぶ。

さらさらとした蜂蜜の甘さと軽い酒精が舌を楽しませ、そして蜂達が蜜を集めた花の香りが鼻に抜ける。今まで飲んだ蜂蜜酒の中でも上から数えられるほど美味い。これを超えるとなると、ボルエナンの森で飲んだエルフ秘蔵の蜂蜜酒くらいだ。

二人で無言のまま酒を楽しんでいると、最初の料理が運ばれてきた。

「前菜は『花と恋の国』オーベェル共和国から、『恋の花のサラダ、女神の吐息風』でございます。今回は特別に門外不出のソースをオーベェル共和国から呼び寄せた料理人に作っていただきました」

おおっ、前菜の為だけに料理人を呼び寄せるとは、なかなか贅沢《ぜいたく》だ。

サラダの上に薄いハムやゼリーで花を作ってある――いや、違う。ＡＲ表示が本物の花だと教えてくれている。飾りではなく食用らしい。日本でも菊やタンポポを食べたりするし、異世界でも珍しくないのかもしれないね。

目で楽しむのもいいが、柱の陰からこちらを覗《うかが》っている料理人が気が気じゃない雰囲気なので、そろそろ手をつけるとしよう。

――面白い食感だ。

薄いハムのような色合いの花は、口の中に入れるとパリパリと砕け、甘みと僅《わず》かな酸味を残してすぅっと溶けていく。ゼリーのような花は、口の中でぬるりと溶けて舌に絡みつく。じんわりとした旨《うま》みの後にパチパチと弾《はじ》けるのは炭酸だろう。

門外不出という蜂蜜ベースのソースが炭酸の弾けた後の舌を柔らかな甘みで包み、さらりと溶けて後味を残さず綺麗《きれい》にしてくれる。これなら箸休《はしやす》めをしなくても、前の味に影響されずに多彩な味のサラダを楽しめるね。

「うむ、面白い食感だ。味もいい。テニオン中央神殿からの使者がいつも自慢していただけはある」

おっと、真剣に味わいすぎた。オレの代わりに枢機卿が感想を口にすると、柱の陰で見守っていた料理人が、ほっとした表情を浮かべる。

オレも感想を求められたので、語りすぎないように注意して美味しかった事を告げた。

「スープは『変幻の国』ピアロォーク王国から、『英雄神を称《たた》える虹《にじ》のスープ、気まぐれ風味』です。お好みで、別皿の調味料をお使いください」

黄色いスープの入ったスープ皿の横には、貝殻を模した小皿が幾つも並んでいる。胡椒《こしょう》や岩塩は分かるが山椒《さんしょう》やシナモンなんかも粉末になって小皿を満たしている。耳かきのような匙《さじ》で調味料を入れるとスープの色が変わるらしい。なかなかファンタジーだ。

肝心の味だが、何も投入しない最初の黄色いスープはクリーム系の普通っぽい味だったのだが、推奨順の調味料を投入した方は、どちらも調味料によって変化するたびに味が悪くなっていた。

「……珍しいスープですね。調味料を入れるたびに味が変わると最後まで飽きずに楽しめます」

「世辞はいい。ザイクーオン中央神殿の大言壮語は昔からだ」

どうやら、枢機卿の口にも合わなかったようだ。

オレと枢機卿がスプーンを置くのに合わせて次の皿が運び込まれた。

目立たないが、給仕や料理の進行を管理する人達も一流の仕事をしてくれている。

「魚料理は『海運国』であるガルレオン同盟から、『剣先鮪《まぐろ》とクラーケンの酢花和《あ》え、英雄仕立て』でございます。パリオン神殿の巫女《みこ》達によって厳重に瘴気《しょうき》を抜いてありますので、どうぞ安心してご賞味ください」

鮪とタコが中心のカルパッチョかな？　薄切りにした刺身を花のように盛り付けてある。

料理を盛り付けた飾り台が、剣先鮪という魚の剣みたいな角を加工した物のようだ。台が剣みたいに見えるから、英雄仕立てなんだろうか？

「――美味い」

思わず声が出てしまった。

剣先鮪の濃厚な旨みが口の中で溶けていく。そこに少し遅れて酢やソースの香りが優しく鼻に抜ける。クラーケンの方もコリコリとしていて美味い。狩った直後にきちんと締めないとこうはならない。なかなかいい仕事をしてくれているようだ。

それにしても、暑い地方で食べるカルパッチョは酢が爽《さわ》やかでいいね。

「気に入ったようだな。ペンドラゴン卿はクラーケンに慣れているようだが、やはりシガ王国近海にはクラーケンが多いのか？」

「近海にはめったに来ないようですが、半島付近や砂糖航路ではよく見かけました」

そのたびに狩ったので、ストレージ内には消費しきれない量の蛸型海魔《オクトパス・クラーケン》や烏賊型海魔《スキッド・クラーケン》のストックが蓄積されてしまっている。一体一体が大きいから、なかなか減らないんだよね。

シガ王国近海の魔物事情を話しているうちに、カルパッチョはなくなってしまった。酢の種類やソースの作り方は想像できるので、材料が揃《そろ》ったら仲間達にも作ってやろう。

次の料理は銀色の半球蓋《クロッシュ》を被《かぶ》せた状態で運び込まれてきた。

「肉料理は『太陽の国』サニア王国から、『橙王羊《オレンジ・キング・シープ》の再誕、陽光仕立て』でございます。橙王羊は狩り場で解体され、その肉は氷石と一緒に遠きサニア王国からアイテムボックスに入れ、三頭のワイバーンを乗り継いで運び込まれました。調理した料理人はサニア王国で一〇年間修行し、かの国の宮廷料理を手がけたほどの匠でございます。ぜひとも隅々までご賞味くださいませ」

今回のがメイン料理らしく、説明をする給仕長さんも気合いが入っている。

皿の上には何種類もの肉料理が載っている。手前にあるのは肋肉《あばらにく》を焼いて橙色《だいだいいろ》のソースを掛けたモノ、中央は深皿になっており入っていたのは――橙王羊の脳味噌《のうみそ》煮込み、右手がレバーのパテとナンのような薄焼きパンが添えられている。左手のは臓物煮込みのようだ。

「ペンドラゴン卿、この料理が初めてなら、中央の深皿から食べるといい。そこから右回りで食すと雑味を感じぬ。レモン水で口を漱《ゆす》ぐのもいい」

枢機卿が親切だ。彼自身も食通だけあって、料理を美味しく食べる事と美味しく食べさせる事は同義なのかもしれない。

オレは枢機卿に礼を言って、お勧め通りスプーンを入れる。

弾力のありそうな見た目とは裏腹に、脳味噌煮込みは豆腐のように抵抗なくスプーンを受け入れる。スープと一緒に口へ運ぶと、つるんと口の中に入った。最初に感じたのはスープのまろやかな味だ。

肉汁とココナッツミルクで作られたそれが舌の上の味蕾《みらい》を洗い流し、脳味噌本体の繊細な旨みとねっとりとした食感を十全に伝えてくれる。美味だ。脳味噌というのに少し抵抗があったが、このまま最後まで食べ尽くしたい欲求に負けそうになる。

次に手を付けたレバーは濃厚で嫌な血の味も鉄錆《てつさび》のような重さもなく、極上の味を届けてくれる。これなら、レバーが苦手な人でも食べられそうだ。

続いて肋肉を焼いたモノに手を付ける。こちらは脂の旨みが凄《すご》い。ナイフフォークでも食べられるが枢機卿に勧められて手づかみで食べると、野性が揺り起こされそうなほど口内に幸せが溢《あふ》れた。

この料理はぜひとも獣娘達にも食べさせてやりたいね。

最後に臓物煮込みで多種多様な食感を楽しみ、レモン水で口をさっぱりさせて最初に戻る。

なかなかのボリュームなのだが、美味のループを楽しむうちに、あっという間に皿が空になってしまった。

「――ヘラルオン中央神殿の連中が自慢するだけはある。砂海の蠍《さそり》どもさえいなければ、もっと貿易を増やすものを」

先に食べ終えていた枢機卿がワインを飲みながら、そんな事を呟《つぶや》いていた。

「デザートは『叡智《えいち》の塔』都市国家カリスォークから、『知識の神泉、溶岩仕立て、花園風味』でございます」

大皿に載ったカクテルグラスに、透明なゼリーと球状のフルーツが入っている。

給仕がすぅっとオレの後ろから手を伸ばし、ガラス製のマドラーのような物でフルーツゼリーの表面をトンッと叩《たた》いた。

その途端、フルーツゼリーが朱色に変わり、火山から溢れる溶岩のようにカクテルグラスから溢れて大皿に朱色の花弁を描いた。大皿に最初から塗られていたソースが朱色の花弁を形作り、その輪郭に淡いグラデーションを作っているようだ。

「楽しい演出ですね」

オレと一緒に驚いていた枢機卿に声を掛ける。

「自分の研究にしか興味のないカリオン中央神殿の連中にも、人を楽しませる事はできるようだ」

枢機卿はゴホンッと咳払《せきばら》いした後、スプーンを手に取った。

美味しいみたいだし、オレも十分に見た目を堪能《たんのう》してからデザートに取りかかる。

ゼリーは普通にゼリーだが、朱色の元になった果物が良い味を出してくれていた。少し酸っぱいが、それは球状のフルーツの甘さが中和してくれる。このフルーツも果肉を球状にしただけではなく、糖衣にしたり別種のゼリーで包んだりしているようだ。

味を堪能している間に、最後の一欠片《かけら》まで綺麗に食べ尽くしてしまった。

気が進まない枢機卿《すうききょう》との昼食会だったが、思った以上に楽しめた。彼ならオーユゴック公爵領の食いしん坊貴族達やシガ王国の宰相とも気が合うんじゃないかと思う。


「——交易、ですか？」

大満足な昼食を終え、サロンに場所を移して本題に入った。

「そうだ。シガ王国との交易を増やしたい」

好きに増やしたらいいんじゃないかな？

「法皇の理想を叶《かな》える為には、税金やお布施以上の金がいる。その為に交易を増やしたいのだ」

「それは良いと思いますが、私は外交官ではなく観光省の人間です。担当する部署に取り次ぐくらいはできますが、国家間の交易を扱う権限は持ち合わせていないのです」

シガ王国の港でパリオン神国の交易船を見かけた事がある。今更、オレに仲介を頼む必要はないはずだ。

「それは分かっておる。スウトアンデルのオーユゴック公爵やタルトゥミナ太守のホイネン伯爵との取り引きは既に行っている。だが、それだけでは足らぬ。翠絹《かわせみきぬ》や普通の特産品では目の肥えた内海の商人達の琴線に触れぬ」

なるほど、新しい商品が欲しいのかな？

ちなみに彼の言う「内海」とは西方諸国の真ん中にある東西に広い内海で、西方の端で外海とつながっている。ヨーロッパにある地中海的な場所のようだ。

「西方諸国は内海の船上貿易が盛んだ。先ほどの料理も、船で運ばれてきた。だが、海運が盛んなればこそ、常に新しい商品に飢えておるのだ」

枢機卿はそう言ってオレの目を見つめる。

「観光省の副大臣なら、自国の特産品にも詳しかろう？　それに難所だらけの砂糖航路に独自の交易船団を運航させているそうではないか」

まさか、筆槍竜《ふでやりりゅう》商会の事まで知っているとは思わなかった。情報伝達に時間がかかる世界とは思えないほどの諜報《ちようほう》力だね。

「あの商会には出資しているだけです。実際の運用は商会の人間任せですよ」

「構わん。利があれば商人は動く」

そう言って枢機卿が巻物を広げてテーブルに置いた。

見知らぬ品目が多いが、シガ王国で見かけた事のある高額商品が並んでいる。

リストを熟読するフリをしながら、空間魔法の「遠話《テレフオン》」でエチゴヤ商会の支配人に確認してみた。

どれもかなりの儲《もう》けが出せそうな品ばかりらしい。こちらの相場は知らないが、嵐《あらし》や魔物との遭遇で交易船団を失うリスクを鑑《かんが》みても十分ペイできるそうだ。

「なかなか魅力的ですね」

——チップが人の命じゃなければね。

「乗り気ではないようだな?」

「長距離航路は船員達の安全に問題がありますから」

「それは当然ではないか。船乗りなど自分の命を掛札に大金を求める博徒どもだ」

そうかもしれないけれど、この世界の海は危険すぎる。

筆槍竜商会の時みたいに、元から船乗りだった人の再出発の後押しをするならともかく、自分の儲けの為《ため》に人の命を危険に晒《さら》すのは、ちょっとね。

「それに『灯火』とそれを維持する神官を交易船団の船一隻に一人を派遣すると約束しよう。それならば問題あるまい?」

彼の言う「灯火」というのは「パリオン神の灯火」と呼ばれる海の魔物避《よ》けだそうで、その光を畏《おそ》れた魔物達が寄ってこなくなるそうだ。もっとも、深海から上がってきた魔物や沿岸で空の魔物に襲われる事はあるそうなので、完璧《かんぺき》ではないそうだ。

普通に使う分にはシガ王国までは持続せず、内海の端にあるガルレオン同盟までの往復がやっとらしいのだが、「灯火」を維持する事のできる専門訓練を受けた神官を同乗させれば、シガ王国までの航路をなんとか往復できるらしい。

「黒煙島などの難所はあるが、『灯火』なしに旅をする事に比べれば事故も少ない。この国の船乗りは魔物よりも嵐や時化《しけ》の方が怖いと言っておったぞ」

枢機卿はかなり自信があるようだ。

オレは空間魔法の「遠話」でエチゴヤ商会の支配人につなぎ、パリオン神国の枢機卿が先ほどのリストの品を交易したいと打診してきたとクロの口調で告げると、交易用の船を用意する話をする前に即答で承諾してくれた。

経験豊富な船長や船員には心当たりがあるそうなので、後の準備は支配人達に任せる事にした。

「分かりました。そこまで仰《おつしや》るなら、前向きに検討します。懇意にしている商会と打ち合わせますので、しばしお待ちください」

「そうかそうか！　手紙を出すなら砂漠越えの飛竜便を用意しよう」

上機嫌の枢機卿と握手を交わし、内海沿いの国々の美食について教えてもらった。

西方諸国はフルー帝国崩壊時に貴族や文化人達が疎開してできた国が多いそうで、食文化や芸術が特に盛んらしい。仲間達の修行ついでに、色々と寄り道して楽しもう。

「時に、ペンドラゴン卿。貴殿はこのような薬剤を知っているか？」

枢機卿が従者に合図すると、テーブルの上にアンプルのような形をした赤い小瓶と紫色の小瓶が並べられた。

AR表示によると、赤色の小瓶が魔人薬を濃縮した廃魔人薬、紫色の小瓶が高濃度魔力賦活剤という魔力回復薬だと分かった。いずれも備考欄に、致死性の禁止薬品と書かれてある。

「いえ、見た事はありません」

「そうか。西関門領にあった『自由の光』の拠点で見つかった薬だ。シガ王国でも見つかっていないとすると、新しく開発された薬品かもしれん」

魔王信奉集団「自由の光」関連の品なら、致死性の禁止薬品が見つかっても不思議じゃない。

「どのような効果があるのですか？」

「赤い廃魔人薬を飲んだレベル三の死刑囚は、異形に変じオーガなみの巨体になって暴れだした。レベル三〇の神殿騎士三人がかりでようやく取り押さえたが、それまでに看守六人が殺されている。死刑囚は弱気な性格だったようだが、暴れ駱駝《らくだ》もかくやという凶暴さに変じたそうだ」

なるほど、こんな薬を量産してばらまかれたら大変だ。

「それで取り押さえた後は元に戻ったのですか？」

「いや、そのまま死んだらしい。使い捨ての兵隊を作るだけの薬だろう。まったく、魔王信奉者どもらしい嫌な薬を作ってくれる」

行政を担当する彼からしたら、テロリスト御用達《ごようたし》みたいな薬は嫌悪の対象なのだろう。

「それで、紫色の薬にはどんな効果が？」

「分からん。三人の死刑囚で試したが、名前通り魔力が回復する事以外は分からなかった。薬を飲んで五つほど数えるうちに、誰《だれ》もが鼻や耳から血を流して死んでいったのだ」

うげっ、想像してしまった。

なかなかエグい薬だ。

「恐ろしい薬ですね。パリオン神国ではこの薬をどのように扱われるのですか？」

「そんな事は決まっている。全《すべ》て廃棄だ。聖下に報告する為にこの二本は残したが、他《ほか》のサンプルは全て私が見ている前で砂に撒《ま》いて焼き払った。戦争屋に見せる前に廃棄せねば、パリオン神国が西方諸国の火種になってしまう」

そういえばパリオン神国は西方諸国の紛争を調停して、戦争がしたい国から煙たがられているんだっけ。

枢機卿とそんな事を話していると、メイド風の見習い神官が枢機卿に手紙を持ってきた。

「ペンドラゴン卿、貴公にだ」

枢機卿は手紙の中に入っていた別の手紙をオレに差し出した。

封蝋《ふうろう》の印に見覚えはないけど、AR表示が「聖女宮」の印だと教えてくれた。

「――聖女様から?」

封蝋を剥《は》がして手紙に目を通すと、聖女からの招待状だと分かった。

どうして枢機卿の屋敷に届いたんだろう?

その疑問が顔に出たのか、オレと目が合った枢機卿が「貴公に届けてくれと書かれてあった」と言って自分の手紙を見せてくれた。

国家のナンバー2である枢機卿をパシリに使うとは、なかなか大胆な人だ。

「なぜ私ではなく、彼なのだ……」

枢機卿の微《かす》かな呟きを聞き耳スキルがキャッチした。

枢機卿は少し不機嫌そうだが、それはパシリに使われた事に対してではなく、招待客が自分ではなくオレという事に対してのようだ。

才ある者の里で聞いた話だと、聖女様は黒髪の美人さんらしいし、無理もない。

「いいか、ペンドラゴン卿。あの方は偉大なるパリオン神の巫女《みこ》。その人生の全てをパリオン神に捧《ささ》げられた聖女の中の聖女である。くれぐれも無礼のないように」

屋敷をお暇《いとま》する時に、そんな風に釘《くぎ》を刺された。

枢機卿は聖女に本気で心酔しているようだ。

◆

「ここが聖女宮みたいだよ」

枢機卿邸をお暇した翌日、オレは聖女宮へとやってきていた。

招待されたのはオレだけだが、どんな場所か見たいと言うので、仲間達も門前まで一緒に来た。

「……綺麗《きれい》な場所ですね」

白い建物に蓮《はす》の花が浮かぶ水路、咲き誇る花々や瑞々《みずみず》しい植物で飾られた聖女宮を見て、ルルが頰《ほお》を染めながら吐息を漏らした。

「よき」

ミーアが妖精鞄《ようせいかばん》からリュートを取り出して曲を紡ぎだす。

「しゅばばばば〜？」

クロッキー帳を取り出したタマが、ミーアの横でスケッチを始める。

聖女宮はミーアやタマの琴線に触れたようだ。

どんな曲や絵ができるのか少し気になるが、約束の時間も近い事だし、後をリザとアリサに任せ

てオレは一人聖女宮へと足を向けた。

入り口で止められたが、オレが来る事はちゃんと伝わっていたらしく、本人確認に招待状を見せるだけで入れた。

「――聖女様の聖域はこちらです」

案内の見習い巫女が涼やかな声で告げる。

この聖女宮には「神託」スキル持ちの巫女や見習い巫女が五人以上いた。他の国の平均より多いのは、さすがに神の名を冠した国だけはある。

「聖女様、ペンドラゴン卿をご案内いたしました」

見習い巫女に促されて聖域に足を踏み入れる。

清涼な空気と青い輝きが宙を舞っていた。呼気から取り込まれた聖別された空気が、神秘的な多幸感で身体《からだ》を満たしてくれる。なかなか不思議な感触だが心地いい。

奥のソファーに腰掛けている老女が聖女様のようだ。ＡＲ表示によるとユ・パリオンという名前になっている。公都のユ・テニオン巫女長様のようだ。

真っ白な髪で童女のような無邪気な笑みを浮かべている。

前に「才ある者」の里で聞いた聖女の情報と食い違いが多い。聖女は二人いるのかな？

「お兄ちゃんが神様の言っていた子ね？」

老齢の聖女が幼い口調で言う。

「神様というとパリオン神の事でしょうか？」

「うん」

老聖女が頷《うなず》く。

「神様がね、言っていたの――『しばらく、この国にいて』って」

「『しばらく』とはどのくらいの期間でしょう?」

神様スケールの時間を指定されても困る。

「んー、分かんない」

そんな無責任な。

「でも、そんなに長くないと思う」

だから大丈夫だと聖女が言う。

聖女がくらりと貧血を起こしたようにソファーのクッションに倒れ込んだ。

「――聖女様!」

部屋付の女神官が聖女を支え、彼女の脈を確認している。

「神託は以上です。申し訳ありませんが、聖女様はお加減が悪うございますので――」

案内してきたのとは別の美人巫女に促されてオレは退出する。

「あの子を救って」

オレの耳に微かに声が届いた。

女神官や巫女達に囲まれて見えなかったが、今の声は確かに聖女のものだ。

オレに誰を救ってほしいのだろう?

「ペンドラゴン卿《きょう》、外で聖女様のご様子を軽々に語られないようご忠告申し上げます」

美人巫女が口止めとも取れる釘を刺してきた。

「聖女様は交神を重ねるたびに神気に触れ、その影響を受け童女のような口調や態度になっておりますが、その内面は我らなど及びもつかぬ叡智《えいち》と慈悲に満ちておられるのですよ」

パリオン神から神託を受け続けたせいで、幼女神であるパリオン神の影響を受けたって事かな？

テニオン神殿の巫女長はそんな事はなかったけど、テニオン神から受けた影響が分からなかっただけなのだろうか？　まあ、巫女長は老女とは思えないほど可憐《かれん》な人だったけどさ。

オレは「口外しません」と美人巫女に約束し、聖女宮を後にした。

西関門領

〝サトゥーです。色々な国を観光するのも楽しいですが、旅行プランを立てるのもまた楽しみの一つだと思うのです。中には旅行雑誌を見るだけで満足しちゃう人もいるくらいですしね。〟

「見えてきた～？」

「まだ見えないけど、遠くからシオの香りがしているからもうすぐなのです！」

先頭の駱駝に揺られたタマとポチが、背伸びをしながら彼方《かなた》を見る。

聖女宮を訪れた翌日、サガ帝国一行の旅立ちを見送ったオレ達は、三日間の聖都観光を終え、今は内海に面した西関門領へと向かっていた。

同じ駱駝に乗るアリサがオレを振り返る。

「でもさ～、しばらくパリオン神国にいてって事は、聖都で何かあるんじゃないの？」

「それなら『しばらく、聖都にいて』って言うんじゃないか？」

何かあっても刻印板を残してあるから、いつでも空間魔法の「帰還転移《リターン》」で聖都パリオンに戻れるし、何があるにしても国から出なければ問題ないだろう。

「見えた――壁」

「イエス・ミーア。肩車は最強だと告げます」

ナナに肩車してもらっていたミーアが、草もまばらな丘の向こうに西関門領の外壁かパリオン神国をぐるりと一周する「長城結界」のいずれかを見つけたようだ。

ポチがうらやましそうな視線をミーアに向けている。

「あれは外壁ですね。遠くに長城結界の高い壁も見えます」

駱駝の上に直立したリザがそう報告してくれた。なかなか優れた体幹だ。

「にゅ！」

忍者タマが俊敏な動きで直立するリザの両肩を足場に立ち上がる。

「まるでどこかの国の雑技団かサーカスみたいね」

「ポチも！　ポチもザツギダンカスするのです！」

アリサが笑い、ポチがリザの足を登ろうとしてバランスを崩し、サポートしようとしたリザやタマも巻き込んで駱駝の上から落ちそうになっていたが、魔術的な念力《サイコキネシス》である「理力の手《マジック・ハンド》」で支えるまでもなく、すぐに自力で立て直した。筋肉と体幹の勝利だ。

「船がいっぱいね」

「帆船にガレー船、三角帆の快速船まで色々だね」

内海に面した西関門領は西方諸国への玄関口だけあって、港の桟橋にたくさんの船が入港し、沖合にも入港待ちの船が何十隻も浮かんでいた。

港には商人や船乗りだけじゃなく港湾関係の労働者が忙しそうに行き交っており、交易品を一時保管する倉庫がずらりと建ち並んでいる。ここからだと倉庫の端が見えないほどだ。

「皆《みんな》、派手ね～。聖都は地味な色合いだったから余計にそう思うわ」

「色々な国の人がいるのね」

アリサとルルが貿易船の商人や船乗り達の服を見て感想を呟《つぶや》いた。

パリオン神国の聖都が地味な色合いの服が多かったから余計にそう思うのだろう。

「賑《にぎ》やか」

「シガ王国の貿易都市や砂糖航路よりも多彩だと告げます」

ナナが言うように、人種や服装の多様さは圧倒的に上だ。

ここでも砂人達は肉体労働者として酷使されているようだが、仲間達が気付いていないようなので特に口にはしなかった。

くるるとタマとポチのお腹《なか》が鳴った。

「はらぴこ～？」

「そろそろお昼にしようか――」

「あっちからいい匂《にお》いがするのです！　きっと露店のヒトがいるのですよ！」

オレが言い終わる前に、ポチが漁船の並ぶ埠頭《ふとう》を指さした。オレの鼻にはまだ匂いが届いていないが、ここはポチの腹ぺこセンサーを信じよう。

匂いの元は鮮魚売り場の向こうにある屋台らしい。

「砂糖航路みたいな色彩豊かなお魚がいっぱいですね」

「甲殻類の形が奇妙だと指摘します」

ルルとナナが言うように、シガ王国沿岸とはまるで違う種類のようだ。

「魚は見た目が派手な方が美味《うま》いぜ！　このガンガジは今が旬《しゅん》だ。絶対に損はさせねぇから買っていきな！」

「ガンガジもいいが人数が多いならモドガジだ！　これの煮付けは最高だぜ？」

「それじゃ、どっちも十匹ずつください」

「おおっ、話が分かるじゃねぇか。ガンガジは切り身を酢で和《あ》えるのが一番美味《うめ》ぇ。何匹かおまけしておくから、練習に使いな」

「なら、モドガジも一匹おまけしてやるぜ」

「なんだよ、ケチくせぇな。異国のお嬢さんに売るんだ、もっと威勢良くやりやがれ！」

「仕方ねぇな。それならパリオン様の『灯火』に焼かれる気分で、もう二匹おまけするぜ！」

威勢のいい魚売り達から、ルルが笑顔で魚を買い取る。

その横ではナナが無表情のまま、篭《かご》から溢《あふ》れそうな甲殻類や貝を大人買いしていた。

「兄さん、兄さん、イスガジはどうだい？　夜のお供にいいよ」

色っぽいお姉さんの深い谷間に視線が吸い寄せられかけたが、「むぅ」と唸《うな》ったミーアが袖《そで》を引いたので、精が付きそうな魚には手を出さずに済ませた。

「お嬢ちゃん、クラーケンはどうだい？」

「飛びイカもあるぜ」

ここのクラーケンは子供なのか、本体だけで二メートルくらいのサイズしかない。

クラーケンは大量在庫があるので買わなかったが、耳が可変翼みたいになった「飛びイカ」は構造が気になったので何杯か買い求めた。

こんな感じで、鮮魚売り場を通り抜けるまでの間に、大量の魚介類を買ってしまった。


「びみびみ～？」

「やはり焼きエビや焼きガニは歯ごたえがいいですね」

ようやく辿《たど》り着《つ》いた漁師向け屋台が並ぶ露店エリアで、オレ達は新鮮な魚介類に舌鼓を打っていた。

タマやリザの傍らで、ポチは一心不乱にはぐはぐとイカ焼きにかぶりついていた。よっぽどお腹が減っていたのだろう。

「モドガジ煮込みが濃厚で美味だと称賛します」

「ガンガジとわかめの酢の物もさっぱりしていて美味《おい》しいですよ」

ナナは冷製シチュー、ルルは酢の物を選んだようだ。

「こういうのでいいの！　こういうのがいいのよ！」

串《くし》に刺さった魚の塩焼きと焼きエビの串を両手に持ったアリサが、何かのグルメ漫画でありそうな台詞《せりふ》を言って仁王立ちしている。炭火の網焼きって美味しいよね。

「サトゥー」

ミーアがところてんのようなものが入った器を持っていた。

ＡＲ表示によると寒天ではなくクラゲの細切りらしい。

「美味」

ミーアが箸《はし》で細切りクラゲを突き出して、「あーん」と言うので一口食べてみた。

思った通り味が薄い。寒天みたいだけど、けっこう腰があって硬い食感だ。三杯酢で食べるのが美味しそうだけど、黒蜜《くろみつ》でデザート風に食べるのも良さそうだ。

それがきっかけになったのか、皆がお互いの選んだ料理を食べ合う品評会のようなものが始まってしまった。ミーアに倣って、他《ほか》の子達からも食べさせてもらう流れになっているのは謎《なぞ》だが。

「ララギの魔法道具《マジック・アイテム》は仕入れられたのですかな？」

聞き覚えのある懐かしい国名に、思わず声の主の方に意識を向けてしまった。

そこでは数人の商人達が露店裏の飲食スペースで杯を交わしている。

「残念ながらガルレオン同盟やカリスォークの御用商人に持っていかれましたわい」

「そちらもですか……。私の狙《ねら》っていたシガ王国の翠絹《かわせみきぬ》もサニア王国やテニオン共和国に持っていかれてしまいました」

「やはり中央神殿のある国々は凄《すご》いですわい」

中央神殿——このパリオン神国にあるパリオン中央神殿のように、内海沿いで七柱の神々を祀《まつ》る神殿の総本山のような場所の事だ。

「まあ、財貨にものを言わせて買い占めるくらいなら可愛《かわい》いものです。同じ中央神殿のある国でもピアロォークのように権威で脅してくる連中は困りますな」

「今はザイクーオン神の権勢も陰っておりますし、少し大人しくしてくれるといいのですが……」

セーリュー市でもザイクーオン神のデブ神官長が問題を起こしていたけど、こっちでも同じように迷惑な奴《やつ》がいるようだ。

「静かなのはシェリファード法国くらいですかな？」

「あそこは頭の固い法律家達の国ゆえ、あまり贅沢品《ぜいたくひん》を求めんと言われておりますのう」

「あそこはウリオン神のお膝元《ひざもと》ですからな。この間など、禁制品を持ち込んだ商人が海賊と一緒に吊《つる》されたそうですぞ」

「それは苛烈《かれつ》ですなぁ。まあ、『断罪の瞳《ひとみ》』持ちが多いシェリファード法国に禁制品を持ち込むのが愚かなのですが……」

そういえば「断罪の瞳」はウリオン神由来のギフトだっけ。

そんな事を思い出していると、アリサに袖を引かれた。

「ご主人様！　あっちに異国の商人の屋台があって、これが売ってたわ！」

「へー、パスタか」

麺類《めんるい》が普及している国が少ないから意外な出会いだ。

オレはアリサから海鮮パスタを一口分けてもらい、アリサのリクエストでオレの食べていた皿から一口分けてやる。

「アリサー！　こっちなのです！」

「はりあ～」

アリサがポチとタマに呼ばれて駆けていく。

また何か珍しい食べ物を見つけたようだ。

それにしても、昼時だからか露店エリアに人が増えてきた。

「巡礼者殿、よろしければ一杯奢《おご》らせてくれないか」

「旦那《だんな》様のご厚意に感謝を。皆様の航海に神々の加護があらん事を」

商人達が質素な服を着た巡礼者達を食べ物や飲み物で歓待している。

この巡礼者達はさっき商人達の話題に出ていた中央神殿を順番に巡る旅をしているそうで、商人達はそんな巡礼者達から各国の噂《うわさ》話を仕入れて商売に役立てているようだ。

「七神巡礼はこのパリオン神国が最後ですかな？」

「いえ、ピアロォーク王国に寄る航路ではなかったので、ここから南岸のピアロォーク王国を詣《もう》でてから、陸路でサニア王国に参ろうと思っております」

「陸路とはいえ、サニア王国を包む砂海は海と変わらぬ場所です。どうかお気を付けて」

「ご忠告感謝いたします。商人殿の交易に神々の祝福があらん事を」

ヘラルオン中央神殿があるサニア王国は内海に面していないらしい。

けっこう色々な噂話が聞けるので、高めの酒を何本か土産にして商人達の会話に交ぜてもらう事にした。

こういう噂話を集めるのも、旅の醍醐味《だいごみ》だよね。

「よろしかったら、お話に交ぜていただけませんか？」

「おう！　いいとも！」

「酒を持ってくる話の分かる若者は大歓迎だ」

貿易港という土地柄か、よそ者を忌避する事はないようだ。

「やっぱり、紫炎大陸には一度は行ってみたいな」

「本当にあるのか？　ガルレオン同盟が船団を組んで遠征したが一隻も戻らず、『賢者の塔』の長距離探索用飛空艇も行方知れずなんだろ？」

「フルー帝国時代の古文書には『海を西に西に一月進むと紫炎に包まれた大陸があった』と書かれているんだ。俺達が行けないだけで、紫炎大陸は絶対にあるんだ」

ほほう別の大陸の話か。

世界樹に寄生したクラゲ――「邪海月《エビル・ジェリー》」退治の時に世界を一周したけど、あの時は余裕がなくて大陸の名前なんて意識していなかった。少なくとも、この大陸の西に別の大陸があった覚えがあるから、あれが紫炎大陸だったのだろう。

「そんなあるかないか分からない大陸より、行くなら歓楽都市ヴェロリスだろう。この世の快楽が全《すべ》て味わえるって話だぜ」

ほほう、それは興味深い。

「あそこは悪徳都市シベと一緒で、注意しないと商売の種銭までなくしますよ」

「故買屋や海賊くらいしか行かないようなシベと一緒にしてやるなよ。シベは奴隷商人さえ避ける危険な都市だぞ」

「悪党どもとは言え、赤竜ウェルシュの巣がある島に街を作ろうなんてよく考えたものだ」

「だからこそ、近隣の国々も手を出せないんだろう」

テーブルトークRPGならゲームマスターが嬉々《きき》としてシナリオを組みそうな場所だ。

赤竜とは交流してみたいが、君子危うきに近寄らず。悪徳都市には近寄らないようにしよう。

「悪徳都市シベの海賊も厄介ですが、英雄半島と双子半島の間の島嶼《とうしょ》群が一番の難所ですな」

「あそこはワイバーンの巣がありますし、海賊が隠れる場所が多くていつ襲われるか分かりませんから」

「海賊達にはシェリファード法国の海軍も手を焼いておるようですな」

英雄半島というのはピアロォーク王国がある南岸の半島で、双子半島というのは付け根にシェリファード法国と都市国家カリスォークがある北岸の半島らしい。

「ガルレオン同盟の海神岬の海賊も勢いを増しておりましたぞ」

「それは気を付けねばなりませんな」

「ガルレオン同盟と言えば、ガルレォーク市の港で『さまよえる仙人』に出会いましたぞ」

「フルー帝国時代から生きているという仙人ですか……。それは興味深いですな」

仙人はやっぱり白髭《しろひげ》なのだろうか？

「西部地方の話なら、オーベェル共和国の『変態料理人』に会いました。容姿や服装は噂通りですが、それ以上に味が素晴らしかったです」

「それはうらやましい。彼の料理も素晴らしいと言いますが、私はシガ王国に現れたという『奇跡の料理人』が気になります。透明なスープはかの国の食通達も『奇跡の味』と言って絶賛したとか」

「ええ、その噂は私も存じています。一度でいいから会ってみたいものですね」

すみません、ここに本人がいます。

もう会っているとは言えないので、無表情《ポーカーフェイス》スキル先生の助けを借りて微笑《ほほえ》んだ。

「旦那様、そろそろ船の灯籠《とうろう》に『灯火』を授けていただく時間でございます」

従者から声を掛けられた商人が、暇乞《いとまご》いして神殿の方へ行く。

灯火というと枢機卿《すうききょう》が言っていた奴かな？

「『パリオン神の灯火』の事ですか？」

「ええ、その通りです。非常に霊験あらたかな海棲《かいせい》魔物避《よ》けの力があるのですよ」

「その分、お布施が掛かりますが、安全には代えられません」

「良いではありませんか、昔はパリオン神を信奉する者にしか貸し出されなかった灯籠が、お布施さえすればお借りできるのですから」

「そうですな。ザーザリス猊下《げいか》の御代《みよ》になってから、入港税はただ同然になりましたし、外海への航路に必要な、灯籠の効果時間を延ばす為《ため》の神官まで、お布施次第で派遣していただけますからな」

概《おおむ》ね、枢機卿が言っていた話と食い違いはない。

「そういえば、聖都にサガ帝国の勇者様がおいでだったとか」

「魔窟《まくつ》に現れた魔王なら、勇者様やパリオン神殿の聖剣使いであるメーザルト卿に討たれたそうですぞ」

「さすがはメーザルト殿。聖剣ブルトガングに選ばれるほどのお方だけはある」

「メーザルト卿といえば、オーベェル共和国の花酒がお好きとの事。魔王討伐に参加されたほどの方とお近付きになれるなら、花酒くらいお安いもの」

「良い商機ができそうですな」

商人達が顔を見合わせてほくそ笑む。

さすがは商人だ。雑談の間も商売のネタが尽きないらしい。


「ご主人様ー！」

アリサの呼び声で商人達から意識を戻す。

食事を終えていた仲間達は、近くの露店で買い物をしていたらしい。

ルルが真剣に何かを見ているようだ。オレは商人達に暇乞いをしてそちらに向かう。

露店に並ぶ小瓶には綺麗《きれい》な飴玉《あめだま》のような物が入っていた。

「サニア王国の宝石塩さ。味は芳醇《ほうじゅん》で一度使ったら手放せないぜ？」

店主が小さな宝石塩をハンマーで砕いた物をオレ達に差し出してきた。

紙の上の塩を指に付けて口に運ぶ。ミネラルが豊富な岩塩のようだ。少し雑味があるが、癖の強い肉を焼く時に良さそうだ。

「おいくらですか?」

「一瓶買ってくれるなら金貨一枚だ」

「高いです。半銀貨なら買います」

ぼったくり価格を提示されて、ルルが値切り始めた。

相場スキルによると、銀貨一枚くらいだ。パリオン神国の金貨は大きめで、逆に銀貨は小さめなので、銀貨二〇枚で金貨一枚となる。西方諸国は銀相場が低いようだ。大銅貨はなく、代わりに銀貨を半分にした半銀貨や四角い四半銀貨というのがある。

「仕方ねぇ、四半銀貨三枚で売ってやるよ」

どうやら値切り勝負はルルの勝利みたいだ。

「ご主人様は買わないの?」

「サニア王国には行く予定だから、産地で大人買いするよ」

試しに使うなら一瓶で十分すぎるだろうしね。

「見た目も可愛いし、お土産にいいんじゃない?」

その視点はなかった。貴族向けではないが、エチゴヤ商会やヒカルの所に顔を出した時にプレゼントするのにいいかもね。迷宮都市のゼナさんやカリナ嬢やナナ姉妹達も喜びそうだ。

オレは前言を撤回し、瓶入りの宝石塩を大人買いする事にした。ルルがさらに張り切って値切ったのは言うまでもない。

◆

「楽しそうだな、若様」

後ろを通りかかった男が小声で呟《つぶや》いた。

エチゴヤ商会の諜報《ちょうほう》員をしている元怪盗のピピンだ。

「やあ、ピピン。この前は助かったよ。勇者様も礼を言っていたぞ」

「そりゃ良かった」

ピピンには聖都で勇者ハヤトの毒殺対策をしてもらっていたのだ。

「今日はどうかしたのかい？」

「クロ様からの新しい仕事だ」

ピピンが軽く肩を竦《すく》める。

「パリオン神国や西方諸国に支店を出す為の事前調査をしろってさ」

まあ、命じたのはオレだからもちろん知っている。枢機卿邸からの帰り道に命じたのだ。

エチゴヤ商会から支店長候補や支店要員を転移で運んでくるのは、枢機卿の口利きで出した飛竜便がシガ王国に届く明日以降の予定だ。

「まあ、クロ様の人使いが荒いのは構わないんだが、先立つものがなくってよ」

オレとした事が必要な資金を渡し忘れていた。

「なるほど、オレに用立ててほしいんだな？」

「話が早いな。金貨一〇〇枚ほどあれば嬉《うれ》しいんだが……」

「パリオン神国の金貨はそんなにないぞ？」

「両替はこっちでするさ」

オレはシガ王国の金貨が入った袋をピピンに渡す。

今度からは空間魔法の「物質転送《マテリアル・トランスファー》」で送るようにしよう。

「へへっ、助かるぜ――なんだか多くないか？」

「多い分は君への報酬だ。勇者様の為に陰ながら働いてくれたお礼だよ」

「さすがは若様。話が分かるじゃないか――そうそう、この都市が初めてなら、南側のバザールに行ってみな。内海から輸入された珍しい物《もん》がいっぱいあるぜ」

金貨の詰まった袋を持ったピピンがそう言って人混《ひとご》みに紛れて消えた。

「今のって元怪盗のおっさんよね？」

「ああ、勇者の毒殺対策をしてもらってたんだよ。今度はエチゴヤ商会の支店設立の為の事前調査をさせる予定だ」

ピピンと入れ替わりに買い物を終えたアリサがやってきた。

「それよりバザール情報を手に入れたから行ってみよう」

仲間達の賛同を得て、オレ達はピピンから聞いた南側のバザールに向かった。

「幼生体を発見と告げます！」

「待っ」

飛び出そうとしたナナをミーアが止めた。

「待っていては買われてしまうと抗議します。出会いは一期一会だとアリサも言っていたと主張します」

ナナが見つけたのは、小動物風の謎《なぞ》小物のようだ。

オレがOKを出すとナナはミーアの手を引いて露店へと突撃する。

「あっちのもびゅーてぃふる～？」

「ちっちゃ可愛《かわい》いのです」

タマとポチはどこかの民芸品風の木彫りにロックオンしたようだ。

「これは何に使うのでしょう？」

リザが後ろからそれを見て首を傾《かし》げている。

「それは投《な》げ槍《やり》用の投擲《とうてき》器さ。突起に投げ槍の尻《しり》を突っ込んで使うんだ」

タマとポチが見つけた木彫りの小鳥みたいな器具は、武器だったらしい。店主によると普通に投げるよりも遠くへ飛ぶらしいので、専用の投げ槍とセットで購入してみた。

「アリサ、見て見て。変わったクルミ割り器があるわ。こっちのは何かしら？」

料理用器具らしき店でルルが大興奮だ。珍しくアリサの方が振り回されている。

ピピンが言っていたように「珍しい物」がいっぱいだ。

「ご主人様！　ご主人様！　来て！」

アリサに呼ばれて急行する。

何があったのかと思ったら、普通に珍しい物を見つけただけのようだ。

「変形する魔剣だって！」

「魔剣——っていうか木剣？」

本体に切り込みや溝がある木剣だ。

溝みたいなレリーフが施された少し変わった装飾がしてある。

「いいから魔力を流してみて——ちょっとだけよ？」

アリサが念を押してきたので少しだけ魔力を流してみる。

「——おおっ」

木剣が変形した。

剣の刃にあたる場所から、魔物の部位らしき貝を思わせる刃が飛び出したのだ。

「面白いでしょ」

アリサが笑いながら言う。

確かに面白いけど、実用性は低い気がする。

「こっちの盾も刃が飛び出すの」

アリサが凧盾《カイト・シールド》を掲げてみせた。

「兄さん達、高そうな服を着ているけど、他国の貴族様かい？」

「ええ、シガ王国の貴族です」

「おっと、そいつは失礼しやした。偉ぶった感じがなかったから、商人かと……」

店長が頭をかいた後、「貴族様向けなら、こんなのもありやす」と言って箱に入った小物を展示台の下から出してきた。

水晶を組み合わせたようなオブジェだ。

「これも同じ魔法道具工房で作られた品なんですよ。魔力を流すと――ほら」

丸っこいというかもっさりしたオブジェが、魔力を流した途端、シャープな印象のオブジェに変形した。水晶だと思ったが、見た目が似ているだけの魔物素材だったらしい。

土台に光石《ひかりいし》を組み込んであるのか、オブジェが内側から淡い光で照らされていて綺麗だ。

「なかなか綺麗ですね」

「本番はここからですよ」

ほほう。まだ先があるのか――。

オレは期待しつつ店主の手元を見つめる。

――おおっ。

外側の尖《とが》ったパーツが分離し、オブジェの周囲を浮遊したまま回転し始める。

よく見ると糸のような物で本体とつながっているようだ。

「へー、凄《すご》いわね」

「そうだろうそうだろう」

アリサが感心すると店主も相好を崩した。

「それで、何に使う魔法道具なの？」

「──うっ」

アリサに尋ねられて店主が固まる。

「どうしたの？」

「……こ、これで終わりなんだ」

「終わり？」

「ジョッペンテール工房の魔法道具は基本的に『変形する』だけなんだよ。さっきの木製の魔剣みたいに仕込み武器みたいなのはあるが、玩具《おもちゃ》の域を出ない品ばかりなんだ」

店主が落ち込んだ。

彼はジョッペンテール工房の作品が好きなのだろう。

「玩具でもいいじゃないですか。この技術は将来色んな分野で役に立つ日が来ますよ」

「ほ、本当にそう思うか？」

「ええ」

縋《すが》り付くようにオレの手を取る店主に力強く頷《うなず》いた。

その証拠とばかりにジョッペンテール工房の魔法道具を一通り買い求める。

自分の魔法道具作りや装備作りに役立ちそうだしね。

「さすがは大国の上級貴族様……こんな大商い初めてだよ。もしカリスォークに行く事があったら、ジョッペンテール工房に寄ってやってくれ」

店主はそう言って、色々とおまけを付けてくれた。

それにしても「変形好き」の工房か……なんとなく「回転狂」のジャハド博士に通じるモノを感じるね。

そんな楽しい出会いもあり、その日は夕方までアクセサリー類や変わった小物などを見て回った。

なかなか多彩で見ていて楽しかったよ。

◆

「「「お帰りなさいませ、クロ様！」」」

夕飯後にパリオン神国支店の打ち合わせをしようとエチゴヤ商会に出向いたら、支配人執務室に居合わせた幹部娘達から声の揃《そろ》った挨拶《あいさつ》がきた。

思わず「ただいま」と答えそうになったが、クロのキャラと違うのでクールに片手を上げて応《こた》え、「変わりはないか？」とエルテリーナ支配人に問う。

「万事順調です、クロ様」

キラキラした瞳《ひとみ》で支配人が答えた。

見た目はゴージャス系の金髪美女なのに、こうしていると純真な少女のようだ。

執務室の扉が開いて、怜悧《れいり》な美貌《びぼう》を持つ銀髪美女が現れた。支配人秘書のティファリーザだ。

「お帰りなさいませ、クロ様。ご用命いただいた交易船の船長候補です。二〇名は集めたかったのですが、まだ一二名しか声を掛けられていません。このうち七名からは快諾をいただいています」

ティファリーザが有能すぎる。

話を振ってから三日と経《た》っていないのに、もう七人も船長候補を確保してくれているとは。

リストを見た限りでは、三名が西方諸国への西方航路を経験した事もあるベテランで、残りも新進気鋭ながら砂糖航路での交易経験がある。

「遠距離航路ゆえ、一〇名は欲しい。貿易都市タルトゥミナに交易用に確保した一〇隻の船を運んでおいたから整備を頼む。ゴーレムを番人に置いてあるから幹部の誰《だれ》かを連れて行くのを忘れるな」

この一〇隻は砂糖航路でゲットした漂流船や難破船だ。

ここに来る前に寄って、港の沖合に浮かべておいた。

「承知いたしました。船の内訳を伺ってもよろしいでしょうか？」

「いずれも大型のガレオン船だ」

長距離だし、大型の外洋船でまとめた方がいいだろう。

「クロ様、何隻か高速船もあった方がいいと船団長候補のルックラー船長から助言をいただいています」

「分かった。三隻ほど高速船も用意しておこう。足りなければ追加する」

どう使うかは現場の人間に任せればいいだろう。

まだ中型船や小型船が同数以上あるので、人が増えたら近距離交易に使うのもいいかもね。

支配人によると、貿易都市タルトゥミナに貸倉庫や拠点を複数確保し、船員の募集や物資の集積を始めているそうだ。交易品目に関しては支配人に丸投げしたので、オレは彼女のセンスを信じて待つだけだ。

「パリオン神国支店の設立要員ですが、今回は商いが大きそうなのでメリナを派遣しようと思います」

支配人の言うメリナとは、ビスタール公爵領の綿花買い付けで大活躍した幹部娘だ。今は紡績や洋裁関係の責任者をしているはずだが、本人の顔を見る限りやる気十分みたいなので許可を出す。

「良かろう、メリナなら適任だ」

彼女は買い付けのセンスや相場感覚が優れている。将来的には西方諸国に置く支店の統括役に任命してもいいね。

「クロ様のご期待に応えられるよう、このメリナ、全身全霊で支店業務に邁進《まいしん》します！」

気合いが入りすぎていて怖い。もう少し力を抜くように。

「引き継ぎを終えて準備が終わるのはいつ頃《ごろ》だ。パリオン神国までは我が送ろう」

「本当ですか！　引き継ぎは終わらせているので、明日の朝でも大丈夫です！」

オレが送るというのが何かのステータスにでもなっているのか、メリナが同僚の幹部娘達から盛大にはやし立てられてまんざらでもなさそうな顔をしている。

支配人やティファリーザが険しい顔をしていたが、オレと目が合うとそれを取り繕った。

聞き耳スキルが拾ってきた幹部娘達のこそこそ話によると、転移で運ぶ時に抱き上げるのが話題になっているようだ。きっとセクハラがどうとか言っているに違いない。

メリナ達を送る時はセクハラにならないように、いつものように抱き上げて運ぶのではなく、ピピンにそうしたように「理力の手」で持ち上げて運ぼう。うん、それなら万事解決だ。

こほんと咳払《せきばら》いして支配人が口を開く。

「北方に派遣したロゥーナから、カゲゥス伯爵領に到着したと報告がありました。同行しているシャルルルーンによるとヨウォーク王国の内乱が激化しているそうで、山越えしてくる難民が増えているとの事です」

支配人は口にしなかったが、石狼《せきろう》好きの幹部娘ロゥーナが送った手紙には「竜見た。すっごい迫力！」と書き添えてあった。ヨウォーク王国の支配から解放した下級竜は元気に飛び回っているようだ。

「東回りで支店を設置していたコストーナがセーリュー市に到着したそうです。ペンドラゴン子爵から依頼された羊や山羊《やぎ》の調達は数が多いので、相場を崩さないようにセーリュー伯爵領とカゲゥス伯爵領で買い揃えてからクボォーク王国へ運ぶ予定になっております」

クボォーク王国の羊や山羊の調達はアリサからのリクエストで、エチゴヤ商会に依頼した。

支配人の言っていたコストーナは幹部娘の一人で、地味だが粘り強く堅実な仕事をする。今まではメリナの補佐やフランチャイズ関係の物件交渉などで活躍してくれていた子だ。

「シガ王国内の支店は概《おおむ》ね設立完了いたしました。隣接する中央小国群や東方小国群は市場規模が小さいので、現地の人間を雇用して出張所のようなものを作ろうと考えています。東方のスィルガ

王国やマキワ王国、北方のカゾ王国やサガ帝国に顔の利く人員を雇用したので、近日中に先遣商隊を派遣いたします」

支店設立も順調そうだ。

「飛空艇によるムーノ伯爵領への移民事業ですが、ロットル執政官から色よい返事をいただきました。職人などの技術者や元文官などの知識層はムーノ市に、それ以外はペンドラゴン子爵が太守に就任予定のブライトン市やその周辺の集落跡を予定しているそうです」

……太守に就任予定なんて聞いてないぞ？

まあ、太守に任命できる人材がいないから、とりあえずの仮置き人事だろうけどさ。

ブライトン市というのは、オレ達が王都滞在の合間に内緒で魔物の掃討作戦をした都市で、魔物達に支配されていた場所だ。

「ブライトン市は『不死の王《ノーライフキング》』に滅ぼされてから、魔物の領域となっているそうだが？」

「それが……。魔物がいつの間にか掃討されていたそうです。ムーノ伯爵家臣の元ミスリルの探索者が確認したそうなのですが……ロットル執政官も理由が分からないそうで――」

ようやく都市を開放した事がムーノ伯爵に伝わったようだ。

「――彼女達の言う『銀仮面の勇者』、勇者ナナシ様による偉業ではないかとカマを掛けられました」

支配人が覗《うかが》うような視線を向けてきたので首肯する。

「その通りだ。主《あるじ》と他《ほか》の従者達が掃除を行った。『村を量産するよりも大量の難民が受け入れられるだろう』と仰《おつしや》っていた」

もちろん、そんな理由は後付けだ。

あの時は仲間達の修行のついでに掃除しただけだしね。

移民についてはまだまだ決める事があるので、幾つかの決済を済ませ、提示された問題点に解決策や解決方針を伝えて後は彼女達に任せた。

移民が実行される少し前になったら、ブライトン市に人が生活できる集合住宅や農耕地を用意しないとね。

「幾つかの事業を新たに開拓し、従来の事業も拡大しておりますので、管理職が不足しています。知識層の応募自体はあるのですが、他の貴族達の紐付《ひもつ》きや人格に問題がある者が多く、採用が難航しています」

ついこの間、増員したばかりなのに、もう不足したのか。

そう思ってティファリーザからファイルを受け取って、その理由が分かった。

年末からで既に三倍まで規模が増えていた。短期間でこんなに急成長したら、管理職が足りなくなっても不思議じゃない。既に王都でも五本の指に入る大商会だ。

「古株の職員を管理職に抜擢《ばつてき》するしかあるまい」

空間魔法の「遠話《テレフォン》」でアリサに相談してみたら、アリサが教育プログラムを作ってくれるというので任せる事にした。「昔取《むかしと》った杵柄《きねづか》よ！　まーかせて！」と自信満々だったので、支配人達に教育用のマニュアルを外部に委託して作らせると告げて話を終わらせた。

続いて、幹部娘達からの報告を受け、苦労をねぎらい、困難を激励し、成果を褒めているうちに深夜になってしまったので、売り場や工場に顔を出す事ができなかった。今度は昼間に来て、赤毛のネルや警備部の姐御《あねご》さん達の様子も見たいね。


王都に来たついでに、ヒカルの所にも顔を出した。

「まだ起きているのか？」

「イチロー兄ぃ！」

屋根にクッションを並べて月見酒をしていたヒカルの傍《そば》に降り立つ。

ここは迷宮都市の養護院から王立学院に留学してきた子達が下宿する屋敷で、ヒカルが下宿の管理人さんをしている。どちらかというと寮母ポジションなのだが、ヒカルは頑《かたく》なに「管理人さん」という呼称に拘《こだわ》っている。

「魔王討伐おめでとう」

シガ酒の入った杯で乾杯する。

「ありがとう――いい酒だな」

「えへへ、セテ達が色々くれるから、順番に飲んでるんだ」

セテというのは国王の愛称だ。

ヒカルは彼女の正体――シガ王国を建国した王祖ヤマトだと知る国王や国の重鎮達から敬愛されているから、色々と贈り物が届くそうだ。

「魔王って強かった？」

「うん、強かったよ」

オレは勇者ハヤトや仲間達がどれほど頑張ったかを語る。

「眷属《けんぞく》を増やすタイプの魔王は厄介なんだよー。おまけに魔神牢《ろう》遺跡はあちこちに入り口があるから探索が大変らしいもんね。魔族はいたの？」

「ああ、緑の上級魔族がまた出たよ」

「緑かー。緑と桃色はしぶといんだよ。緑はすぐ逃げるしアバターで暗躍するし、桃色は隙間《すきま》に隠れたり分裂したりするし」

「ヒカルも苦労したんだな」

「うん、そうなんだよー。桃色は天ちゃんのブレスでほとんど消滅したのに肉片の一つからでも復活しちゃうタイプのしぶとさだけど、緑色は危険への嗅覚《きゆうかく》がすごくてさー。ミッチーがやっと追跡アイテムを作ってくれたのに、その後は一度も出てこなかったんだよ」

よっぽど苦労したのか、愚痴が長文だ。

——っと、それよりも。

「ヒカル、追跡アイテムってどんなの？」

「これだよ。『夢追糸車』っていうの。糸の先を魔族に結ぶと魔族がどこに逃げても取れないんだあ。あとは糸を手繰っていけば、魔族の本拠地に殴りこめるってわけ」

ヒカルが「無限収納《インベントリ》」から糸車を取り出して見せてくれた。

糸の先端にミスリル製の鏃《やじり》があり、それ以外は一見すると普通の糸車に見える。ＡＲ表示によると、糸が一定の条件で霊体遷移《アストラル》する特殊なモノらしい。

鏃を魔族に刺すなり絡めるなりして糸を伸ばすそうだ。

「この糸車に転移能力があるって感じか？」

「そこまではないよー。魔族を追跡する痕跡《こんせき》を残してくれるだけ。後は空間魔法使いに痕跡を追いかけてもらうんだよ。アリサちゃんならできそうじゃない？」

魔族の拠点にアリサを連れて行くのはちょっと危ない。

鏃を極小の刻印板に変えるとか、別の手段を模索したい。

「借りていいか？」

「うん、イチロー兄ぃが緑を倒してくれたら、ミッチーも喜ぶしさ」

昔を思い出した顔でヒカルが微笑《ほほえ》む。

土産に持ってきたパリオン神国の酒をヒカルの杯に注いでやる。

「よし！　昔を懐かしむのはおしまい！」

ヒカルはそう言って杯を飲み干し、ニパッと笑顔になった。

「そーだ！　この間、迷宮都市にも行ってきたんだよ！　転移門が超《ちょ》ー便利！　私達の時代にも欲しかったー」

ヒカルが酒の香りを含む吐息を漏らしながら、でへへと笑う。

オレもヒカルのノリに合わせ、空になった杯に酒を注ぐ。

「ハチ子ちゃん達やゼナちゃんやカリナちゃん達も強くなってきたよー」

「へー、それは再会が楽しみだな」

何回か迷宮に行き、ＨＢＣ《ヒカルブートキャンプ》を開催したんだと笑顔で話してくれた。

「他にもねー、『ぺんどら』のウササ君達も強くなりたいって言ってたから、特別プログラムを組んだんだー。それを聞いた先生のカジロ君やイルナちゃんやジェナちゃんも『ぜひ、ご教授を！』って言ってきたから、一緒にやってたんだよ」

皆《みんな》、迷宮で頑張って修行をしているようだ。

この前、空間魔法の「遠見《クレアボヤンス》」で迷宮都市の様子を見た時に、皆が魂の抜けたような顔をしていた日付と被《かぶ》る気もするけど、きっと気のせいだろう。

ヒカルが楽しそうで良かった。

「寮のお手伝いをしてくれる人が二人増えたから、また泊まり込みで迷宮都市の様子を見てくるよ」

「助かるよ。そうだ——あの子達が現行の装備に限界を感じたら、これを渡してやってくれないか？」

オレはヒカルにエコノミータイプの白銀鎧《よろい》を渡す。

これは前にファランクスを開発した時にボルエナンの森の研究所で作った奴《やつ》で、アリサ達用の黄金鎧の簡易版といった奴だ。魔王と戦うには力不足だが「区画の主《エリア・マスター》」級の敵なら問題なく戦えるだろう。出所に関しては砂糖航路の発掘品という事にしようかな？

カジロ氏やアヤゥメ嬢に和風の鎧を作るのもいいかもしれない。

「そういえば、ゼナちゃんの里帰りがなくなったって言ってたよ」

年始に会った時に「来月くらいに中間報告を届ける為《ため》、セーリュー市に戻る任務を命じられるかも」なんて言っていたけど、その話は流れたらしい。

彼女の帰省に合わせて、オレ達もセーリュー市を再来訪しようと思っていたんだが、そのあたりは勤め人の自由にはならないだろうから仕方ないね。

話が流れた理由も、エチゴヤ商会で作った小型飛空艇の二番機が予定より早くロールアウトしたせいで、セーリュー市に納品に行くついでに報告書を携えたセーリュー伯爵領軍迷宮選抜隊の文官を同乗させたからとの事だ。

「そーだ。迷宮都市でミーアちゃんに楽器を教えてもらってた子が、将来は王都に留学したいって言ってたよ」

「へー、本気なら援助してやらないと」

「えへへー、イチロー兄ぃならそう言ってくれると思ってたよ」

王室御用達《ごようたし》の銘酒を傾けながら、ヒカルと互いの近況を報告し合う。

ボルエナンの森にも顔を出そうと思っていたんだけど、思ったよりも遅くなってしまった。この時間だとボルエナンの森のハイエルフ、愛《いと》しのアーゼさんは夢の国に旅立った後だろうし、朝になったら空間魔法の「遠話」でモーニングコールでもしよう。

◆

「あれ何～？」

「あれは灯台だよ」

翌日は港のランドマークを観光してみた。

ここの灯台は三つ叉《みまた》の土台の上に立っているので、一見すると灯台に見えない。

海から見える面に、パリオン神の聖印が描かれており、土台部分にも精緻《せいち》なパリオン神国風のレリーフが丁寧に刻まれている。

ここは観光スポットの一つらしく、たくさんの見物客がいる。

「幼生体も楽しそうだと告げます」

ナナの視線を追うと、可愛《かわい》い赤ん坊や幼児を連れた若夫婦がいた。

「――あっ」

手でひさしを作っていた奥さんが倒れた。

奥さんは旦那《だんな》さんが受け止めたが、奥さんの腕からこぼれ落ちた赤ん坊は地面に真っ逆さまだ。

オレの横でナナや獣娘達が瞬動で駆け寄るのが見えたが、このままでは間に合わない。オレは常時発動している「理力の手」で赤ん坊を支え、ナナの方へと軌道を逸《そ》らした。

ヘッドスライディングしたナナが赤ん坊をキャッチする。

「ナイスキャッチ〜？」

「さすがはナナなのです」

「セーフだと告げます」

ナナの腕の中で赤ん坊が泣きだす。

「ちょっと抱き方が危なっかしいわ」

遅れて駆け寄ったアリサが、ナナから赤ん坊を取り上げた。

「大丈夫？」

「え、ええ。少し立ちくらみしたみたい」

奥さんは熱中症でダウンしたようだ。

ミーアが奥さんを水魔法で癒《い》やす。熱中症だと水魔法がよく効く。

『――頼まれていた奴は見つからなかった。一応、向こうの組織に探すように金を渡しておいたぜ』

聞き耳スキルが拾ってきた会話が少し気になって振り返ると、そこには見知った顔があった。

――賢者ソリジェーロだ。

離れた場所にある倉庫の陰で、異国の船長と話しているようだ。

『分かった。次の航海でも頼む』

『任せておけ。あんたの弟子達を送るついでに探してやるよ』

賢者が船長に何かを渡していた。

ＡＲ表示によると中身は金貨のようだ。

――げっ。

賢者がこっちを振り返った。

かなり離れているのに、オレが見ているのに気付いたようだ。

なんとなく気まずいので、手を振って誤魔化《ごまか》す。

「きゃっ、ちょっと！　止《や》めて！」

アリサの悲鳴に振り返ると、赤ん坊に髪を引っ張られたアリサのカツラが脱げかけて、紫色の地毛が見えた。

「もうこの子ったら。ごめんなさい、お嬢さん」

カツラを直すアリサに、ミーアの魔法で癒やされて元気が戻った奥さんが詫《わ》びる。

大した事がなくて良かった。

振り返ると既に賢者の姿はなかった。


「ご主人様、早く早く！」

アリサ達に呼ばれて、灯台を登る。

「わんだほ～」

「わんわんだふるなのです！」

三六〇度に広がる澄み切った青空と遠くまで見える青い海に仲間達も大興奮だ。

港に投錨する色んな国々の船を眺め、問われるままに説明をした。

ここからだと港の施設もよく見える。

「思ったよりも楽しめたわね」

眺望を十分に堪能《たんのう》した後、灯台を降りた。

「――ご主人様」

鋭い声でリザが警告し、オレの前に出る。

その視線の先には賢者がいた。

賢者の後ろにいる二人は「賢者の弟子」というそのままな称号を持っているから、彼の弟子に違いない。一人は姫カットの美少女で、もう一人は厳《いか》つい顔の男性だ。

「こんにちは。賢者殿もお弟子さん達と灯台見物ですか？」

待ち構えていたという事は、さっきの船長との会話を盗み聞きしていたのを誰《だれ》にも話さないように口止めに現れたに違いない。

「いや、今日は勧誘に来た」

彼の視線はオレではなく、後ろにいる仲間達を見ている。

「勧誘、ですか？」

「そうだ。君の『才』を磨いてみないか？　どうだね――」

賢者の瞳《ひとみ》に映るのは――アリサ？

「――タマ君」

あれ？　てっきりアリサが狙《ねら》いだと思ったのに、賢者が勧誘したのはタマだった。

後ろの弟子達も意外だったのか、驚きの声を漏らしていたほどだ。

「君の忍術は興味深い。『才ある者』の里には少数だがサガ帝国を抜けてきた本職の忍者がいる。彼らの教えを受けてみないかね？　君の忍術を伸ばす一助になるはずだ」

タマがオレを見上げてきた。

その表情からして、賢者の申し出に興味があるようだ。

とはいえ、タマ一人を送り出すのも心配だ。

「賢者殿、私達もご一緒してよろしいですか？」

「むろんだ。魔王討伐で活躍した『ペンドラゴン』一行の『才』を疑う者などおらぬよ」

賢者が即答で了承し、オレ達は「才ある者」の里で短期修行する事となった。

賢者の弟子

〝サトゥーです。小さい頃《ころ》、伊賀《いが》や甲賀の忍者屋敷まで観光に行った事があります。子供向けの忍者服を着て忍者屋敷のギミックを見て回るうちに、いっぱしの忍者になった気がしたものです。〟


「ここだ」

賢者が少し大きめの集会場のようなものを指さす。

ここは「才ある者」の里にあるフーマ忍者教室だ。他《ほか》にもイーガ忍者教室もあるが、そちらは指導員が外部遠征中との事で、消去法的にここが選ばれた。

賢者に導かれて集会場の中へと足を踏み入れる。

教室的な場所には誰もいない。聞こえてくる声の方向からして、中庭か裏庭で実技修行中のようだ。

「指導員が合わなければ世話役に申し出てくれ。できるかぎり対処しよう」

「お気遣い痛み入ります」

世話役というのは、ここに来る前に役場で会ったアラフォーくらいの世話焼きマダムのような人の事らしい。

「もっと全力で走れ！　布が地面に付いたら晩飯抜きにするぞ！」

中庭に行くと、年老いた忍者装束の指導員が、一〇歳前後の子供達を走らせていた。

生徒の中には何人か中学生くらいの子も交ざっている。

「頑張り屋さんなのです！」

「ふぁいと〜？」

ポチとタマが頑張る生徒達を応援する。

見学中に賢者がリザとナナに話しかけてきた。

「リザ殿、ナナ殿」

「魔窟《まくつ》での貴殿らの素晴らしい槍術《そうじゅつ》と盾術は目に焼き付いている」

「恐縮です」

「称賛を受けると告げます」

リザが少し誇らしげに、ナナは無表情で答えた。

「その力を後進に示してはもらえないだろうか？」

賢者が言うには、二人に槍術教室と盾術教室の客員教師を依頼したいとの事だ。

「私達の道はご主人様と共にあります」

「就職しろとは言わん。ペンドラゴン卿《きょう》が滞在する間だけでいい。『才』を鍛える者達に、達人の技を見せてやりたいのだ」

賢者がリザとナナに熱く訴えた。

二人がオレを見たので頷《うなず》いてやる。

「依頼を受託」

「人に教えた経験はありませんが、微力を尽くしましょう」

ナナとリザが客員教師の依頼を受けた。

「そちらの三人にも依頼したい」

賢者はアリサとミーアにも魔法教室の指導を依頼し、ルルにも射撃教室を依頼する。

「わたしはいいわよ。王立学院でも先生をしていたし」

「ん、同意」

「――あ、あの。私は、ちょっと……」

アリサとミーアは快諾したが、ルルは難色を示した。

「あはは、ルルなら射撃教室よりも料理教室とかよね～」

「ならば料理教室の客員教師を頼みたい。パリオン神国や内海沿岸以外の料理を教えられる者が欲しかったのだ」

アリサが笑って提案し、賢者がそれならばと料理教室の指導を頼んだ。

「は、はい。料理を教えるなら」

ルルが控えめに承諾する。

「ペンドラゴン卿にも格闘や剣術を指導してほしい」

「申し訳ありません。私はタマと一緒に忍者教室で学ぼうと思っています」

レベルごり押しのオレに教えられるか分からないし、タマだけを忍者教室に入れるのも心配なのでそう申し出た。

アリサ達も心配だが空間魔法で確認していれば大丈夫だろう。

忍者教室にもちょっと興味があるしね。

「そうか。魔族や魔王と戦った事のある者から教えられれば良い刺激になると思ったのだが……」

賢者が渋い顔をしたが「本人の希望を無下にするわけにもいかんか」と言ってすぐに折れてくれた。

なお、ポチも賢者から剣術教師の依頼が来るのをわくわく顔で待っていたが、最後まで依頼をされる事はなかった。

「……しょぼんなのです」

「なんくるないさ～？」

こうして、ポチとタマの二人と一緒に、忍者教室での日々が始まったのだ。

◆

「フーマ忍者教室の室長、一三代目ゴザローである」

仲間達を連れて賢者が退出すると、老忍者が偉そうな口調で名乗った。

「私はシガ王国――」

「名乗りは無用！」

オレも名乗り返そうと思ったのだが、即座に遮られてしまった。

「黒髪は下忍三一番。耳付きの白は下忍三二番、耳付きの茶は下忍三三番と呼ぶ。名前で呼ばれたくば、修行を果たし見事乗り越えてみせよ！」

教室付きの綺麗《きれい》なお姉さんが、番号札が付いた忍者装束を持ってきてくれた。

それに着替えて修行に参加する。

「ぴょんぴょんなのです」

「ほっぱ～？」

生徒の子供達は修行場の一角に植えられている葦《あし》の上でジャンプする訓練中のようだ。葦そのものではなく葦に似た現地植物のようだ。

「遅いぞ！　早く来い！」

老忍者が鬼教官の顔で呼ぶ。

「お前達も跳んでみろ」

彼が跳んでみせろという葦は三〇センチほどに切り揃《そろ》えられているので、生徒達が軽々と跳んでいる。

「らくしょ～？」

「余裕なのです」

もちろんタマもポチもオレも、生徒達と同様に軽々と跳び越える。

「忍術は継続じゃ。毎日少しずつ伸びていく赤葦を跳び越える事で、このような高い葦すら跳べるようになる！」

　そこには三メートルもありそうな葦が生えていた。

「先生も跳べるのですか？」

「もちろんじゃ！」

　老忍者が即答する。

　凄《すご》いな忍者。レベル二〇もないのに、そんなに跳躍できるのか。

　老忍者の横に表示される彼のレベルを眺めながら思わず感心してしまった。

「すごい～？」

「見てみたいのです！」

「悪いが仲間を逃がす為《ため》に孤軍奮闘し、卑怯《ひきよう》者に毒の矢で膝《ひざ》を潰《つぶ》されてからは歩くのもままならん。いや残念じゃ」

　ポチのリクエストに老忍者は悪びれる事なく首を横に振った。

　オレのＡＲ表示では彼の膝に障害はない。

「かわいそ～？」

「なら、代わりにポチが跳んであげるのです」

「ふはははは、訓練も積んでおらん子供にできるわけがあるまい」

　タマが心配し、ポチが慰めるように告げる。

　そんな二人を見て老忍者が見下した顔で嘲笑《あざわら》う。

――あっ。二人がレベル五〇オーバーという事を伝え忘れていた。……まあ、いいか。

オレの前でポチとタマが高い葦の前に歩み寄る。

「行くのですよ！」

「さっさと現実を見るがいい」

老忍者が顎《あご》をしゃくる。

「とー、なのです！」

腕をぐるぐる回して気合いを入れていたポチがＭ７８星雲から来た宇宙人のようなポーズで、葦を強引に跳び越えた。

「んなぁあああああああああああああ！」

非現実的な光景に、老忍者は顎が外れそうな顔で驚く。後ろで見ていた忍者教室の子供達も同様だ。

「ひらひらり～？」

タマがしなやかにベリーロールのような動きで跳び越えた。

なんとなく興味があったので、タマに続いてオレもぴょんと跳んでみる。

「おっ、けっこう低い」

レベル三一二もあると跳躍スキルを使わなくても余裕だ。

「ば、馬鹿《ばか》なっ。フーマ領の上忍様達にしか跳べぬような高さをっ」

老忍者が動揺している。

彼の称号には「抜け忍」や「フーマ下忍」というのがあるから、それほど優秀な忍者じゃなかったのかもしれないね。

驚愕《きょうがく》してわなわなと震える老忍者と違い、生徒達は大はしゃぎだ。

「ごほんごほん、――静かにせぬか！」

老忍者が我に返って咳払《せきばら》いし、大騒ぎする生徒達を一喝した。

「こ、これは序の口だ。次の修行をするぞ！」

老忍者に連れてこられた場所はむき出しの地面がでこぼこになっている場所だ。

生徒達は次に何を行うのか分かっているみたいで、体力自慢風の子以外は少し嫌そうな顔をしている。

「次は土遁《どとん》の術を行う」

老忍者が宣言し、生徒が地面に刺してあった木製のシャベルを手に取る。

「やれ！」

その号令で生徒達が一心不乱にシャベルで土を掘って、その穴に潜り、身を隠した。

何度も掘り返して柔らかくなっているんだろうけど、それでも大した速さだ。

「地味だが、広い荒野で追っ手を撒《ま》くのに最適なのだ」

老忍者が自慢げに告げる。

「貴様らもやってみよ」

シャベルを取って生徒達の並びで穴を掘ろうとしたオレ達を、老忍者が制止した。

「待て、お前達はそっちの地面でやれ」

老忍者が指示したのは掘り返された形跡のない地面だ。

「えー、あそこって固いよね？」

「上級生の先輩にだって無理だよ」

「お師匠様、大人げない」

生徒達が穴の中でこしょこしょと会話するのを聞き耳スキルが拾ってきた。

「さあ、早くやれ」

勝ち誇った顔で老忍者が命じる。

——まあ、結果は分かっているけどね。

オレは手信号でポチにGOサインを出す。

「えいやーなのです」

ポチが地面の固さなどものともせず、あっという間に穴を掘る。

「や、やるではないか」

老忍者も心構えができていたのか、冷や汗をかきながらも褒め言葉を口にする余裕があった。

——ここまでは。

「ポチ、忍術忘れてる〜？」

「しまったのです。ポチはうっかりさんなのですよ」

「な、何を言っておる？」

タマとポチの会話に不穏なモノを感じ取ったのか、老忍者が制止するように手を伸ばすが二人は気付いていない。

「タマが手本を見せてほしいのです」

「あいあいさ～」

タマがシャベルも持たずに指定場所へと向かった。

「貴様、木円匙《えんび》を忘れておるぞ」

「だいじょび～？」

老忍者に指摘されても、タマは気にせずマイペースだ。

「にんにん～？」

タマが砂のような物を地面に撒くと一瞬で穴が現れた。土石《つちいし》の粉を使った忍術だろう。

「なんだそれは！」

目の前の現象に老忍者が叫んだ。

ギャグ漫画なら目玉が飛び出ていそうな顔だ。

「忍術～？」

「そんな忍術があるか！」

老忍者が口から火を噴きそうな顔で憤慨する。

「にゅ～」

怒鳴られたタマが耳をぺたんとして尻尾《しっぽ》を足の間に隠した。

「ご老体、これがタマの忍術なんです。賢者様もそれを伸ばす為にここを紹介してくださったのですよ」

タマを背後に庇《かば》いつつフォローする。

老忍者はまだ納得できない顔だったが、それ以上怒鳴りつけてくる事はなかった。

一応、彼から普通の忍術修行の仕方を学ぶんだし、少しは顔を立てておこう。

「タマ、普通の忍術もやってみよう」

「あい」

オレはタマにシャベルを渡して、二人で穴を掘ってみた。

固い事は固いが、岩に比べたら楽勝だ。シャベルに魔刃を使うまでもなくサクサクと穴が掘れた。

「……よし、合格」

老忍者はしぶしぶ納得してくれた。

◆

「お昼だー！」

「はらへったー！」

午前の授業が終わり、昼食の時間になった。

パリオン神国の地方都市では一日二食が多いそうだが、「才ある者」の里では賢者の方針で一日三食が義務づけられているらしい。

「騒ぐな！　今週の食事を配るぞ！」

老忍者が叫ぶと子供達が素早く老忍者の前に並ぶ。彼の横にいた忍者装束を着た綺麗なお姉さんが、子供達の差し出す小さな袋に雑穀のような物を入れていく。ちなみにお姉さんの称号には「くノ一」というのがあった。どんな忍術を使うのか、ちょっと興味がある。

オレ達は袋を持っていなかったけど、お姉さんが袋入りのを用意してくれていたので事なきを得た。

「これは、そのまま食べるのですか？」

干し飯みたいな感じかな？

「そうじゃ！　これは忍者食！　忍者の生命線じゃ！」

「にゅ！」

忍者食という単語が琴線に触れたのか、タマが耳と尻尾をぴんっと立てて目をキラキラさせた。

ポチは小袋の中身が気になるのか、しきりに匂《にお》いを嗅《か》いでいる。

老忍者は「よく噛《か》んで喰《く》え」と言い残して、綺麗なお姉さんと一緒に部屋を出ていった。

彼がいなくなると生徒達の緊張も解け、リラックスした様子でオレ達の所に集まってくる。

「ねぇねぇ、どこから来たの？」

「どうしてあんなに高く跳べるの？」

「土を一瞬で掘ったのは何？」

生徒達が興味津々で尋ねてくる。

どこの世界でも子供達は好奇心旺盛《おうせい》だね。

無難な答えを返していると、生徒の一人が老忍者のマネを始めた。

「忍者は粗食に耐えねばならぬ」

なかなか似ている。

「これだけなのです？」

「朝と夜は汁が付くけど、基本的にこれだけさ」

ボリボリと雑穀を口に入れて咀嚼《そしゃく》する。

これが毎食なら顎が鍛えられそうだ。

「厳《ちび》し〜？」

「ポチのジャーキーさんを分けてあげるのです」

ポチが忍者装束のポケットに隠し持っていたジャーキーを配ると、子供達が諸手《もろて》を挙げて喜んだ。

皆《みんな》、嬉《うれ》しそうにジャーキーに齧《かじ》り付く。

「何をしておるか！」

扉を蹴倒《けたお》す勢いで老忍者が飛び込んできた。

「なんだこれは！　忍者食は厳しい環境でも生き抜ける身体《からだ》を作る為の修行だ。勝手に別の物を喰ってはいかん！」

老忍者が生徒の手から食べかけのジャーキーを取り上げる。

「一流の忍者になりたければ忍者食を喰え！」

老忍者が一喝する。

雑穀の中に弱毒性のモノが混ざっているのもその一環かな？

「立派な忍者となって聖女様や賢者様の役に立ちたいなら、一人前になる事を最優先にせよ！」

聖女や賢者の名を挙げられては逆らえないのか、まだ老忍者に取り上げられなかった子もジャーキーをポチに返し、もそもそと食事に戻る。

太った子だけは老忍者に見つからないように口の中に押し込んで飲み込んでいた。

「お前も特別扱いはせん。これは没収だ」

老忍者がポチの手からジャーキーの束を取り上げて部屋を出ていった。

「ポチのジャーキーさんが……」

ポチがしおしおとうなだれる。

「たべよ～？」

「はいなのです」

タマとポチが袋の中の雑穀を口にする。

「雑草よりは美味《おい》しいのです」

「あい」

二人が微妙な顔で雑穀を咀嚼する。

オレも二人に倣って一摘《つ》まみの雑穀を口に運ぶ。

なるほど、予想していたよりも酷《ひど》い。歴史にあった干し飯の方が何倍も美味しいに違いないね。

まるで心と身体がマシンにでも改造されそうな味だ。

◆

午後は池で水蜘蛛《ぐも》の術や水遁の授業があった。

空歩の応用で水面が歩けるタマとポチに老忍者が驚愕し、レベル五〇オーバーの強靱《きょうじん》な肺活量が実現する驚異的な潜水時間に老忍者が狼狽《ろうばい》する一幕があったが、概《おおむ》ね問題なく過ごせた。

「ぐぬぬ……最後は里の外周を——五周だ！」

最後に一〇キロマラソンとは、忍者修行もなかなかヘビーだ。

「走る事なら負けないぞ」

「そうとも！　獣人の先輩にだって負けなかったんだ！」

生徒の二人がタマとポチに宣戦布告している。

忍術で敵《かな》わなかったので、得意分野でリベンジマッチを挑みたいようだ。

彼らの持っている疾走スキルが自信の源なのだろう。

「タマは負けない～？」

「ポチだってウササ達に勝っちゃうのですよ！」

タマとポチも正々堂々と受けて立つようだ。

老忍者の合図で子供達が走りだす。オレは一番後ろからスタートし、走行フォームの悪い子達にアドバイスしながら走っていると、いつの間にか先頭集団に追いついていた。

「ご主人様、来た～？」

「本当なのです！　ご主人様！　ポチはここなのですよ！」

タマとポチはオレを待っていたようだ。

「くっそー！」

「余裕な、顔、しやがって」

オレは真っ赤な顔でタマとポチを追う子供達を抜き去り、二人と並ぶ。

「ポチの本気モードなのです」

「ばいばいび～」

ポチとタマが全力疾走を始めた。

長距離ではなく短距離のような走り方だ。

「ふ、ふん、そんな速さで最後まで持つものか」

「最後に、勝つのは俺だ」

子供達の負け惜しみを背に受けながら、ポチとタマの後を追いかけた。

なお、一周差を付けた時点で、先頭集団の子達の心が折れたようだ。

いくら疾走スキルを持っていても、レベル差が四〇以上もあっては勝負にならない。これにめげず、強く生きてほしい。

走っている時に何度か視線を感じたが、敵意は感じなかったのでスルーした。

砂煙を上げて走る子供と少年の組み合わせが好奇心を刺激したのだろう。

「一番なのです！」

「ごーる～？」

長距離走はポチの方に一日の長があるようだ。

「き、貴様ら！　どこかで近道をしたな⁈　白状しろ！」

老忍者が怒声を上げながら駆け寄ってきた。

その勢いに怯《おび》えたタマとポチがオレの背後に隠れる。

「にゅ～？」

「ポチは近道なんてしていないのですよ？」

オレの後ろからぴょこっと顔を出した二人が抗議する。

「近道もせずに、こんな異常な速さで戻ってこられるものか！」

老忍者が怒鳴ると二人がピュッと隠れた。ちょっと可愛《かわい》い。

「お待ちください。二人の言う通りです。私達は普通に走っただけですよ」

「──室長。彼らは不正をしていません」

里の外壁から飛び降りてきた忍者服のお姉さんがオレの言葉を保証してくれた。

走っている時に里の方から感じた視線の主は彼女だったらしい。

「ぐぬぬ……」

老忍者が唸《うな》る。

何か思いついたのかにやりと口角を上げて、オレ達を見た。

「汗一つかいておらんようだし、まだまだ走り足らぬだろう？　あそこに見える塔まで走って、塔の根元にある花を摘んでくるのだ」

老忍者が少し離れた山のてっぺんにある物見塔を指さした。

「あい！」

「はいなのです！」

老忍者は嫌がらせか、しごきのつもりで言いつけたのだろうが、遊び足りないタマとポチは追加ミッションに乗り気だ。

「ぐぬっ——花弁が散らぬように持ち帰れ。一枚でも散っていたら、もう一度だぞ！」

「あいあいさ～？」

「らじゃなのです！」

タマとポチが遠くの方に見える塔に向かって駆けだした。

お姉さんの「塔の近くに魔窟《まくつ》があるから注意しなさい！」との警告に礼を言い、オレも二人を追いかけていく。

途中で監視がない事を確認してから、岩の窪《くぼ》みに刻印板を設置して非常用の転移ポイントを作っておいた。備えあれば憂いなしって言うしね。

「魔窟みっけ～？」

「狭いのです」

タマとポチが里から二キロほどの崖地《がけち》に魔窟の入り口を見つけた。

ポチが言うように、子供じゃないと入れないほど入り口が狭い。ちょっと顔を突っ込んで「全マップ探査」の魔法を使って調べたが、二〇メートルほどの長さがある曲がりくねった洞窟になっているだけで、中にはコウモリや虫の他《ほか》は何も棲《す》んでいなかった。

「あそこにも洞窟があるのです！」

「そこと、向こうにもある～？」

岩の裂け目や遠くの斜面にある魔窟の入り口をポチとタマが次々に見つける。

この辺りは小さな空白地帯が多いし、小規模な魔窟が密集しているようだ。ちょっと興味があるが歩いていくには地形が悪い。天駆なら余裕だけど、それだと物見塔から丸見えだしね。

「水の匂いがするのです！」

ポチがそう言って近くの岩の上に登る。

オレとタマも岩を登ると、岩の向こう側の窪地に見覚えのある低木――涼御樹《すずみじゅ》が生えており、その根元にできた水溜《みずた》まりに小動物達や鹿《しか》系の草食動物が集まっているのが見えた。

オレ達に気付いた動物達が逃げていく。

「肉～」

「ああっ、逃げちゃったのです」

タマとポチが動物達を追いかけようとしたので、二人の腰帯を掴《つか》んで止める。

ここはちょっと涼やかだ。砂人達が守り神と言っていた涼御樹の御利益なのかもね。

「さて、修行に戻ろう」

オレ達はほどなくして物見塔へと到着した。

塔の根元に生える花を摘んでいると、塔の上から野太い声がした。

「おう！　修行か？」

「聖女様や賢者様に褒めてもらえるように頑張れよ！」

物見塔の上から、兵士の格好をした男達が手を振る。

オレ達はそれに手を振り返し、摘んだ花を散らさないように注意して帰路に就いた。

老忍者は花弁一枚散っていない花に納得がいかない顔をしていたけど、特に問題なく午後の修行を終える事ができた。


「わ～い？」

「晩ご飯なのです！」

調理場から流れてくる香りに鼻をスンスンさせていたタマとポチが、お姉さんが運んできた大きな鍋《なべ》を見て他の生徒達と一緒に歓声を上げた。

野菜多めのスイトン風の汁が付く夕飯は、お昼の忍者食オンリーに比べると遥《はる》かにマシだ。

旺盛な食欲を見せる子供達を見守っているとアリサから通信が入った。

『はろはろ～。あなたのアリサちゃんですよ』

『私もいる』

アリサに続いてミーアの声も入った。

どうやら、「戦術輪話《タクティカル・トーク》」で全員をつないでくれたようだ。

『魔法教室はどうだい？』

『みんないい子』

『教師は少しエリート意識の強い鼻持ちならないのがいたけど、室長がまともだから大丈夫だと思うわ』

それは何よりだ。

『――あ、あと賢者が「報酬の先渡しだ」って言って、この国の水魔法と火魔法の魔法書をくれたわ。それと貸すだけだって言って、古びた魔法書も何冊か見せてくれた』

『サトゥー、聞いて。魔法書は凄《すご》いの。失われた理論が書いてあったの！　エルフ達も失伝した古い古い理論みたいだったわ。アーゼなら知っているかもしれないけど、私は初めて見たの。本当よ？』

よっぽど興味深かったのか、ミーアが長文だ。

オレも夜中のうちにお邪魔して読ませてもらおう。

『他にもフルー帝国時代の禁呪《きんじゅ》研究者の残した資料っていうスクロールを何本も貸してくれたわ』

『断片』

『うん、一部だけだから、そのままじゃ使えないけれど、ここに書かれている事を研究したら、オリジナルの禁呪が作れるかもしれないわ』

『へー、凄いね』

そういうのは大好物なので、ぜひとも閲覧したい。

『マスター、私も話したいと訴えます』

ナナが主張してきたので、それぞれの教室の話を教えてもらう。

その辺りの話の間に食事の時間が終わって他の子達から離れられたので、忍者教室の近況はタマとポチから皆《みんな》に伝えてもらった。

一巡したところで、皆の先生としての活動を聞く。

『魔法の授業はどうだった?』

『午前は詠唱の練習。昼からは日常での魔法の便利な使い方をレクチャーしたわ』

『ん、初歩の初歩』

専門的な授業をしたシガ王国の王立学院とはかけ離れた内容のようだ。

生意気な子が多いので、アリサとミーアは教師っぽいメガネと指示棒装備で先生らしさを強化していると言っていた。

『明日は詠唱短縮や瞑想《めいそう》なんかのスキルを覚えられそうな修行を中心に教えてほしいって』

『魔法の授業じゃなく?』

『うん、そっちは最低限ね。他の講師の授業も見学したけど、実践的な練習ばっかよ』

『理論無視』

ミーアの声がとげとげだ。

『ここは「習うより慣れろ」の精神なのかもね』

『というかスキルなしの子達にスキルを学ばせるのが優先されている感じね』

――ん？

その子達はスキルという「才」がないのに、「才ある者」の里に招かれたのか？

もう少しアリサから聞いてみる。

『魔法の使い方は知っているみたいで、頭痛に耐えながら魔法を使ってたわよ』

そういうのも「才ある者」に分類されるのかな？

『私の担当した生徒は少し変な感じでした』

『どんな風に変なの？』

『目は良いのですが、身体《からだ》がついてこないと言えばいいのでしょうか？　大怪我《けが》から復帰したての探索者を見た事がありますが、そんな感じの生徒が何人もいました』

『マスター、私の生徒にも何人かいたと報告します』

ふむ、一人だけならともかく、多いのは少し気になるね。

『ルルの方はどうだった？』

『私ですか？　皆さん、頑張ってましたよ？』

ルルの方は問題なしか――そうだ。

『味付けが変だった人はいなかった？』

『え？　いましたけど、ちゃんとレシピ通り計量するように言ったら美味《おい》しくなりました』

そっちは下手なのかリザやナナの言った生徒と類似しているのかの区別が付かない。

『ご主人様の方にはそんな子達はいなかったの？』

『ごめん、あんまり気にしていなかったから覚えてないよ』

後半は老忍者のリアクションを楽しむ会になっていたしね。

『タマとポチは覚えてない？』

『皆、いい子〜？』

『そうなのです！　皆、とってもとっても頑張り屋さん達だったのですよ！』

二人も気付かなかったようだ。

とりあえず、明日から気にしてみるよと告げて、その日の通話は終了した。

この里にいるライト少年の様子も空間魔法の「遠見《クレアボヤンス》」と「遠耳《クレアヒアリス》」で確認したが、他の子達と仲良く頑張っていた。心配はしなくて大丈夫そうだ。


通話を終える頃《ころ》には、早くも就眠時間になった。

「板の間はいいとして、寝具はないのかい？」

「ないよ？」

「忍者はどこでも寝られないとダメなんだって」

食事をしていた板の間を軽く箒《ほうき》で掃いただけで就眠準備完了らしい。

生徒が全員ここにいるって事は、男女一緒に雑魚寝みたいだ。

まあ、野営やキャンプみたいなものと考えたらいいか。暑い地方だから、夜中も窓を開けっぱなしだしね。

「ねぇねぇ、お外のお話聞かせて」

「あたし、勇者様のお話がいい」

眠れないのか、子供達がタマとポチにお話をせがんでいる。

「おうけい～？」

「ポチ達は勇者のヒトと一緒に魔王退治に行ったのですよ！」

「すっごーい！」

「セイナ様は？　セイナ様のお話を聞かせて」

「ボクもセイナ様のお話が聞きたい！」

忍者教室のせいか、勇者パーティーで斥候をしていたセイナが人気だ。

「セイナはオムライスとカレーが好きだったのです！」

「セイナは焼き鳥も好き～？」

たぶん子供達が聞きたいのはそういう話じゃないと思うんだが、粗食な日々を送っている子供達には異国の料理も魅力的だったらしく、どんな料理なのかという話題で盛り上がり、老忍者が「うるさい！」と怒鳴り込んでくるまで続いた。

タマとポチを寝かしつけ、周りが寝静まったのを確認してからアリサとミーアの所にお邪魔して、彼女達が賢者から借りたという古文書や研究資料を見せてもらった。

アリサとミーアは早々に寝落ちしていたが、なかなか興味深い内容だったので、夜明けまで読み込んでしまった。寝不足な日が続いていてちょっと眠い。

忍者教室は朝が早いみたいだから、アリサとミーアが起きるのを待たずに戻った。

◆

「本日は状況に合ったマントや布を使った隠蔽術《いんぺいじゅつ》について教える」

タマとポチの身体能力に恐れをなしたわけではないと思うのだが、今日の忍者教室は基礎訓練以外は地味なものが多い。

「りばーしぶる～？」

「裏は森色、表は土色になっているのです！」

「そのとーり！　よくぞ気付いた！　忍者は身軽さが信条。少しでも持ち物を軽くするのが求められるのだ！」

老忍者が我が意を得たりと語る。

忍者漫画を読んでいる時は気にならなかったけど、手裏剣や撒き菱《まびし》ってけっこう重いんだよね。

「さあ隠れろ！　一〇〇数えたら捜しに行くぞ！　見つかった者は街を三周させる。本気で隠れろ！」

老忍者が叫ぶと生徒達が布を掴んで一斉に駆けだした。

罰ゲーム付きの隠れん坊みたいなものだからか、生徒達はちょっと楽しそうだ。

「にんにん～？」

「ポチは隠れん坊のプロなのですよ！」

タマが屋根のひさしにある隙間《すきま》から屋根裏に入り込み、ポチが素早い動きで縁側に潜り込む。

他《ほか》の子達も物陰や箱の中なんかに隠れている。

――おっ。

潜伏スキルや隠形《おんぎょう》スキルも持たないのに、スキル持ちのように鮮やかに隠れた生徒達がいる。

レベルも低いのに――マジか。見ている間に隠形スキルが発現した子がいた。グレーアウトしているところを見ると、隠れん坊中に得た経験値でレベルアップしてゲットしたらしい。

なるほど……確かに「才ある者」だね。大した才能だ。

「ベルト、ラドリ、ドラト！　そっちはシバト、ザザリ！」

老忍者が凄い速度で子供達を発見していく。

さすがの忍者も最大値に上げた隠形スキルは見抜けないようで、オレの前を素通りしていった。

ちょっと本気を出しすぎたのかもしれない。

結局、タマとポチとオレは最後まで発見されなかった。


「三人は凄いね」

「うんうん、最後まで隠れられた子なんて初めてだよ」

「にへへ～？」

「そんなに褒められると照れちゃうのです」

子供達に褒められたタマとポチが照れる。

「ふん、そのうち化けの皮が剥《は》がれるさ」

「そうそう、『才』は簡単に磨けないんだ」

少し離れた場所にいた生徒がツンツンした顔でくさしていた。

あの子達はさっきスキルなしで見事な隠形を披露していた子達だ。新参のタマとポチがちやほやされているのが面白くないのだろう。

「にゅ～？」

「とげとげなのです」

悪意をぶつけられて純真な二人がしょぼんとする。

「気にしなくていいよ」

「あの子達は出戻りだから、ちょっと偉そうなんだ」

「儀式で聖女様にお会いした事があるからって、いっつも威張っているんだよ」

他の子供達がタマとポチを慰める。

「出戻りの子は多いのかい？」

ちょっと気になったので尋ねてみた。

「うん、上の学校に行った子もたまに帰ってくるんだ」

「やめちゃう子もいるけど、すぐに『才』を得て上の学校に行っちゃうんだよ」

「新入生で挫折《ざせつ》する子も多いよね～」

「忍者食は不味《まず》いから」

子供達の話が違う方向に逸《そ》れてしまった。

それにしても、「上の学校」があるのなら、タマとポチも近いうちに昇格して転校させられるのかもね。

その日の午後は、手裏剣の投擲《とうてき》練習や逃亡時に有用な撒き菱の使い方を学び、老忍者が若い頃の長い長い武勇伝の後に、その決死の任務で逃亡する時に使ったという「空蝉《うつせみ》の術」について教えてくれた。

「『空蝉の術』とは目くらましじゃ」

老忍者が忍者装束の袖《そで》を縛っていた紐《ひも》をほどき、足下に置いてあった篭《かご》から太めの枝二本を取り出して十字に結ぶ。

「煙玉があるなら、それを使うといい。煙玉も撒き菱も使い切り、牽制《けんせい》用の手裏剣も尽きた最後の手段と考えよ」

老忍者は語りながら上着を脱ぎ、十字の枝に着せた。

最後に頭巾《ずきん》を十字の枝に被《かぶ》せて作った物を生徒達に見せる。

「見て分かるように、このようにちゃちな物で相手の目を誤魔化《ごまか》す事はできん」

生徒達も同意なのか素直に頷《うなず》く。

「木の陰、草の陰、岩の陰、どこでもいいから潜み、機会を待て。陽炎《かげろう》や夕闇《ゆうやみ》、雲に星や月が隠れる真闇を利用し、相手の視界が途切れた瞬間に、これを囮《おとり》として逃げおおせるのじゃ」

「——逃げるの？」

「相手の隙を突いて攻撃するんじゃ……」

子供達が意外そうな顔で私語をする。

「その通り逃げるのじゃ。そもそも戦って勝てるような相手なら、そこまで追い詰められん。我らの目的は敵地で得た情報を持ち帰る事じゃ。その事を忘れてはならん」

諜報《ちょうほう》活動という本分を忘れるなと老忍者が念を押す。

オレの横ではちょこんと体育座りをしたタマとポチが、ふんふんと激しく頷いている。素直だ。

そんな風に、ちょっとリアルな「空蝉の術」の話で午後の授業は終わった。

夕飯の後、仲間達に定時連絡をする。

『ご主人様のトコにもいたの？』

『そっちにもいたのか？』

『ん、発見』

訓練中にレベルが上がって隠形スキルを得た子がいたと報告したら、アリサとミーアが自分の所にも魔法スキルを得た者がいたと教えてくれた。

『スキルを得た者かは分かりませんが、修行中にコツを掴《つか》んで急に上手《うま》くなった者はいました』

『イエス・リザ。盾術班にも同様の生徒がいたと報告します』

他の子達も同様の現象を確認していた。

もっともオレやアリサと違って、生徒達のレベルやスキルが見えないので、教えている時の感覚で気付いたらしい。

『ルルは今日どうだった？』

『私？　今日は魚のすり身を使った料理を作ったの！　とっても美味《おい》しくできて、アリサやご主人様や皆《みんな》にも食べてほしいくらいだったわ』

『いや、そうじゃなくて。生徒の方よ。急に上手くなった子はいなかった？』

『特にいなかった、かな？』

料理教室は平和なようだ。

『やっぱ、この急成長する子達が「才ある者」の特徴なのかしらね？』

『そうじゃないかな。元のレベルが低いのもあるけど、同じレベルの他の子よりもレベルが上がりやすかった気がするし』

まあ、そのへんは隠形スキルを得た子のその後を見ていただけだから、あまり確証はない。

『どうやって見分けているのかしらね？』

『賢者の経験か、勘じゃないか？』

もしくはなんらかの秘宝《アーティファクト》や神器といったモノで見分けているのかもね。

まあ、「実害はないし、気にしなくてもいいんじゃないか？」という結論で、その定時報告会は終わった。

◆

「タマ君とペンドラゴン卿《きょう》の修行は私が行う」

翌日、賢者が忍者教室に現れた。

賢者のアシスト役なのか、忍者教室で先生をする美人さんも一緒だ。

「ポ、ポチも忘れないでほしいのです」

「ああ、すまん。君も一緒で構わん」

軽く流されたが、ポチはほっとした顔でタマの横に並んだ。

「昨日までで『普通の』忍者修行は十分に体験できたと思う」

——なるほど、それでオレ達を彼に預けたのか。

「既に分かったと思うが、タマ君の忍術は一般的なそれとは大きく違う」

賢者がタマを見る。

タマはどう反応していいのか分からないらしく、「にゅ〜?」と言いながら難しい顔をしている。

「属性石を使った魔法のような忍術は、私が知る限りタマ君が開祖と言っていい。探せば似た事を試した者もいるだろうが、それを技として昇華できる者は希《まれ》だ」

ようやく褒められていると分かったのか、タマが「にゅふふ」と照れ笑いを浮かべた。

「属性石で使える忍術を一通り見せてくれ」

「あい」

タマが火石《ひいし》の粉で行う火遁《かとん》――火炎舞踏や炎刀、水石《みずいし》の粉で行う水遁という名の水芸、風石《かぜいし》の粉で行う風遁――強風や目くらましや風の刃《やいば》、土石の粉で行う土遁――塹壕《ざんごう》掘りや落とし穴や土壁の術、雷石《かみなりいし》の粉で行う雷遁――雷刃や電気ショックの術、氷石《こおりいし》の粉を使って水面を凍らす氷遁、光石《ひかりいし》の粉を使う光遁――閃光《せんこう》や照明や威力の弱い光弾などの忍術を見せた。

こうやって改めて見ると、なかなか多彩だ。

属性石のコストが高いから一般化は難しいだろうけど、タマが使う分には問題ない。

「影石や闇石《やみいし》はどうした？」

「影はまだ～？」

タマが影石の粉で行う影ちゃぷちゃぷの術を見せる。

影を一〇センチほど波打たせたり、足首まで潜らせたりするのがせいぜいで、影魔法の「影鞭《シャドウ・ウイップ》」のように相手を捕らえるような技はまだ使えない。

「こちらはまだまだ精進が必要だな」

「にゅ～、石が足りない～？」

「影石を使い切ったのか？」

「あい」

タマがこくりと頷き、ポチが気まずそうな顔でスイッと視線を逸らした。

前に影石の粉を盛大にぶちまけたのを気にしているらしい。

「ならば、もう少し分けてやろう」

賢者がアイテムボックスから影石を取り出して分けてくれた。

「影石はどんな場所で手に入るのですか？」

「人の手が入らない深い森の奥だ。強い日差しが降り注ぎ、されど木の根元に光が届かない影の世界が好ましい。影を乱さぬ静寂な森が良いようだ」

なるほど。エルフ達が丁寧に手入れしているボルエナンの森みたいな場所にはないわけか。

意外と該当する場所がありそうだし、今度探してみよう。

「闇石を使った忍術はないのか？」

「闇石はまだ～？」

さすがのタマもそこまで手が回っていないようだ。

「このような術はできぬか？」

賢者が闇魔法を詠唱すると、彼の前に黒い渦巻きが生まれた。

「渦巻き～？」

「そうだ。これは魔法や火炎を吸い込む。私に火遁を使ってみよ」

「あい」

タマが火遁で炎を作ると、それらは全《すべ》て黒い渦巻きに吸い込まれた。

「にゅにゅにゅにゅにゅ！」

「吸い込まれちゃったのです！」

タマとポチが目を見開く。

「闇魔法は『吸収』や『中和』を得意とする。闇石の粉でも火杖《ひづえ》や雷 杖《かみなりづえ》くらいの攻撃なら中和できるはずだ」

「あい！」

タマが元気良く頷いた。

「ポチ手伝って〜？」

「はいなのです」

タマは闇石の粉を作ると、それをぶわっと空中に撒《ま》いてポチの魔刃砲を防ぐ練習を始めた。

ポチは手加減して魔刃砲を撃っているようだが、闇石の粉で僅《わず》かに威力が減衰するだけで軽々と貫通してしまっている。

「あうちっ」

忍術に集中していて回避できなかったタマの額に、威力が減じた魔刃砲の弾丸がぶつかっていた。

鉢金で受けたので怪我《けが》はないようだが、けっこう痛そうだ。

「タマ、大丈夫なのです？」

「なんくるないさ〜？　わんもあとらい〜？」

「はいなのです。ポチはちゃんと手加減できる子なのですよ？」

「待って、ポチ。こっちを使いなさい」

ちょっと危ないので、威力の低い投射銃《スプレー・ガン》で練習させよう。

しばらく、タマとポチの訓練をハラハラしながら見守る。

「できた～？」

「さすがはタマなのです」

他《ほか》の忍術で慣れていたからか、一時間と掛からずに投射銃の散弾を中和できたようだ。

練習中に賢者が何度か助言してくれたお陰かもしれない。

「見事だ。だが、それで満足してはいかん」

「あい、賢者先生～」

タマが真面目《まじめ》な顔でこくりと頷く。

そういえば、修行中にいつの間にかタマとポチが賢者の事を賢者先生と呼ぶようになった。

「闇は吸収しかできぬと決めつけぬように。お伽噺《とぎばなし》には闇魔法で宙に浮かぶ魔法使いも描かれている。タマ君の発想次第でいくらでも忍術の可能性は広がっていく。心と視界を広く持って術の可能性を探るのだ」

「あい、がんばるます」

タマがシュピッのポーズで答える。

なぜかポチもその横で同じポーズで肩を並べていた。うん、可愛《かわい》い。

「その意気だ。君の勉強になるように影魔法を色々と体験させてやろう――」

賢者がそこまで言った後、オレとポチを見た。

「ペンドラゴン卿とポチ君は属性石を使った訓練もいいが、彼女から中忍達の使う特別な奥義を学ぶ方が今後の為《ため》になるだろう」

「特別な奥義、ですか？」

賢者は「うむ」と言って頷《うなず》くと、冷や汗を流しながらタマの忍術を見守っていた美人さんに実演を促した。

「分身の術」

美人さんがそう言って瞬動と停止を繰り返して残像を目に焼き付けるタイプのリアル分身の術を見せてくれた。これならオレにもできそうだ。

「すぴーでぃーなのです！」

「くいっくあんどれすぽんす～？」

タマのはちょっと違う。

「どうかしら？　私が何人にも見えたでしょう？」

「にゅ？」

「ずっと一人だったのですよ？」

どや顔で言う美人さんだったが、優れた動体視力を持つタマとポチは普通に目で追えていたようだ。

「そんなはずは――見てなさい」

ムキになった美人さんが、さっきより速く、さっきより機敏に残像を作り上げる。

フェイント技の「虚身」スキルも併用しているようだ。

「ど、どうかしら？」

美人さんはゼイゼイと荒い息をしながら、滝のような汗を腕で拭《ふ》き取る。

「にゅ～？」

「とっても速かったのですよ？」

どうやら、さっきと一緒で分身には見えなかったようだ。

「貴様も再修行が必要なようだな」

「け、賢者様っ」

美人さんが泣きそうだ。

「私には七人くらいに見えました。緩急をつけて動くのが秘訣《ひけつ》なんですね」

オレはすかさずフォローする。

「他にはどんな技があるんですか？」

「敵地潜入に使う変装や捕まってから逃げ出す縄抜けの技なんかもあるわ。壁走りや幻惑術なんかも便利よ」

美人さんは指折り数えながら色々な技を教えてくれる。

「わお～」

「ポチはとっても気になるのです！」

タマとポチが目をキラキラさせて美人さんを見る。

「タマ君は別課程だ。それらの技は、後でペンドラゴン卿に教えてもらいなさい」

「……ぁぃ」

タマがちょっと残念そうだ。

オレ達は賢者やタマから少し離れた場所で、美人さんから中忍用の技を見せてもらう。

「縄抜けは地味だから、壁走りからね」

美人さんは懐から取り出した黒い刃の短剣を壁に投げつけ、それを足場に壁を走るように登っていく。

彼女は上まで登り切ると狭い壁の上に片足で立ち、こちらにウィンクしてみせた。

腕を振ると、足場に使っていた短剣が彼女の手元に集まる。どうやら、ワイヤーのような物で結んであったようだ。

「すごく凄《すご》いのです！　とってもアメージングだったのですよ！」

興奮したポチが空歩を足場に美人さんの横に行き、彼女の技を褒め称《たた》えた。

「……ありがとう。でも、お姉さん、ちょっと複雑な気分だわ」

オレも壁を走って傍《そば》に行こうかと思ったが、彼女がさらに衝撃を受けそうだったので自重した。

気を取り直した彼女に連れられて教室に移動する。

「幻惑術はあらかじめ調合しておいた幻惑剤を使うの。だから、風向きが重要になるわ。強風の日は屋内でしか使えないから注意してね」

彼女が粉末を燭台《しょくだい》の蝋燭《ろうそく》の火に掛けると甘い匂《にお》いがしてきた。

「わお！　肉がいっぱいなのです！」

どうやら、ポチには幻覚が見えているようだ。

「肉！　なのです！」

――おおっ。

ポチが美人さんの胸に飛びついた。

「ちょ、ちょっとだめぇ」

うん、なかなか脂肪遊戯がアクロバティックだ。

胸に齧《かじ》り付こうとしたポチを、後ろから手を伸ばして制止する。

「ま、待ちなさい。もう幻惑剤を散らしたから、深呼吸してすうすうはーはー、よ」

「……あれれ？　お肉が消えて、お胸になっちゃったのです」

ポチは残念そうに美人さんの胸元から離れる。

「最後は縄抜けの術よ。このロープで私を縛って」

美人さんは持っていたロープを差し出す途中で、ターゲットをポチからオレに変えた。きっと何か嫌な予感がしたのだろう。

女性を縛るのはなかなか背徳感が強いが、本人のご希望とあらば仕方ない。そう仕方ないのだ。

「ポチが縛ってあげるのです！」

「――あっ、待って」

「心配ゴムよーなのです！」

オレが受け取る前にポチがロープを奪い取り、美人さんをぐるぐる巻きに縛り上げた。ご丁寧な事に、口元まで縛られて「むーむー」と唸《うな》っている。

ポチが気合いを入れて縛ったせいで、ぎっちりと縛られているようだ。

確か忍術は縛られる時に力を入れておき、脱出する時に力を抜いて隙間《すきま》を作る技だったはずだし、フィクションの忍者のように関節を外して抜けるにしても、こうまできつく縛られたらどうしようもないと思う。

「あ！　手を切ったら危ないのですよ」

袖口《そでぐち》に隠してあった金属片を取り出す直前に、善意のポチにかっさらわれて美人さんが涙目だ。

このままだと先生の威厳が失墜してしまうので、「理力の手《マジック・ハンド》」でちょっとだけサポートして隙間を作ってやる。その時に色っぽい悲鳴が聞こえたが、紳士らしく耳を塞《ふさ》いで聞こえないふりをした。

「や、やっと抜けられた」

「さすがは忍者先生なのです！」

穢《けが》れのない純真な目をしたポチがパチパチと手を叩《たた》く。

「あ、ありがとう」

複雑な顔で美人さんが答えた。

美人の困り顔って、なんだか癖になりそうで怖い。

再び気を取り直した美人さんに指導されて、オレ達も縄抜けや分身の術の練習を行った。

「脱出、なのです！」

「ポチちゃん、ロープをちぎったらダメ！」

ポチの力尽《ちからず》くの脱出は受けなかった。

「超《ちょ》ー分身なのです！」

「きゃー、教室の壁が！」

分身しようと瞬動し、止まり損ねたポチが勢い余って建物の壁をぶち破って教室外に転がってい
った。木造建築の教室は、思ったよりも安普請らしい。このくらいでポチが怪我をする事はないけ
れど、ちょっと肝が冷えるので、もうちょっと慎重に行動してほしいね。

「こんな感じかな？」

美人さんのマネをしてやってみる。

虚身スキルや瞬動スキルを併用する事でわりとそれっぽく実演できた。


＞「分身」スキルを得た。


おっと上手《うま》くいった。

使えそうだし、スキルポイントを割り振って有効化《アクティベート》しておこう。

「さすがはご主人様なのです！」

「そんな……一回で成功するなんて……」

ポチは「さすごしゅ」してくれたけど、美人さんは泣きそうな顔で拍手してくれた。なんだか罪

悪感を覚えちゃうね。

なお、エロいくノ一修行は上級生のみらしい。ポチの教育上は好ましくないのだが、オレ個人としては後学の為に少しくらい見学してみたかった。

特別メニューの訓練を終え、タマ達の方に向かうと、あちらも訓練を終えており、何やら訓示を受けているところだった。

「優れた力は力なき者を助け導く為にある。力に溺《おぼ》れぬように注意せよ」

「にゅ～？」

「弱い者いじめをせずに困っている人を助けましょうって事だよ」

賢者の言葉が難しくて理解できなかったタマに、優しい言葉で内容を伝える。

「あい！」

タマが元気良く返事をした。

「ペンドラゴン卿《きょう》達の修行も終わったのか？」

「はい、とても有意義でした」

実用性はともかく、忍者屋敷みたいなアクティビティは十分に楽しめたよ。

「それは重畳――」

賢者の言葉の途中で、どこからともなくリリリリリと鈴のような音が鳴った。

彼が袖《そで》をまくると下から都市核《シティ・コア》端末らしき青い結晶の腕輪が現れる。音源は腕輪のようだ。

「……せい……か」

読唇スキルが賢者の声なき呟《つぶや》きをオレに伝えてくれる。

「すまぬが、少し急用ができた。私が戻るまで、彼女から忍術を教わってくれ」

賢者はそう言うと、足下の影にとぷんっと沈みその場から消えた。

たぶん、影魔法の「影渡り《シャドウ・ポータル》」を使ったのだろう。

この時のオレは美人さんの「賢者様、私には無理ですぅううう」という悲壮な叫びに気を取られて、賢者が詠唱もせずに影魔法を発動した事に意識が届いていなかった。

「聖都で何かあったのかな？」

唇を読んだ感じだと、聖都にいるザーザリス法皇の身に何かあったようだ。

情報を集めようとマップを開いた時、アリサから「戦術輪話」が届いた。

『ご主人様、大変よ』

アリサからの急報に、オレの心臓がどくんと跳ねた。

幕間：計算違い

「賢者様、聖女様が――」

聖女の相手をしていた側仕《そばづか》えの女が私に気付いて駆け寄ってきた。

ここは私が太守を務める都市の地下。都市核《シティ・コア》の間の片隅に作り上げた鳥籠《とりかご》――「聖女の間」だ。

「また、癇癪《かんしゃく》を起こしたのか……」

割れたカップや倒れた調度品を見回しながら呟く。

「つまらぬ事で緊急呼び出しを使うな」

「申し訳ございません。ですが、聖女様が自殺しようとされたのです」

叱責《しっせき》された側仕えが身体《からだ》を小さくした。

愚かな事だ。模倣されたものとはいえ、「強制《ギアス》」に縛られたあの女が自殺する事などできはしない。

「ただの自己主張だ。暴れだしたら、適当に宥《なだ》めておけ」

私は側仕えを退出させ、ベッドにうつ伏せに身を投げ出した女の方に歩み寄る。

ところどころ黒くくすんだ真《ま》っ直《す》ぐな紫髪は、聖女装束の大部分を隠すほど長い。ばっさりと切れば頭も軽くなって鬱《うつ》症状も治まると思うのだが、女は頑《かたく》なに切ろうとしない。まあ、無理強いをするほどでもなかろう。

「――シズカ。次の『才渡り』の儀は大物だぞ」

こんな場所までやってきたついでに、聖女《シズカ》に用件を告げる。

本命はシズカと同じ紫髪の小娘だが、小粒だと思っていた猫耳娘の「才」も予想以上に素晴らしい。あの「才」はぜひとも我が手に収め、研究したいものだ。

「また、人々が努力の末に掴《つか》み取ったスキルや経験を奪うのね」

シズカが陰鬱な声で言う。

「それがどうした？　有象無象が持っていても仕方ないものを、有益な者達に再分配するだけの事。どうせ、『強制』に支配された貴様に逆らう術《すべ》はない。そういうものだと受け入れよ――聖女」

私が諭すとベッドに突っ伏したままのシズカが顔をこちらに向けた。

一房だけ漆黒に染まった前髪の間から、恨めしげな目が私を睨《にら》んでいる。前髪で隠れた顔は美貌《びぼう》と言ってもいいほど整っているというのに、陰々滅々な女の雰囲気が全《すべ》てを台無しにしていた。

「……聖女？　私にそんな資格はない。罪人がふさわしい」

「ならば、『魔王』と呼んでやろうか？」

シズカが再びベッドに顔を埋《うず》め、嗚咽《おえつ》を漏らす。

相変わらず心が弱い事だ。魔王化しても「強制」が緩む事なく、理性を保っているのは好都合だったが、こうも陰鬱だと一緒にいるだけでこちらまで心が病みそうだ。

「部下が見繕ってきた物だが、無聊《ぶりょう》を癒《い》やすのに使え」

アイテムボックスから取り出した物資を部屋の片隅に積み上げ、女弟子に選ばせた装身具や衣類をその上に並べた。

高価な品々に興味を持たないシズカは、それを一瞥《いちべつ》する事なく顔を背けたままだ。

私は肩を竦《すく》め「聖女の間」を後にすると、側仕えの女が入れ替わりに入室する。

「まったく、女というのは度し難い」

嘆息する私の前で、都市核の本体である青く輝く結晶体が断続的に明滅した。

同時に端末がリリリリリと鈴のような音を鳴らす。

「――緊急通信？」

私は都市核の端末を取り出すと、そこに表示された短いメッセージに目を通した。

「……なんという事だ」

愚かな側仕えの呼び出しとは異なる、本当の緊急事態に息が止まる。

「こうしてはおれん」

私は都市核に残された魔力の大半と引き換えに、聖都へとすぐさま転移した。


「――聖下！」

飛び込んだザーザリス法皇の私室には、木乃伊《ミイラ》のように干からびた侍従服の遺体と腰を抜かした見習い神官、そして駆けつけたもののどう行動していいか分からない顔をした警備の神殿騎士達がいた。

外したマントを遺体に掛けて衆目に触れないようにし、周囲を見回す。

肝心の法皇は——いた。

ベッドの向こうにある衝立《ついたて》の陰に、法衣の裾《すそ》が見えた。

衝立を回り込んで、部屋の隅で蹲《うずくま》っている法皇の下に駆け寄る。

「聖下、ご無事ですか！」

「……ソリジェーロ」

法皇が震える身体で抱きついてきた。

それを支えながら、彼の身体を観察する。

身体のあちこちから黒い靄《もや》が漏れていた。これは目で見えるほど濃くなった瘴気《しょうき》だ。

かつて緑殿が言っていた。只人《ただびと》に神の権能を貸与する「神の欠片《かけら》」は、人の身に余ると。使いすぎれば「魂の器」が砕け、魔王へと至るのだと。

その言葉の真偽を知る為《ため》に砂塵兵《さじん》の量産を強要した砂人の実験体は、緑殿の言葉通り魔王「砂塵王」へと変貌《へんぼう》した。「才渡り」の儀で酷使したシズカもだ。

おそらくは法皇も、その一歩手前の状態に違いない。

「……恐ろしい。私は自分が恐ろしいのだ、ソリジェーロ」

法皇の身体から漏れる黒い靄が濃くなっている。

緑殿が言っていた。「魂の器」が傷付いた者を人間の領域から魔王の領域に押し出すのは、不安や恐怖などの強い精神負荷《ストレス》や激しい怒りだと。

ならば、人間の領域に押し戻すのは安寧だろう。

「聖下、何があったのですか？」

「ソモスを死なせてしまった」

法皇が侍従の名を挙げて罪の告白をする。

「最初は脚立から落ちて首の骨を折ったソモスを癒やそうと『聖なる力』を使ったのだ。ところが、『聖なる力』が上手く発動できなかった。癒やすはずのソモスが苦しみだして、みるみる干からびていったのだ。私は神に見放されたのだろうか？」

どうやら、ユニークスキル「万能治癒《ヒール・オール》」が反転でもしたらしい。

初めて人を殺《あや》めた事ではなく、神の寵愛《ちょうあい》を失う事を恐れるとは。聖職者とは度し難い生き物だ。

「そんな事はありません。聖下は今も神に愛されておいでです」

もっとも、どの神に愛されているのかは知らんが。

「賢者様、聖下はこちらですか――」

「聖下の身体から黒い靄が?!　賢者様、聖下にいったい何が――」

不運な神殿騎士達を「影の牢獄《シャドウ・ジエイル》」に落とす。

この状態の聖下を見た者達を野放しにはできん。

「ソリジエーロ、彼らは？」

「少し静かにしてもらっただけです」

私は法皇を宥め、精神魔法の「安静波《カーム・ウエーブ》」と「倦怠空間《ウエアリネス・フイールド》」を連続で使って心を強制的に落ち着かせ、「安眠波《スリープ・ウエーブ》」を使う。

法皇の呼吸が落ち着くのと同期して、ゆっくりと黒い靄が薄れていく。

どうやら、処置は正しかったようだ。

「……ソリ……ジェーロ」

「お眠りください、聖下。目が覚めた時には悪夢は終わっています」

眠りに落ちた法皇から離れ、目撃者を始末しようと衝立の向こうに戻る。

――いない？

腰を抜かしていた見習い神官の娘がいない。

「ここにいた娘はどこだ？」

扉の隙間《すきま》から中を覗《うかが》う者達に歩み寄りながら問う。

彼らの目から完全に遺体を目隠しできたタイミングで、運の悪い騎士達と同様に「影の牢獄」へと遺棄する。

「リージャなら、バドリス司祭様の指示で医務室に運ばれました」

バドリス司祭――ドーブナフ枢機卿《すうききょう》の取り巻きか。

「神殿騎士を走らせて見習い神官リージャを確保しろ。聖下を毒殺しようとしたのだ」

「リージャが⁉」

「聖下は！　聖下はご無事ですか⁉」

「安心しろ、聖下は無事だ。だが、止めに入った侍従は聖下を庇《かば》って死んだ。毒殺犯が口封じされる前に身柄を確保するのだ！　急げ！」

動かない神殿騎士の尻《しり》を言葉で叩《たた》いて走らせる。

遺体は検死に回したと告げ、現場保存の為に立ち入りを禁じて扉を閉めた。

「……困った事になった」

神殿騎士を走らせたが、見習い神官を確保するのは不可能だろう。

聖下の秘密を知った見習い神官が、法皇の座を狙《ねら》う枢機卿の手に落ちたのはまずい。

かといって、枢機卿相手に強硬手段に出るわけにもいかん。

パリオン神国の実務を担っているのは、理想家の法皇ではなくあの男だ。私が代わりを務める事はできるだろうが、そのような面倒ごとを抱えては、本来の仕事に大きな差し障りが出る。軽々に始末する事はできん。

ままならぬ状況に苛《いら》つく心を理性で抑えつけて思考を巡らせる。

枢機卿を強制スキルで縛るのが最善だが、あの用心深い男が条件の揃《そろ》う場所にのこのこ顔を出すとも思えん。誘拐して強引に「強制」で縛ったところで、素直に従うまい。面従腹背は当然として、命令の穴を見つけて逆襲してくるのは確実。切れ者の枢機卿に裏で蠢動《しゅんどう》されては厄介だ。

抱き込めれば話は簡単だが、あの男が「魔神牢《ろう》」の解放や魔王を利用した世界征服に乗るとは思えん。

魔法信奉者のような単純な愚者なら話は早いのだが……。

いっそ、枢機卿に法皇を糾弾させて、魔王化を誘発させるか……いや、それはダメだ。まだ準備ができていない。

法皇の座を餌《えさ》にすれば黙らせる事はできるだろうが、それでは私の計画が大きく軌道修正を余儀なくされてしまう。

そうなっては本末転倒だ。

やむを得ん。枢機卿は始末しよう。

支柱を失ったパリオン神国の内政が崩壊するのは間違いないが、民心が荒れ瘴気濃度が高まるのは望むところ。ついでにパリオン神への信仰心が下がれば重畳と言える。国力が下がり、研究の為の資金調達が面倒になるが、その程度は仕方あるまい。

そう結論付けた私は、子飼いの諜報《ちょうほう》員達に枢機卿の現在位置を調べさせた。

「枢機卿がいないだと？」

「はい、大聖堂でバドリス司祭と共に目撃されたのを最後に行方が掴めません」

「枢機卿に付けていた者達はどうした？」

「始末されておりました」

枢機卿配下の暗部どもなかなかの手練《てだ》れらしい。

「行方を追え。人目がない場所なら始末しても構わん。事故を装うのを忘れるな」

「「御意」」

諜報員達が探索に散る。

――枢機卿《ドーブナフ》めっ。

侍従が干からびた一件とユニークスキルを使う時の「紫色の光」から、砂塵王が大聖堂で暴れた時の事を連想したか……。あるいは前々から法皇のユニークスキルについて疑いを持っていて、今回の件で確信したか。

「——賢者殿。猊下《げいか》のご様子はいかがでしょうか？」

法皇派の司祭が扉から顔を見せた。

気がつけば周囲が暗い。思索にふけっているうちに日が暮れていたらしい。

「聖下はまだ眠っておられる。このまま明日の朝までお休みいただくつもりだ」

「賢者殿、護衛を神殿騎士と代わられてはいかがか？　貴公もお疲れであろう」

「私の事は心配ご無用。ここは私が守るゆえ、神殿騎士達は聖下を狙った不埒《ふらち》者の捜索に当てられよ」

私が重ねてそう言うと、司祭は心配そうな顔のまま部屋の前から去った。

後ろから衣擦《きぬず》れが聞こえる。どうやら、今の会話で法皇が目を覚ましたらしい。

「……ソリジェーロ」

ベッドに歩み寄ると、法皇が弱々しい声で私を呼んだ。

身体《からだ》から漏れていた瘴気は完全に消えている。これならば、他《ほか》の者達を部屋に入れても大丈夫だろう。

「夢ではないのですね。私はソモスを死なせてしまった……」

「聖下、御力を手放されよ」

先ほどの状態から見て、「神の欠片」を手放さない限り、法皇は遠からず魔王化する。

「癒《い》やしの御力を?!」

「そうです。次の『才渡り』の儀で、御力を他の聖職者に譲るのです」

驚愕《きょうがく》する法皇に重ねて告げる。

「……少し……少し、考えさせてほしい」

破滅を回避するには他に方法がないというのに、法皇は即決せず、猶予を願った。

私は怒鳴りつけたい衝動を理性で抑え込み、「御意」と短く答えた。

◆

「あの愚か者めが！」

風魔法で防音結界を張り、こらえていた怒りを思う存分解放した。

罵詈雑言《ばりぞうごん》の限りを叫び、気が晴れた私は水差しのワインで喉《のど》を潤す。

「それにしても、せっかく新しい紫髪を見つけたというのに、それを魔王にするよりも先に法皇が使い物にならなくなるとは……これでは魔神牢の封印を解けるのがいつになるか分からん」

部屋を往復しながら思考を巡らせる。

「『神の欠片』を移すのはメーザルトが良かろう。聖女に心酔するあやつなら、素直に受け入れるはずだ。魔王化の後は手に入れた力を存分に使いこなし、パリオン神国に破滅と恐怖をもたらしてくれるに違いない」

魔王を滅するべき聖剣使いが、魔王に堕するのはなかなか皮肉が効いている。

「次の『才渡り』の日にでも、シズカを聖都に連れてきて儀式を行うとしよう」

法皇達を連れて行った方が手早いが、私と法皇の両者が聖都を空けては、いずこかに潜伏した枢機卿につけ込まれるやもしれん。

「ついでに小娘達も連れてきて、一緒に欠片やスキルを取り上げてしまうか……」

それがいい。

「これで私はさらに強くなる」

こみ上げてきた愉快な気分に押され、私は思う存分哄笑《こうしょう》した。

才なき者

〝サトゥーです。迷子というとデパートや遊園地の迷子呼び出しを一番に思い出しますが、大人数で山狩りするような事態もあるようです。どちらも、すぐに見つかってほしいものですね。〟

『何があったんだ?』

その日の修行の終わりに、アリサから『戦術輪話《タクティカル・トーク》』で急報が入った。

『失踪《しっそう》』

ミーアがぽそりと付け加えた。

良かった。ミーアは無事のようだ。

オレはほっと胸を撫《な》で下ろす。アリサが「大変よ」なんて言うから、一緒に行動しているミーアに何かあったのかと思ったよ。

『誰《だれ》が失踪したんだい?』

『生徒』

『わたし達が教えている生徒が二人いなくなったの』

『他の教員には伝えたのか?』

『ええ、でも――』

『スルー』

『スルー？』

『そうなのよ！　教員に報《しら》せたんだけど、「よくある事だから」の一言で終わりよ』

そんなによくあるのか。

『その子達は昨日言っていたスキルを覚えた子ですかと問います』

『違うわ。だから誘拐とかじゃないと思う』

ナナの問いにアリサが答える。

『修行に行き詰まって逃げ出したんでしょうか？』

『ありえますね。勢いで教室を飛び出して、今頃《いまごろ》、途方にくれているかもしれません』

ルルやリザが言うように、どこかの路地裏で膝《ひざ》を抱えているかもね。

『タマが見つけてくる～？』

『ポチだって捜すのです。ポチは人捜しのプロなのですよ！』

タマとポチが割り込んできた。

まあ、後は寝るだけだから問題ないだろう。

『名前は分かるかい？』

『うん二人の名前はジムザとアブルっていうの』

アリサの言う名前をマップ検索してみたが、意外な事に「才ある者」の里の中や周辺の土地にはいなかった。

念の為《ため》に調べた隣接マップにもいない。

『それじゃあ、もう……』

『いや、魔窟《まくつ》への入り口が幾つかあるから、そこに迷い込んでいないか調べてみるよ』

前に塔への長距離走中に見つけたように、この里の周辺には数多くの小規模魔窟がある。

オレはアリサにそう告げて部屋から抜け出すと、既に寝間着から忍者装束に着替えていたタマとポチがシュピッのポーズで待ち構えていた。

『わたし達も行くわ』

『ん、心配』

『マスター、同行を志願しますと告げます』

『お役に立てるか分かりませんが、私もご一緒します』

アリサ、ミーア、ナナ、ルルが同行を志願した。

リザは既に忍者教室の方に向けて移動中だ。

『分かった。一緒に行こう』

オレは集合場所を皆《みんな》に告げ、タマやポチと一緒に忍者教室を抜け出した。


「「「ジムザー！　アブルー！」」」

仲間達と合流した後、魔窟がある場所を探索していた。

おおよその位置はマップの空白地帯で分かるのだが、その入り口がすぐに見つかる場所とは限らない為、皆で手分けして入り口を探してもらっている。

「わしゃわしゃわしゃ～？」

タマが下生えを掻《か》き分け、顔と頭を葉っぱだらけにしながら見つけた。

「ポチの鼻が言っているのです！　ぜったい絶対にこの下に入り口があるのですよ！」

ポチが持ち前の勘で入り口を掘り当てる。

「アリサ、あそこ！　岩と岩の間に不自然な風が流れているわ」

「おっけー！　見てくる！」

スナイパー・ルルが風を読んで見つけた風穴のような魔窟の入り口を、アリサが転移して確認する。

「小シルフ達、捜して」

——フォン！

ミーアは精霊魔法で召喚したシルフを無数の小シルフ達に分裂させて、数にモノを言わせて付近を捜す。

探索が得意でないリザとナナはサポート役だ。

「リザ、魔物を発見したと告げます」

「魔窟に潜んでいたようですね」

ごく希《まれ》に魔窟から魔物やコウモリなどが飛び出してくるが、ナナの理術とリザの魔槍《まそう》がサクサクと殲滅《せんめつ》していた。

オレは仲間達が魔窟の入り口を見つけるたびに、その場所に急行して「全マップ探査」の魔法で調べるのを繰り返している。

「なかなか見つからないわね」

「魔窟の数が多いからね」

既に三〇箇所以上は捜したけれど、どこにもいない。

もしかしたら、オレのマップ範囲外に出てしまったのかも、なんていう考えが脳裏を過《よぎ》ったが、普通の子供達にそんな力はないはずだ。

「もしかしたら誘拐されたのかも……」

「誘拐？」

アリサの呟《つぶや》きをミーアが拾った。

「『自由の光』の残党とか！」

「魔王信奉者なら、子供を生《い》け贄《にえ》に魔王の復活を企《たくら》んでいても不思議ではありません」

「幼生体を生け贄にするのは禁止だと宣言します」

「ご主人様――」

リザが同意し、ナナが憤慨し、ルルが心配そうにした。

「まだ誘拐って決まったわけじゃないよ」

確かにありそうな話だけど、魔王「砂塵《さじん》王」討伐以後は魔王信奉集団「自由の光」の構成員を見かけていない。

しかしこの国にはあちこちに魔窟――迷宮「魔神牢《ろう》」の遺跡があるから、彼らが潜伏できそうな場所には事欠かない。パリオン神のお膝元《ひざもと》であるパリオン神国に「自由の光」が一大勢力を持っていたのは、魔窟の存在が大きいと思う。

「にゅ！」

少し離れた斜面で岩の裂け目を覗《のぞ》き込んでいたタマが、顔を上げて周囲を警戒する。

レーダーの端に光点が映った。忍者教室の美人さんだ。その場でしばらく待っていると岩場の向こうから姿を現す。

「夜中に教室を抜け出して、こんな場所で何をしているのかしら？」

複数の閃光弾とともに現れたので表情はよく見えないが、忍者教室の先生だけあって呼吸の乱れはない。

「魔法教室から失踪した子供達を捜しています」

オレが正直に答えると「そう……」と呟いた後、「夜中に魔窟の近くに行くなんて危ないでしょ」と注意された。

「子供達なら心配ないわ。既に保護してあるから」

美人さんが言うには、ドロップアウトした子達専用の隠れ里があるそうだ。それなら一安心だね。

「教室の先生はどうして言わなかったのかしら？」

「それは生徒達に隠れ里の事を秘密にしているの」

アリサに問われた美人さんが答える。

「どうして秘密に？」

「隠れ里の事が知れ渡ると、最後のひと踏ん張りをせずに諦《あきら》めてしまう子達が出るからよ」

だから、逃げ場所がある事は告知しないのだと美人さんが説明した。

「だからって……」

アリサはいまいち納得できていないようだ。

「ジムザとアブルに会わせて。無事を確認したいの」

「ダメよ。隠れ里の場所は秘密なの」

「どうしてよ！　わたしは生徒じゃなく教師よ？」

「臨時の、でしょ？」

アリサと美人さんが見つめ合う。

しばらくそのままだったが、やがて美人さんの方が折れた。

「……仕方ないわね」

「それじゃ――」

「でも、隠れ里に連れて行くのはダメよ。賢者様の言いつけに背けないわ」

ぱあっと輝いたアリサの顔が再び陰る。

「子供達に手紙を出させるわ。それでいいでしょ？」

美人さんがアリサを見る。

「それでも納得できないなら、賢者様に直接交渉して」

「分かった。そうするわ」

肩を竦《すく》める美人さんにアリサがそう答えた。

聖都から賢者が戻ってきたらアリサに報せてやろう。

◆

「いなくなった子？」

「いるよー、出戻りの子が多いよね」

翌朝、忍者教室の生徒達に尋ねたら、ここでもたまにいなくなる子がいると聞かされた。

「前は凄《すご》かったけど、戻ってきた時はふつーだったよね」

「マ、マ、マンシンだってお爺《じい》ちゃん先生が言ってた」

オレの問いに生徒達が矢継ぎ早に答えてくれた。

「朝食を終えたら教練場に集まらんか！」

もう少し話を聞きたかったのだが、老忍者の怒声を聞いた子供達が転げる勢いで部屋を飛び出していったので、話はそこまでとなった。

賢者が戻ってこなかった為、今日の授業も美人さんが行うらしい。

「今日の授業は薬を使うわ」

彼女から風遁《ふうとん》の術で使う目潰《めつぶ》しの粉や蠱惑《こわく》の術で使う魅了薬などの調合を学ぶ。ポチに胸をもみしだかれたからか、幻惑剤の調合はやらなかった。

オレにとっては既知の技術だったので、授業を受けるふりをしながら戦術輪話で仲間達と情報交換をする。

『──そっちでもか』

『はい、ご主人様。私が来てからはいなかったので気付きませんでした』

『マスター、盾班でも一人脱落者がいたと報告します』

『ルルの方は？』

『私の方はいません──あっ、脱落者じゃありませんけど、屋台をすると言って卒業した子は何人かいるそうです』

ルルの方は失踪《しっそう》と言えるか微妙だけど、どの教室も少なからず飛び出した子達がいたようだ。

『そー言えば、ライト君の友達も失踪したって言ってたわ』

『ライト君？　どうして彼がアリサの所に？』

『相談に来たわけじゃないわ。休憩時間の時に、友達の名前を呼びながら歩いているあの子を見かけたのよ』

ライト少年は意外にトラブル体質だから、厄介事に巻き込まれそうで怖い。

まあ、今回の場合は「隠れ里」への保護みたいだから、厄介事なんか起きないと思うけどさ。

その日は子供達からアリサへの手紙は届かず、夜まで待っても賢者が戻ってこなかったので面会を直訴する事もできずという感じだった。

「——げっ」

夜中にこっそり隠れ里の調査に行こうと暗い部屋の中でマップを確認したところ、忍者教室の屋上に潜む美人さんを発見してしまった。

昨日の事もあるし、オレ達がまた抜け出して魔窟に行かないか心配してくれているようだ。

塔への長距離走中に仕掛けておいた刻印板に向けて帰還転移《リターン》しようと考えていると——。

マーカーを付けた光点がレーダー内に現れた。

——元怪盗のピピンだ。

得意の短距離転移でやってきたらしい。

「よう、若様」

「こんばんは、ピピン」

オレを驚かそうと目の前に現れたピピンに平然と挨拶《あいさつ》したら、「バレてたか……」と少し悔しそうにしていた。

タマもピピンの接近に気付いていたようで、眠そうに顔を半分枕《まくら》に埋《うず》めながら耳だけこっちを向いている。ポチは洟提灯《はなぢょうちん》で夢の中だ。

「それで、どんな用事だい？　こんな場所まで追いかけてきたっていう事は何か重要な用事ができたんだろ？」

「そう焦るなよ。まずは礼を言うぜ。若様が金を用意してくれたお陰で、なかなかの立地で支店用の店舗や倉庫が確保できた」

ピピンが陽気な声で言う。

ほほう、それは重畳。クロの姿でピピンを褒めてやらないとね。

「支店の方は後任の連中に任せたんだが、雑用をこなしている時にきな臭い噂《うわさ》を聞いたんだ」

ピピンが声を潜め、オレに耳打ちした。

「きな臭い噂?」

「ああ、『才ある者』の里の噂だ」

「——ここか?」

「そうだ」

ピピンが真面目《まじめ》な顔で首肯する。

「路地裏で死にかけていた男が言っていたんだ。『才渡り』で『才』を取り上げられて、鉱山で死ぬまで働かされるから逃げてきた、と」

「『才渡り』で『才』を取り上げるっていうのは、具体的にどういう事だ?」

「さあ、その先を聞こうとしたら、黒頭巾《ずきん》の連中に殺されちまったよ。ありゃあ、この国の諜報《ちょうほう》員だな。性能のいい認識阻害装備を付けていたぜ」

ピピンが悔しそうに言う。

「今の話には『才ある者』の里の話は出なかったと思うが?」

「あいつが最初にうわごとのように言ってたのさ。『里に戻るのはいやだ』『聖女様、お許しくださ い』『才なき俺に聖女様にお会いする資格はない』って何度もな」

ピピンは「里」や「才」という単語から、「才ある者」の里の事を連想し、ここまで来たそうだ。

「それでわざわざ報《しら》せに来てくれたのか」

オレはそう言ったあと、ピピンに情報提供の礼を言う。

どうやってオレが忍者教室にいたのが分かったのか知らないが、大した諜報能力だ。意外と得がたい人材かもしれない。

「それだけでもないさ。若様も何か心当たりはないか？」

「うん？　まだ首を突っ込むのか？」

「俺は義賊だぜ？　いや、今はクロ様の下僕だが、弱者を食い物にする連中は放置できねぇよ」

ピピンは「全部は無理だがな」と語った後、「才とやらを操作するのが太古の秘宝《アーティファクト》ならクロ様が人の役に立ててくれるだろうし、魔族の仕業なら丸投げで退治してもらうさ」と言っておどけた。

「そうか――心当たりだが、少し気になるところがある」

オレはそう言って、失踪した「出戻り」の子供達の事や子供達が保護されているという「隠れ里」の事をピピンに話した。

「この辺りに集落らしい場所はなかったぜ？　あるとしたら――」

「ああ、魔窟《まくつ》のどこかだろう」

ピピンの言葉を先取りして告げる。

「やっぱりか――」

「もしかして、心当たりがあるのか？」

「ああ、『街や村がないはずの荒野を行く、護衛付きの馬車や荷馬車を見た』って噂があったぜ。しかも馬車を走らせるのが月のない夜ときた」

「怪しいな」

何か訳ありです、と言わんばかりだ。

「目撃場所は分かるか？」

オレは自分のベッドに地図を広げながら尋ねる。

ピピンが目撃情報のあった場所とおおよその移動方向を指で示す。

その情報を元に、マップの空白地帯をチェックしてみた。三箇所ほどが該当するようだ。

「魔窟があるのは、こことここ。それにここだ」

「よく分かるな……」

「勇者様と一緒に魔王退治をした時に、魔窟の位置が描かれた地図を見た事がある」

「それで、こんな隅の方の魔窟まで？」

ピピンは呆《あき》れ顔でそう言った後、「さすがはクロ様が一目置くだけはあるぜ」と聞き耳スキルがないと聞こえないような小声で呟《つぶや》いた。

「助かった。これで調査に行ける」

「なら、オレも一緒に行こう」

渋るピピンに「陽動役も必要だろう？」と言うと、なんとか同行に同意してもらえた。

「それじゃ行くぜ。俺にしっかり掴《つか》まりな」

ピピンの短距離転移で少し離れた建物の屋根に移動する。

ここなら忍者教室の屋上で監視する美人さんも気付けないだろう。

「若様、そのガキどもも連れて行く気か？」

ピピンに言われて足下を見ると、オレの足に抱きついたタマが、略式シュピッのポーズでオレを見上げていた。その横には寝ぼけ眼のポチもいる。転移に気付いたタマがポチも一緒に連れてきたようだ。

「心配ない。この子達なら大丈夫だ」

オレがそう言うと、ピピンは肩を竦めただけで了承してくれた。

「この人数じゃ、里の外まで飛べん。屋根の上を移動するぞ」

「あいあいさ〜？」

ピピンの後ろをタマが追従し、目を擦《こす》るポチを小脇《こわき》に抱えてオレもその後を追う。

移動しながら空間魔法の「遠話《テレフオン》」でアリサにピピンから聞いた話を告げ、怪しい場所の調査に向かうと伝えた。

『それなら、わたしとミーアも行くわ！』

『今回は偵察だけだよ』

アリサが言っていた子達が見つかったら、その子達だけは先に救出してくるのもいいかも。

『でも――』

『もし、成り行きで捕まっている人達を救出する事になったら、アリサやミーアの魔法が必要だ。その時は他《ほか》の子達と一緒に来てくれるかい？』

『――分かった。リザさんとナナとルルにはわたしから連絡しておくわ』

アリサとの通話を終えた時、ピピンが屋根の陰に身を潜めるのが見えた。

オレ達もその後ろに集合する。

「この先は監視網がある」

ピピンが小声で囁《ささや》いた。

「――監視網？」

「ああ、侵入防止だけじゃない。脱走の監視もしているみたいだぜ」

里に夜の見張りが多いのは気付いていたが、魔窟が近いせいだと思い込んでいたよ。

ピピンの短距離転移で塀を越え、その向こうの窪《くぼ》地《ち》へと着地する。

「ご主人様、どこへ行くのです？」

「極秘任務〜？」

「極秘！　なのです！」

寝ぼけた顔をしていたポチが、タマの言葉を聞いて完全に目を覚ました。

どうやら、「極秘任務」という言葉がポチの興味を引いたようだ。タマとポチの二人が、互いにシュタッのポーズをして気合いを見せ合っている。

「しばらく走るぜ」

全力疾走の合間に短距離転移をするピピンの後ろを、危なげなく三人で追いかける。

夜目の利くタマだけでなく、ポチもそれなりに夜目が利くので照明はなしだ。目が慣れると、新月の晩でも星明かりでけっこう見えるしね。

「この辺りにあるはずだが……」

涼御樹《すずみじゅ》が群生する山の中腹で、ピピンが周囲を見回す。

マップ情報だと、この近くに入り口があるはずだ。

「手分けして探そう」

丁度いいタイミングなので、入り口を探すフリをして近くの岩陰に「帰還転移」用の刻印板を設置しておいた。

「あそこ、なのです」

鼻をすんすんさせていたポチが赤い岩の根元を指さした。

入り口は巧妙に偽装されており、見た限りでは入り口があるようには見えない。ポチは持ち前の嗅覚《きゅうかく》で、隠されていた魔窟の入り口を見つけ出したようだ。

「さすがは犬耳族。犬人にも負けない鼻だな」

「えっへんなのです」

ピピンに褒められたポチが誇らしげに胸を張る。

そのまま入り口に駆け寄ろうとしたポチをピピンが止めた。

「おっと待ちな。罠《わな》があるぞ」

「任せて～？」

タマが忍び寄り、罠を解除する。

入り口を監視する者がいないのは、マップで確認済みだ。

「こっちの小さいのもやるじゃねぇか」

「にへへ～」

タマが照れ笑いをする。

ピピンと二人で入り口を隠す覆いを浮かせ、タマとポチを先行させてオレ達も後に続く。

中に入ってすぐに「全マップ探査」を実行する。

――いた。

アリサが言っていた二人を含む多くの人達がいる。

主に「才ある者」の里の関係者だが、パリオン神殿の神殿騎士や神官も多い。

幸いな事に魔王信奉集団「自由の光」の連中はいなかった。前回の魔王討伐以来見かけていないから、この辺りに残党が潜伏しているのではないかと懸念していたが杞憂《きゆう》だったようだ。

他には魔物がたくさんいる。魔窟では見かけなかったデミゴブリンが無数に生息しており、少し離れたブロックにはデミゴブリンの死骸《しがい》を利用したゾンビやスケルトンなどの下級アンデッドもいた。

後者は里の関係者にいる死霊術士が生産したモノらしい。

まあ、調査はこのくらいでいいだろう。

本来の目的も果たした事だし、オレはアリサに空間魔法の「遠話」で報告する。

『失踪《しっそう》していた子達を見つけた。ここが「隠れ里」らしい』

『本当？　どんな様子？』

『他の子達と一緒に、練習用の木槍《もくそう》で的を突く訓練をさせられているみたいだ』

オレは空間魔法の「遠見《クレアボヤンス》」で調べた情報を伝える。

『槍？　あの子達は本より重い物を持った事がないようなもやしっ子なのに』

『嫌々やらされている感じだ。「隠れ里」の人達に訓練を強制されているのかもね』

『保護されてたんじゃないの？　あのくノ一はそう言ってたわよね？』

アリサの問いを肯定する。

『違う才能を見いだそうとしているのかもしれないけど……』

『どういう状況かよく分からないから、会って話してみるよ』

『うん、お願い』

子供達が自分から訓練を志願したかもしれないからね。

――にゅにゅにゅ。

斥候役のタマが前方で手信号を出してきた。

あれは正体不明の誰《だれ》かが接近しているという報告だ。

オレはアリサとの通話を終了し、眼前の状況をクリアする為《ため》に行動する。

オレが「隠れろ」と手信号を出すと、タマはぴょんと天井に張り付いた。今日の忍者教室で美人さんに教えてもらった技だ。さっそく使っているらしい。

ポチがそれをマネしようとして天井にべちゃと激突しそうだったので、常時発動している「理力の手《マジック・ハンド》」でフォローしておいた。

オレとピピンは左右の岩陰に隠れる。オレ達のサイズだと天井に張り付いてもバレそうだしね。

ランタンを持って現れたのは二人の神殿騎士みたいだ。

「工場は順調のようだな」

「――工場？」

「あいつらの事さ。レベルを上げる工場みたいだろ？」

レベル上げ工場？　経験値工場って感じかな？

騎士達の会話が気になったので、内容に集中する。

「それもゴブリンの養殖あっての事。賢者様の深謀遠慮には頭が下がる」

「うむ、ニルボグのような不味《まず》い野菜を手に入れてきた時は、下民への嫌がらせかと思ったが、まさかニルボグを喰《く》ったゴブリンが普通の何倍もの速度で増えるとは」

ニルボグという野菜はパリオン神国の村落で見た事がある。

あの野菜はシガ王国のガボの実と同様に、デミゴブリンの繁殖をブーストする効果があるようだ。

「しかも殺したゴブリンの死骸はゾンビやスケルトンにして何度も搾り取る」

増やしたデミゴブリンやアンデッドはパワーレベリングに使っているわけか。

子供達が槍の訓練をしていたのは、パワーレベリングを安全に行う為かな？

「魔物どもは死後の安寧もないとは、死霊術士どもが忌み嫌われるのも分かるというものだ」

「……噂《うわさ》では事故死した者や自殺した者の遺体も使っていると」

「それはただの噂だ。聖女様や賢者様がそのような非道な行いをするわけがない」

「そうだ。そうだな」

「そうとも」

否定した神殿騎士が豪快に笑うと、噂を口にした神殿騎士も追従笑いを浮かべた。

ここにいる彼らも里の人達と同じで、聖女や賢者に心酔しているようだ。

「さて、そろそろ急がねば間に合わぬぞ。我らは『才渡り』の儀式に参加する神官や武官を迎えに行くという大役があるのだからな」

新しいワードが出てきた。

いや、ピピンが聞き出してきた話に「才渡り」という単語はあった。

確か「『才渡り』で『才』を取り上げられる」という話だったっけ。

「ああ、分かっている」

「気に病む事はない。奴《やつ》らは自分達のような国を守る武官や人々を教え導く神官――いわば選ばれし者に捧《ささ》げる為に頑張っているのだから」

その言葉を最後に神殿騎士の声は聞こえなくなった。

彼らの言う「才」はスキルなんじゃないかと思う。さっきの言葉を信じるなら、彼らは対象者のスキルを自分達に「捧げ」させる手段を持っているという事になる。

「若様、どう思う？」

神殿騎士達が十分離れたのを確認して、ピピンがオレに耳打ちした。

「最後の『自分達に捧げる』という部分は眉唾《まゆつば》だけど、里を逃げ出そうとした者達が、ここで強制労働をさせられているのは間違いないみたいだね」

オレ達は神殿騎士達が現れた方角に進み、分岐点では「理力の手」で物音を立てたり「腹話術」スキルで会話を捏造《ねつぞう》したりして、先頭のピピンを目的の方角に誘導した。


「これが経験値工場？」

オレは岩の割れ目から、眼下の空洞を見下ろしながら呟いた。

「魔物と戦っているだけにしか見えないぞ？」

ピピンが言うように、オレ達の視線の先では檻《おり》の中に閉じ込められたデミゴブリン達を安全な場所から槍で突く人々の姿があった。

「ぱわーれべりんぐ～？」

タマが首を傾《かし》げる。

確かにそうとしか見えない状況だ。

「嫌々やらされている奴が多いが、中には楽しんでいる奴もいるぜ」

聞き耳スキルに意識を集中すると、何人かの男女達が「スキル生やしてやる！」「聖女様に捧げるんだ！」「もう賢者様に失望なんてさせない」なんて言いながら嬉々《きき》としてデミゴブリンに槍を突き刺しているのが分かった。

もっとも大多数は死んだ魚のような目で機械的に槍を突き出しているだけだ。

後で聞いた話だが「スキルを生やす」というのは、種に戻ったスキルが再び生えてくるという思想から生まれた言葉らしい。

「なんだか変な臭《にお》いがするのです」

鼻をスンスンさせていたポチが呟《つぶや》いた。

「デミゴブ～？」

「デミゴブじゃないのです。変なお薬の臭いなのですよ」

ポチがあのへんと言って指さす。

その先には机があり、何かの瓶が置かれていた。ＡＲ表示がその瓶に残っていた薬品の正体をオレに教えてくれる。

――魔人薬。

レベルが上がりやすくなり、一時的な身体強化を服用者にもたらすが、シガ王国では使用が厳に禁じられている危険な薬だ。この薬を使いすぎると、副作用で人体の一部が魔物のように変化してしまう。

ＡＲ表示を信じるなら、この魔人薬はシガ王国産らしい。備考の作成者名が迷宮都市セリビーラで太守代理をしていたソーケル配下の錬金術士の名前だったので間違いないだろう。貿易都市タルトゥミナから密輸出された先はここだったらしい。

「――げっ」

ピピンが短距離転移で瓶の傍《そば》に移動し、瓶を掴《つか》んで戻ってきた。

見張りの注意が逸《そ》れた瞬間を狙《ねら》って行っていたが、なかなか心臓に悪い。

「若様、こいつぁ魔人薬だぜ」

瓶に残っていた液体を鑑定したピピンが呟く。

「クロ様に伝えないと――」

「クロ殿への連絡手段はあるのか？」

エチゴヤ商会の幹部には空間魔法式の簡易通信装置を預けてある。

「俺は持ってない。だけど、支店設立に来た嬢ちゃんが持っているはずだ」

「なら、伝えてくれるかい？　クロ殿なら、強制労働されている人達ごと救ってくれるだろ？」

ちょっと迂遠《うえん》だけど、ピピンの目の前で「サトゥー」が人外の力を揮《ふる》うわけにはいかないからね。

「分かった。なら、一度地上に戻ろう。若様達は先に『里』に戻っていてくれ」

「いや、オレ達は捕まっている知り合いを捜してくるよ」

虐待されていないなら救出を急がなくてもいいかと思っていたが、魔人薬を使うような集団の下にアリサとミーアの教え子を置き去りにする事はできないからね。

「なら、一緒に行ってやる」

「いいのか？」

「ああ、若様達が力尽《ちからず》くで助け出すより、俺様の華麗な盗みのテクニックで知り合いとやらを救出した方が騒ぎにならないからな」

ピピンがぶっきらぼうに言う。

「ありがとう、助かるよ」

オレ達はピピンの先導で、子供達が拉致《らち》されている場所を探し始めた。

もちろん、経験値工場へ誘導したのと同じ方法で、槍の練習場へ案内したのは言うまでもない。

「水の匂《にお》いがするのです」

移動中に鼻をスンスンさせていたポチがそんな事を言った。

この先の大空洞に水源があるようだ。

「池～？」

「この広さだと地底湖かな？」

地底湖の畔《ほとり》で水汲《みずく》みをしている人達がいる。

砂漠や荒野だらけのパリオン神国だが、地下には潤沢な水源があるようだ。

深い井戸を掘れば各地の水不足も解消できそうだけど、今度は水汲みの重労働が問題になりそうな気がする。

「行くぞ、若様」

ピピンに促されて地底湖沿いの道を進み、槍の練習場へと辿《たど》り着いた。

◆

少し遠回りしたせいで、到着した時には槍の練習が終わるところだった。

「——本日の修練はここまで！　宿房へ戻れ！」

教官らしき髭面《ひげづら》男が怒鳴ると、生徒達の間から歓声が上がった。

宿房へ戻る生徒達の後を尾行する。オレ達が最優先で助ける予定のアリサとミーアの教え子達は先頭集団にいるので、移動中に接触するのは難しい。

宿房というのは雑居部屋のようだ。

部屋の中央には大きな鍋《なべ》が置かれてあり、生徒達は手に持った椀《わん》にスープのようなモノを注いでもらって食べ始めた。臭いからしてニルボグのスープみたいだ。

「若様、これに着替えな」

ピピンがどこからともなく、生徒達が着ているボロい服を手に入れてきた。

ちゃんと洗濯していないらしく、けっこう臭う。

「タマのは～？」

「ポチの分はないのです？」

「お前らは目立つからな。若様の分だけだ」

ピピンの分もないらしい。

「これを着ていけば、あの集団に紛れ込めるだろ？」

ピピンがそう言ってウィンクした。

まあ、仕方ないか。オレは鼻を摘《つ》まんで着替え、こっそりと生徒達の間に紛れ込む。

アリサとミーアの教え子――ジムザとアブルを見つけた。

「まずっ」

「喰え、アブル。喰わないと逃げ出す時に力が出ないぞ」

「逃げられるのかな？」

そんな会話をする二人に近付く。

「逃げられるさ」

「誰だ、お前？」

「見ない顔だな」

急に声を掛けたせいか、警戒させてしまったようだ。

「オレは怪しい者じゃない。君達の先生に頼まれたのさ」

「先生？」

「ヒゲダルマ？　それともヒスババア？」

先生のあだ名かな？

さすがにヒスババアというのはアリサやミーアの事じゃないだろう。

「違うよ」

「だったら、生意気なアリサ？　それともエルフ様？」

アリサとミーアに思い当たったようなので首肯してやる。

「どうしてあの二人が？」

「俺達、いい生徒じゃなかったのに……」

「二人にとっては大切な教え子なんだよ」

「……先生」

感動したのか二人がうるっとしている。

そろそろ二人を連れて行こうとしたところで、入り口が騒がしくなった。

「儀式の時間だ！　これから神官様が選んだ者は儀式に参加する」

数人の神官とたくさんの兵士が部屋に入ってきたようだ。

人物鑑定スキル持ちの神官達が、生徒達を一人一人見つめて選別している。神官達が選んでいるのは一つ以上のスキルを持っている子達だ。

オレが助けるべきジムザとアブルの二人にもスキルがあったので、オレも彼らと一緒に行動できるように交流欄のレベルやスキルの情報を操作して、周りと違和感がない値にした。

ピピンのいる位置からは距離があるから、オレのスキルやレベルが変化した事はバレないはずだ。

「お前とお前、それにお前もだ」

ジムザとアブルに続いてオレも部屋の外に連れ出された。

「ど、どういう事？」

「お前達は儀式に参加するのだ」

神官はジムザの質問に素っ気なく答えると、すぐに先頭に立ってスタスタと行ってしまった。

「もしかしたら、才が戻ってきたのかな？」

「あんなに修行しても戻ってこなかったのに？」

「あの槍《やり》の訓練が効いたんだよ！」

「嫌がらせじゃなかったんだな」

「賢者様や聖女様を疑うのが間違ってたんだよ、きっと」

人々の流れに従って進む二人が、興奮した様子で言葉を交わす。

気のせいか嬉《うれ》しそうだ。

「二人はどんな儀式か知っているのかい？」

「うん、知ってる。二度目だもん」

「俺達が行くのは『才渡り』の儀式さ」

アブルが頷《うなず》き、ジムザが答えた。

どうやら、さっそく「才渡り」の儀式が行われるようだ。

調査の手間が省けて良かった、かな？

「ずいぶん嬉しそうだけど、逃げる気はなくなったのかな？」

「だって、俺達には『才』が戻ったんだよ？」

「うん、教室から逃げ出そうとしたのだって、いくら訓練しても『才』が戻らないから、賢者様や聖女様に騙《だま》されたと勘違いしたからだもん」

「ここの訓練も怖かったけど、意味があったみたいだし」

二人は納得した感じだ。

ジムザとアブルの二人に宿ったのは、魔法系のスキルではなく槍スキルや回避スキルだったのだが、鑑定《アナライズ》スキルを公開していない今のオレに説明するのは難しい。

二人と一緒に儀式に参加して、頃合《ころあ》いを見計らって説明するか逃げ出すかしよう。

才渡り

〝サトゥーです。友人がプロ選手の試合を見て「あいつの才能が欲しい」と呟《つぶや》くのを聞いた事がありますす。才能が全《すべ》てじゃないと分かっていても、うらやむ気持ちが漏れ出たのかもしれませんね。〟


「静粛に！　静粛にしろ！」

オレ達が連れて行かれた大きな広間には大勢の人が犇《ひし》めき合っている。

周囲の一段高い観客席とも言うべき場所には、きらびやかな儀式用衣装を着た神官達や儀礼用の鎧《よろい》を着た神殿騎士達が並んでいた。

正面にある巫女《みこ》服の巨大銅像は「聖女像」とＡＲ表示されている。

一緒に潜入したタマとポチと元怪盗ピピンは、聖女像の上にある通気孔からこっちを覗《のぞ》いている。

タマとポチがブンブンと手を振っていたので、「隠れろ」と手信号を送っておいた。

「これより『才渡り』の儀式を執り行う」

賢者と似た衣装を着た男が壇上で宣言した。

ここに賢者は来ていないようだ。

「聖女様がおいでになるまでの間に、儀式の手順について説明を行う」

なんの説明もなしに始まると思っていたけど、ちゃんと事前説明があるようだ。

「これより、各々の持つ『才』が聖女様を介して神に捧《ささ》げられる」

本当にスキルを移動させる手段があるようだ。

初めて儀式を受ける者がざわざわし始めた。その周りにいる二度目以降の者達が何かフォローしているのが聞こえる。

「才を捧げた者から一時的にスキルが消えるが、心配は無用だ。ひたむきに修行を重ねる事でスキルが再びその手に戻る」

そりゃ、本当にスキルを削除したとしても、経験を積んだら新たに覚えるだろうさ。

「初めて儀式に参加する者は『なんの意味があるのか』と疑問に思う者もいるだろう」

同意するように頷く者がちらほらいる。

それを見て優越感に満たされた顔をしているのは二度目以降の子達かな？

「才――スキルを失った状態になればこそ見えてくるものがあるのだ」

壇上から人々を見渡しながら、司会者が言う。

一人一人の目を順番に見ながら言うのはコンサート慣れしたアイドルのようだ。

「スキルによる補助がない状態で修行をすれば、お前達に不足していたものが見えてくる」

ダンッと音がして皆の視線が集まる。たぶん、司会が足を踏みならしたのだろう。

なかなか演出が凝っている。「演説」「同調」「演奏」スキルを持っているだけはあるね。

「再び『才』がその手に戻る時、お前達はそれまで以上に素晴らしい『才』を発揮できる己に気付くであろう」

荘厳な音楽が急に流れて思わず話に引き込まれそうになった。

緞帳《どんちょう》の向こうに、楽団を待機させていたらしい。

――さて。

話が少し長かったが、彼らにスキルを当人から消す手段があるなら、司会者の言っていた言葉に嘘《うそ》はない気がする。

修行すればスキルを覚えるだろうし、スキルが補助してくれていた事をスキルを無効にして再認識するのはスキルをより深く理解する助けになるのはありそうだ。今度スキルを無効にして試してみよう。

――おっと、違う。

本題はそこじゃない。問題は「捧げた」才の行方だ。

オレのようにスキルを「無効」の状態に変化させるだけなら問題ないが、それを搾取する者がいるとしたら――。

――どの騎士も保有スキルが多めだし、無駄なスキルが皆無だ。きっと厳しい戒律に則《のっと》った修行をしてきたのだろう。

脳裏に厭《いや》な記憶が蘇《よみがえ》った。

あれは聖都への旅の途中で神殿騎士達に出会った時に感じた事だ。

今思い返しても、ここで再検索しても、無駄なスキル――騎士の任務に不要なスキルを持つ者は誰《だれ》もいない。

今思えば、これは異常と言っていい。

低レベル帯ならともかく、シガ王国の聖騎士達だって不必要なスキルを持たない者はごく僅《わず》かだ。

おそらく、彼らは不要なスキルを聖女に捧げ、必要なスキルを聖女から譲られていたんじゃないかと思う。

急に巻き起こったざわめきと叫びに思考が妨げられる。

「「「聖女様だ！」」」

「「「聖女様がいらしたぞ！」」」

どうやら、聖女のお出ましらしい。

「もうすぐだ。詠唱を始めろ」

「分かった。必ず魔女を仕留めてみせる」

聞き耳スキルが不穏な言葉を拾ってきた。

「衛兵！　あそこだ！　魔法を使おうとしているぞ！」

壇上にいた騎士が不穏な言葉を発していた者達を指さした。

魔力感知スキル持ちらしい。詠唱時に高まった魔力を感じ取ったのだろう。

「「「魔女を倒せ！」」」

武器を持った男達が駆けだし、魔法使いが詠唱を続ける。詠唱からして広範囲攻撃魔法の「火　炎　嵐《ファイア・ストーム》」だ。

このままにはできないので、オレは常時発動している「理力の手《マジック・ハンド》」を魔法使いに伸ばす。

「「「聖女様を守れ！」」」

その場にいた人達が魔法使いに組み付いて引き倒し、武器を持った男達にも果敢に掴《つか》みかかって血みどろになりながらも数の暴力で押さえ込んでいた。

聖女を守る為《ため》なら、自分の身の安全なんてどうでもいいかのようだ。

そういえば「理力の手」を操作したのに、壇上の魔力感知スキル持ちには感知されなかった。無駄な魔力を放出していないから気付かれなかったのかな？


暴漢が連行され、怪我《けが》をした人達が神聖魔法で癒《い》やされたところで儀式が再開された。

「「「聖女様ー！」」」

緞帳の向こうからしずしずと現れたのは、聖都パリオンの聖女宮で会った老聖女ではなく若い女性だ。

「あれが聖女様か……」

彼女の傍らにAR表示される名前は「シズカ」。明らかに日本人の名前だが、転生者に共通のスキルやユニークスキルも持っていない。髪色は鴉《からす》の濡《ぬ》れ羽色《ばいろ》をしている。

小さな花を散らしたベールに艶《つや》やかな白地に青の聖女衣を着ている。ベールで隠れていて顔は見えない。背丈はナナくらい。体形は細すぎず、かといってぽっちゃり型でもない普通な感じだ。

レベル五〇もあるがスキルは「神聖魔法：パリオン教」しかない。レベルから見てスキルが少なすぎる。

彼女も「才渡り」の儀式で不要なスキルを他《ほか》の人に「捧げた」のだろうか？

――おっと。

微《かす》かな危機感知スキルの反応とともに飛んできた何かをキャッチした。

手の中には紙を巻き付けた石があった。飛んできた方向からしてピピンからだろう。

シチュエーション的には風車が飛んできてほしいところだ。

紙は手紙のようなので、石から解《ほど》いて目を通す。

そこには「チビ助が聖女様を見て慌てだした」と書かれてある。

見上げるとタマが手信号も忘れて手をシュッシュッと動かしていた。

聖女をもう一度確認したが、おかしなところはない。とはいえ、タマの直感を無下にはできない。

危機感知スキルも無反応だが、これから何かが起こるという事だろうか？

空間魔法の「遠話《テレフオン》」で確認を取りたいところだが、そんな事をすれば魔力感知スキル持ちに感知されかねない。

次善の策として、常時発動している「理力の手」を会場のあちこちに広げてトラブルに備えた。

ついでにストレージのテンポラリ・フォルダに、煙玉や催涙玉もセットしておこう。

ピピンに指示する為の紙も何通りか用意しておいた方が良さそうだ。

「才を捧げる者達よ、順番に聖女様の御前に進め」

我先に行こうとする人々が神官や衛兵に叱《しか》られている。

彼らは聖女に「才を捧げる」、つまり「スキルを譲渡する」事を本当に分かっているのだろうか?

一番前の男性が聖女の前に跪《ひざまず》く。

同時に舞台の上に魔法陣が現れて激しく輝く。

「素晴らしい才です。よく頑張りましたね。あなたの修練を誇らしく思います」

静かな口調で聖女が告げ、男の頭に手を添える。

——男からスキルが消えた。

聖女にはスキルが移動していない。

オレは周囲を見回す。聖女の後ろに控える神官にスキルが移動していた。

この「才渡り」の儀式はスキルを他者に移動するモノで間違いないようだ。

問題はどうやってそれを為《な》しているかだ。聖女のスキルは「神聖魔法」だけ、彼女が呪文《じゅもん》を唱えている様子も、保留していた魔法を発動した様子もなかった。

ここからだとよく見えないが、儀式場の魔法陣がそれを為した可能性が高い。

また、ピピンの方から石が飛んできた。

そこには「儀式を止めなくていいのか?」と書かれてあった。

さっきまではそのつもりだったのだが、周りの人々は強制的にスキルを捧げさせられているわけではなく、自分から進んで捧げているようなのだ。

ちょっと場が熱狂的すぎるけど、催眠術に掛けられている様子はない。

マップ検索した限りではこの国に「精神魔法」スキルを持つ者はいなかった。少し前なら魔王信奉集団「自由の光」の中に一人いたが、そいつは既に処刑されている。

この儀式を後援あるいは主催しているであろう賢者は、「自由の光」と敵対関係にあるはずだから、ここにいる人達が精神魔法で洗脳されている可能性は低いだろう。

素早く思考を終えたオレは、ピピンに石を投げたふりをして彼の傍らに伸ばした「理力の手」の先から手紙の付いた石を落とした。そこには「しばらく静観する」と書いてある。受け取ったピピンは少し不服そうだが、ポチとタマを残して一人で行動するほどではないようだ。

「お前達も並べ」

行列整理の神官に促されて聖女の列に並ぶ。

非常時に備えて、ジムザやアブルより前に陣取った。

「あれ？　貴族様？」

「——ライト君？」

なぜか、オレの前に「才ある者」の里にいるはずのライト少年が立っていた。

「どうしてここに？」

「おいらは賢者様に呼ばれたんだ」

「賢者——様には会ったかい？」

「それがまだなんだ。おいら偉い人に儀式に参加しろって言われて来たんだけど、さっきの話を聞いてもなんなのかよく分かんないんだ」

オレは話しながらライト少年と場所を入れ替える。

彼の希少な先天性スキル《ギフト》は、修行で再取得するのは難しそうだし、彼が望んでの事ならともかく、彼の意に反してスキルを奪われる事がないようにしないとね。

『ご主人様、大変よ！』

アリサから遠話が入った。

『今、確認したらライト君がいなくなっているの。それにわたし達——わたしとミーアだけじゃなくて、リザさん達やルルのところにも呼び出しがあったって同室の子が言っていたわ。呼び出し主は賢者みたいだし、もしかしたらそっちでも何かあるかも』

——しまった。

「才渡り」の儀式の件を伝えるのを忘れていた。

周囲を警戒したが、幸いな事に魔力感知スキル持ちが気付いた様子はない。これなら返事をしても大丈夫だろう。

オレは周囲を覗《うかが》いつつ、ライト少年と合流した事や儀式の事をアリサに伝えた。

『もう！　報連相は基本でしょ！』

『ごめんごめん、「才渡り」の儀式で何かあったらまた伝えるよ』

『潜入捜査なんて危ない事は止《や》めて——』

「次はお前だ」

通信の途中でオレの番が来た。アリサにそう伝えて壇上に上がる。

さっきまでよく見えなかった魔法陣が見えるようになった。壇上に敷かれた石盤に刻まれた魔法陣と光魔法で作られた複雑な積層型の魔法陣みたいだ。

オレは聖女に歩み寄りながら魔法陣を読み解く。

召喚系の魔法陣みたいだけど、よく分からない。この魔法陣をどう使ったらスキルが奪えるのだろうか？

「才を捧《ささ》げる者よ、ここに」

聖女が平坦《へいたん》な声でそう言った。

ベールの向こうの顔が見える。美人と言うほどではないが清楚《せいそ》な顔立ちをしている。ベール越しだし、目を伏せているので瞳《ひとみ》の色までは分からない。

「あなたは初めてですね」

問いではなく確認のような感じだ。

もしかしたら、彼女はスキルを捧げた人を全員覚えているのだろうか？

「レベル三、経験を捧げるには少し足りませんね」

「ならば『才』だけにします」

鑑定《アナライズ》スキル持ちの神官が聖女に耳打ちする。

「私の眷属《けんぞく》となる事を承諾しますか？　承諾なら『はい』と答えてください」

彼女が言い終わると同時に、オレの眼前にＡＲ表示がポップアップした。

>魔王「シズカ」の眷属になりますか？〔yes／no〕

――魔王?!

彼女の称号に魔王という文字はない。

彼女はオレを欺ける「盗神の装具〔贋作《がんさく》〕」を身につけているわけじゃない。

マップの詳細検索で彼女の身につけているアイテムを調べたところ、「魔神手形」という怪しげなアイテムがあった。これからは盗神だけでなく、魔神でも検索が必要なようだ。

「どうしました？」

聖女がいぶかしげに問う。

その紫色の瞳を見る限り、彼女が魔王とはとても思えない。

だが、残念ながら疑う余地はない。

オレは行動を開始する。

『アリサ、魔王と遭遇した。子供達はピピンに回収させる。魔王の始末は任せろ』

アリサに通達し、ピピンに石手紙でライト少年とジムザとアブルを回収して脱出するように指示した。

タマにも石手紙で指示すると、妖精《ようせい》鞄《かばん》から取り出した煙玉をポチと二人で投げ始める。

二人の煙玉が破裂する瞬間に合わせて、オレは方々に伸ばした「理力の手」の先から、ストレージに収納してあった煙玉を取り出して破裂させる。

壇上は一瞬で煙幕に包まれた。もちろん、会場全体もだ。

「なんだ、これは⁉」

「聖女様を安全な場所に！」

周囲の人達が駆け寄るよりも早く、オレは聖女――もとい魔王の腕を掴んで「帰還転移《リターン》」した。

◆

「――ここは？」

魔王シズカは落ち着いた顔で周囲を見回す。

ここはさっきの魔窟《まくつ》から離れた場所にある人気《ひとけ》のない岩場の一角だ。

「仮面のあなたに攫《さら》われたという事？」

勇者ナナシの姿に変身したオレに確認する。

彼女は先日討伐した「砂塵王《さじん》」とは違い、「狗頭《くとう》の古王」と同じくらい理性的だ。これなら殺し合いをせずに済むかもしれない。

「ご明察の通りさ」

「あなたは誰《だれ》？」

「ボクはナナシ」

「ナナシって名無し？　ネモ船長的な？」

会話する魔王に「理力の手」を伸ばし、彼女から「魔神手形」を取り上げた。

彼女のステータスが明らかになる。

やはり、このアイテムがステータスを偽る品だったようだ。

「——え？」

魔王シズカがスカートを持ち上げて足首を確認した。

魔神手形が消えたのに気付いたのだろう。

「絶対に外せないはずなのに……」

魔王シズカが何かに驚いているが、それよりも情報を確認するのが先だ。

性別は見た目通り女性で、本来の種族は「長耳族《ブーチ》」。年齢も二四歳と若い。

レベルは偽りなく五〇のまま、称号は「聖女」「魔王」「偽りの聖女」「献身者」「引きこもり」の五つだ。

普通のスキルは「神聖魔法」のみ。ギフトもない。ユニークスキルは「眷属化《アドプション・ファミリーア》」と「譲渡《トランスファー・エレメント》」の二つがある。

このユニークスキルで「才渡り」を実現していたのだろう。

戦闘系のスキルは皆無だし、ユニークスキルも兵隊を作るには最適と言えるが、直接戦闘向きじゃない。

正直に言って、今まで会った中で最弱の魔王と言えるだろう。

彼女の状態が「病気：鬱《うつ》」「病気：胃潰瘍《いかいよう》」となっているのが少し気になるが、今は気にしないでおこう。

「魔王シズカ」

「どうしてそれを――そう、あなたは勇者なのね」

言葉の途中で理由を悟った魔王シズカが目を伏せた。

何かに逡巡《しゅんじゅん》していた魔王シズカだったが、唇を噛《か》んで俯《うつむ》いた後、ベールやカツラを脱ぎ捨ててゆっくりと立ち上がった。

彼女の長い紫髪が夜風に吹かれてサラサラと流れる。

「――覚悟ができたわ」

魔王シズカが両腕を広げた。

「私を殺しに来てくれたんでしょ？」

暗い笑みを浮かべた魔王シズカがゆっくりと目を閉じた。

「殺して。……できれば、あまり苦しまないようにしてくれると助かるわ」

おいおい、自殺願望でもあるのか？

「ボクは君を殺す気はないよ」

「勇者なのに？」

「勇者なら必ず魔王を殺さないといけないわけじゃないさ」

オレの言葉を聞いた魔王シズカが「そう……」と言って口を噤《つぐ》んだ。

「でも、私は死んだ方がいいの」

「どうして？」

「私は信者達からスキルや経験値を奪う邪悪な魔王なの。命令されて逆らえなかったからだとしても、その罪は消えないわ」

「命令された？　――誰に？」

「ごめんなさい。言えないの」

「大切な人なんだね」

そう言った時の彼女の反応は強烈だった。

「違う！　あいつが大切なんて事は絶対にない！」

目を血走らせ、鼻息荒く否定した。

さっきまでの儚《はかな》さが嘘《うそ》のようだ。

「あいつは親切なふりをして私に近付き、『ギアス』で縛ったの！」

ギアスの部分だけが英語だった。

「『ギアス』というのは強制《ギアス》スキルの事かい？」

「ええ、きっとそう。あいつが誰かと話している時に、そんな単語が出た事がある」

オレは彼女を落ち着かせる為《ため》に、アイテムボックス経由でテーブルセットを取り出し、温かい青紅茶と焼き菓子を勧めた。

「まるで手品師みたいね」

魔王シズカが少し呆《あき》れたように呟《つぶや》いた。

「……美味《おい》しい。美味しいなんて感じるのは久しぶり」

デスマーチ末期のオレみたいな事は言わないでほしい。親近感が湧《わ》くじゃないか。

『ご主人様、魔王との戦いは始まっちゃった？』

アリサから空間魔法の「戦術輪話《タクティカル・トーク》」が届いた。

「いや、平和裏に話し合いで終わりそうだ」

『なんだ～。不幸中の幸いだけど、それなら皆《みんな》で里を飛び出す必要はなかったわね』

接続距離がそれほど長くない「戦術輪話」で会話できるという事は、アリサ達は近くまで来ているようだ。

『えま～じぇん～？』

『追っ手の人がいっぱいなのです』

儀式会場からライト少年達三人を救出する任務に就いているタマとポチからヘルプコールだ。

『それは大変ね。ご主人様、わたし達はタマとポチのサポートに行ってくるわ』

『ピピンも一緒だから注意するんだよ』

『おっけー、わーってるってば！』

アリサからの通話が切れた。

「コーヒーとクッキーをお供に趣味に邁進《まいしん》していた転生前の生活を思い出すわ」

目の前でゆったりと青紅茶のカップを傾けていた魔王シズカが小さな声で呟いた。

「サガ帝国のコーヒーで良ければ」

「この世界にもコーヒーがあるの？」

魔王シズカが驚きに目を丸くした。

「昔よく飲んでいたインスタントコーヒーみたいな味で、なんだかほっとする」

コーヒーの香りと味が彼女の心を開いたのか、ぽつぽつと身の上話をしてくれた。

さっきチラリと言っていたように、彼女は「強制」スキルを持つ黒幕に支配されて、「才ある者」の里から集めた者達をユニークスキル「眷属化《アドプション・ファミリーア》」で眷属化し、眷属となった者達の経験値やスキルを黒幕とその配下達にユニークスキル「譲渡《トランスファー・エレメント》」で移していたそうだ。

「本当に嫌だった。純粋な目で私を信じる人達からスキルや経験値を奪い取って、それを家柄や血筋だけの馬鹿《ばか》どもに渡すのは……。搾取の片棒を担ぐようなものよ。私がやっていたのは」

噛みしめた唇から血が流れたので、ハンカチで押さえ、治癒魔法で癒《い》やしてやる。

「特に嫌だったのは同じ転生者のユニークスキルを移す事。受け取った側は大丈夫みたいだったけど、ユニークスキルを失った人は衰弱して死にそうになるの。幼いダイゴ君やチナツちゃんなんて、精神の均衡を失って修道院で療養しているくらい……」

握りしめた拳《こぶし》が白くなっている。爪《つめ》で傷付いたのか血が滲《にじ》んできた。魔王シズカは少し自傷癖があるのかもしれない。

「そんなストレス環境だから、胃は痛いわ魔王になるわで何度死のうと思ったか分からない。たぶん、ギアスで自殺を禁じられていなければとっくに首を括《くく》っていたかもね」

胃潰瘍と魔王化を同列に語られても……。

でも話を聞く限りだと、彼女が魔王化した直接の原因はストレスではなく、ユニークスキルの使いすぎで魂の器が傷付いたせいじゃないかと思う。毎回あれだけの人数にユニークスキルを使わされたら無理もない。まあ、ストレスが最後の一押しになったのかもしれないけどさ。

——おっと、魔王シズカの話に引き込まれて確認を忘れていた。

「幾つか尋ねたい。いいかな？」

「ええ、私に答えられる事なら、なんでも答えるわ」

魔王シズカはぬるくなったコーヒーで口を湿らせる。

「君はどんな『ギアス』で縛られているんだい？」

「たくさんあるわ。あいつは幾つものギアスで私を縛ったから」

そう言って魔王シズカが覚えている限りのギアスについて教えてくれた。

「あいつの正体を明かさない事、あいつが命令した事を実行する事、『聖女の間』から許可なく出ない事、国を出ない事、ユニークスキル関係の事、才渡り関係の事、大まかにはこんな感じね」

「確かに多いな」

「あいつは細かい奴《やつ》なの」

魔王シズカが吐き捨てるように言った。

彼女は黒幕の事が心底嫌いみたいだ。

オレは彼女が落ち着くのを待って、次の質問に移る。

「ユニークスキルも移せると言っていたが、誰から誰に移したんだ？」

「あいつが見つけてきた転生者からよ。ユウサクさんとダイゴ君とチナツちゃんの三人。移した相手は言えない。ギアスで禁じられているの」

マップ検索してみたところ、ユウサク氏は儀式があった魔窟にいたが、ダイゴ君とチナツちゃんは見つからなかった。修道院で療養していると言っていたし、オレがチェックしていないパリオン神国の都市にいるのだろう。

エリクサーならダイゴ君とチナツちゃんを治せる気がするし、この一件が終わったら二人を捜して治療してやろう。同郷のよしみだ。

「三人が持っていたユニークスキルについて教えてくれないか？　詳細が無理なら個数だけでもいい」

「ごめんなさい、ユニークスキルが幾つあったかは言えないの」

「ザーザリス法皇のユニークスキルも君が移したのかな？」

「ごめんなさい、ユニークスキルを誰に移したかについては言えないの」

やはり答えは得られないか……。

転生者が三人いたという事は、少なくとも三つ以上のユニークスキルがあるという事だ。ザーザリス法皇やホーズナス枢機卿《すうききょう》が持っていたユニークスキルが彼らから移されたモノだとしても、もう一つある事になる。

質問の仕方を変えよう。

「砂塵《さじん》王を眷属《けんぞく》化したり、『譲渡』したりした事はあるかい？」

「いいえ、どちらもない。あいつに砂塵王を眷属化するように言われた事はあるけれど、拒絶されて成功しなかったもの」

なら、砂塵王にユニークスキルを移したわけじゃない、と。

つまり、パリオン神国の誰《だれ》かがユニークスキルを隠し持っているという事だ。

オレは灰色の脳細胞を駆使して、求める答えを得られる質問を考える。

「賢者ソリジェーロについて知っている事を教えてくれるかい？」

俯いていた魔王シズカが、ハッとした顔でオレを見上げる。

彼女もオレの意図に気付いたようだ。

魔王シズカがオレの瞳《ひとみ》を見つめて力強く答えた。

「ごめんなさい、答えられないわ」

「ありがとう。よく分かったよ」

黒幕は賢者ソリジェーロだ。

堕《お》ちた聖者

〝聖職者などと言っても、一皮剥《ひとかわむ》けば欲にまみれた俗人か現実が見えない夢想家のどちらかだ。むろん、それにとやかく言うつもりはない。どうせ両者等しく我が大望の糧となる者達なのだから。

——賢者ソリジェーロ〟


「賢者様！　大変です！」

影から出るなり、慌てふためいた部下が駆け寄ってくる。

理由を聞いて、思わず大声が出た。

「聖女が攫《さら》われただと⁉」

法皇の相手をしていて遅れたせいで、到着した魔窟《まくつ》の儀式会場で私は寝耳に水の凶報を伝えられたのだ。

「はい、天井付近に潜伏していた賊が煙幕弾を投げ、その混乱に乗じて聖女様が攫われましてございます」

「親衛隊は何をしていたのだ！」

「申し訳ございません。煙玉が破裂したと同時に駆け寄りましたが、数秒にも満たぬ間に聖女様が忽然《こつぜん》と会場から消えましてございます」

聖女——魔王シズカの存在は、私の覇道を邁進させるのに必要不可欠。

万全の守りがある「都市核の間《シティ・コア》」から出す時は、護衛の専門家達も優秀な魔法使い達も過剰なほど揃《そろ》えてある。

それがこうも易々《やすやす》と出し抜かれるとは……。

「現場にいた者達は？」

「『才』ある者どもは身体検査のうえ、檻《おり》の向こうに戻しました。『才』を受け取る為に集まった貴人達も、一箇所に集めて待機いただいています」

「捜索はどうなっている」

「親衛隊を含め守備兵の大半を捜索に出しました」

「親衛隊以外も捜索に向かわせたのか？」

この愚か者どもめ——。

「は、はい。人数が多い方がいいかと思いまして」

「聖女を攫った者は、そいつらに紛れて外に出た可能性がある。全員を戻して点呼を取れ」

「しょ、承知いたしました！」

親衛隊のリーダーが慌てて飛び出していく。

「賢者様、賊は空間魔法や影魔法といった転移手段を持っているのではないでしょうか？」

「その可能性はあるが、人一人を連れて長距離を転移するのはたやすい事ではない」

数秒で聖女を確保して転移を実行できるほどの手練《てだ》れは、パリオン神国広しといえど私くらいだ。

いや、もう一人いる——。

私の脳裏にペンドラゴン卿《きょう》が連れていた小娘の顔が浮かんだ。

優れた認識阻害装備で厳重に隠されているが、魔王シズカから奪った「能力鑑定《ステータス・チェック》」で、あの娘が「空間魔法」を持つ事を見抜く事ができた。

レベル五〇を超える魔法使いなら、普段使いしている火魔法以外の魔法を極めていても不思議ではない。

「『才ある者』の里に——」

親衛隊を派遣しようとして思いとどまった。

小娘を擁するペンドラゴン卿は油断ならない相手だ。見かけは人の良さそうなだけの凡庸な小僧と女子供の集団だが、その実態は勇者達やメーザルトとともに魔王討伐に参加できるほどの手練れ達だ。

聖女からスキルや経験値を移植された促成栽培の親衛隊に、あの連中の相手は不可能だろう。

「——いや、そちらは私が向かう。お前達は捜索隊に扮《ふん》した聖女誘拐犯がいないかと、ここから街に向かって逃げる怪しい者がいないかを調べろ」

命じられた親衛隊長が短く返事をして駆けていった。

私は魔力回復薬をアイテムボックスから取り出して飲み干し、「才ある者」の里へと「影渡り《シャドウ・ポータル》」の魔法で移動する。

「ふう……」

影から元の世界へと戻ると、身体《からだ》に澱《おり》が溜《た》まったかのような疲労がのしかかってくる。

「……この距離の転移はあまり繰り返したくないものだ」

魔力が枯渇寸前まで消費されたので、もう一度魔力回復薬を飲み干した。

あまり連続で飲むと中毒症状が現れる。注意せねば。

転移基準にしている役所内の私室から飛び出し、屋根の上を忍者教室に向けて駆ける。複雑に入り組んだ作りにしてある里の移動は、馬を走らせるよりも屋根を駆けた方が速いのだ。

屋根の上を駆けていると、遠目に忍者教室の屋根に身を潜める女忍者を見つけた。

「あやつが見張っているという事は、ペンドラゴン卿達は動いていないのか？」

あの女にはペンドラゴン卿達の監視を命じてある。

「変わりないか？」

「け、賢者様」

気配を断って接近したからか、女忍者が背後を取られて狼狽《ろうばい》する。忍者ともあろう者が冷静さを失うとは嘆かわしい。

「ペンドラゴン卿達は？」

「今日は素直に寝ているようです」

女忍者が自信ありげに答える。

「――今日は？　昨日は何かあったのか？」

「は、はい。いつの間にか抜け出しておりまして、塔周辺の魔窟で『才渡り』の『鉱山』に送り出した者達を捜索しておりました」

「嗅《か》ぎつけたか……」

僅《わず》か数日で気付くとは、さすがはミスリルの探索者といったところか。

「ご安心ください。適当に言い含めた話を信じたようで、本日は大人しく寝入っております」

「そうか――」

女忍者の言う通り、開け放たれたままの窓から見えるペンドラゴン卿達は身じろぎ一つせずに深い眠りに就いている。

――身じろぎ一つせずに？

「け、賢者様？」

私は背に女忍者の狼狽する声を受けながら闇夜《やみよ》を疾走し、ペンドラゴン卿が眠っているはずの部屋に飛び込んだ。

足音一つなく着地し、ペンドラゴン卿の顔を確認する。

「――くっ。人形だと？」

ペンドラゴン卿だけではなく、小娘従者二人も人形と入れ替わっていた。

しかも、驚くほどそっくりな人形だ。これほどの人形を暗がりに置かれては、女忍者が気付かないのは無理もない。

「賢者様、申し訳ございません。この失態は――」

「謝罪は後にせよ。私はペンドラゴン卿の従者がいる魔法教室に向かう。お前は他《ほか》の従者達を確認に向かえ」

頭を下げて謝ろうとする不合理な女忍者の言葉を遮り、優先すべき任務を指示する。

私は返事も待たず窓から飛び出し、魔法教室へと向かった。

「やはり、おらぬか……」

予想できた事ではあるが、転生者の小娘もエルフもそこにはいなかった。

「ならば、聖女を攫ったのはペンドラゴン卿達か……」

……なんの為《ため》に？

決まっている。聖女——魔王シズカのユニークスキルを用いてシガ王国に最強の軍団を作り上げる為だ。

いや——ペンドラゴン卿は自前の軍団を作り上げてシガ王国を乗っ取るつもりかもしれん。


『何か取り込み中みたいザマスね』

思考の迷宮に填《は》まりかけていた私の耳に、異質な響きを持つ声が飛び込んできた。

「緑殿！」

近くの物陰に緑色の影がたゆたい、そこから異形の盟友が現れた。

私は結界と幻術で壁を作り、盟約を結ぶ緑の上級魔族に話しかける。

「聖女——魔王シズカが攫われた。計画遂行の為に、なんとしてでもシズカを回収せねば。緑殿にもご協力いただきたい」

神出鬼没な緑殿なら、ペンドラゴン卿の位置も分かるのではないか？

そんな僅かな希望を託したのだが、緑殿からの答えは無情だった。

「無駄ザマス」

「──無駄？　緑殿は何か知っておられるのか？」

「ここに来たのは魔神手形が感知できなくなったからザマス」

「手形？　まさか、魔王シズカの『魔神手形』が外されたというのか？」

「その通りザマス」

緑殿が肯定する。

魔神手形は魔神牢《ろう》遺跡の奥で発掘した品で、「盗神の装具」と同様に勇者の鑑定すら偽る事ができる。

この魔神手形を装備した者は二度と外せなくなる致死の呪《のろ》いに縛られる。強引に「魔神手形」を引き剥《は》がすと装着者の魂を引き裂き、手形自体も黒い靄《もや》となって消えると緑殿が言っていた。

「つまり、魔王シズカが死んだと？」

……なんという事だ。

あまりの事に目の前が暗くなる。

あの女は世界を統べる為の計画において、絶対に必要な人材だった。

魔神牢を瘴気《しょうき》で満たして封印を解き、蘇《よみがえ》らせた「災厄の軍勢」で現在の支配機構を一掃したとしても、不要になった災厄を駆逐し、世界を統治する人材がいなければどうにもならん。

魔王シズカのユニークスキルがあればこそ、虐げられた我が一族が支配者たり得るのだ。

「実に甘美な後悔ザマス」

「ずいぶんと楽しそうだな」

緑殿の不快な声に、無駄と分かりつつも文句を付けた。

「もちろんザマス。他人の不幸は蜜《みつ》の味ザマス」

悪びれずに言う緑殿から顔を逸《そ》らし、私はままならぬ現実に臍《ほぞ》を噬《か》む思いで心を落ち着けた。

「もう冷静になったザマスか？　せめて復讐《ふくしゅう》を誓うくらいはしてほしいザマス」

――復讐？

そうだ。魔王シズカが自殺をするはずがない。

なぜならば、あの女は私の「強制《ギアス》」スキルで自殺を禁じられていた。「複写模倣《コピー・ペイジャーリズム》」スキルで写した劣化版の「強制」スキルとはいえ、精神魔法を併用する事で絶対に自殺できないようにしていたはずだ。

「誰《だれ》が殺したか知っておられるのか？」

「おやおや、私を試しているザマスか？」

緑殿は質問を質問で返した。

魔王シズカを殺した犯人は私が知っている人物――。

「ペンドラゴン卿が魔王シズカから魔神手形を引き剥がしたというのか……」

「それ以外に考えられないザマス。迷宮都市でも格上の魔族相手に挑みかかっていたようザマスし、あの少年は魔族や魔王に強い憎しみを持っていても不思議じゃないザマスね」

薄幸な見た目の魔王シズカを、お人好《ひとよ》しなペンドラゴン卿が手に掛けたというのはにわかに信じられなかったが、緑殿の情報を聞いて考えを直した。

憎しみは人を変える。魔族や魔王に対して深い憎しみを持っていたのなら、見た目に惑わされずに討伐しても不思議ではない。

しかも、ペンドラゴン卿やその仲間達にはそれだけの力があるのだから……。

「獅子《しし》身中の虫を、この里に連れてきた私が愚かだったようだ」

その一言で反省を終え、私は面白そうにこちらを見る緑殿に目を向ける。

「少しくらいは苦悩してくれないと楽しめないザマス」

相変わらず悪趣味だ。

「これからどうするザマス？　聖女を殺した復讐をするザマスか？」

緑殿がにやりと三日月のような笑みを浮かべた。

その顔を見ていると、心の中の憎悪がざわざわと煽《あお》られるのを感じる。やはり緑殿も人とは相容《あいい》れぬ魔族という事か。

「復讐は後回しだ」

今後の為にも報復は必要だが、感情的な復讐など非効率すぎる。

「まずは今後の方針を決めねばならん」

私は視線を緑殿から外し、思考を巡らせる。

元々の計画では転生者の小娘からユニークスキルを奪い取り、砂塵《さじん》王の代わりとなる新たな魔王を作り上げる予定だった。

だが、魔王シズカを失った事で、その計画は延期を余儀なくされたと言っても過言ではない。

転生者の小娘自身を魔王にする事は可能だろうが、ペンドラゴンの小僧に守られた小娘を拉致《らち》し、魔王化に至らせるのは手間が多い上に不確実だ。

いや、それ以前に、魔王が必要なのは魔神牢の封印解除の為。「災厄の軍勢」を復活させたとしても、不要になった後にそれらを排除し、その後の世界を統治する人材が用意できねば意味がない。

「魔神牢の封印解除は少し保留にする必要があるな……」

「それは困るザマスね」

「――緑殿？」

緑殿の顔が迫る。

「もう一つ言っておく事があったザマス」

三日月のような笑みが深くなる。

「聖都は今、面白い事になっているザマスよ？」

「――面白い事？」

嫌な予感がして緑殿を睨《ね》め付ける。

緑殿が楽しそうに話す時は碌《ろく》な事がないのを私は知っている。

「見せてあげるザマス」

緑殿の手が私の額に添えられ――。

◆

「うぉおおおおおおおおっ」

私の頭脳に大量の映像が流れ込み、情報の奔流に溺《おぼ》れそうになる。

『まずはこれザマス』

緑殿の声が流されそうになる私の意識をつなぎ止め、映像の一つに意識が収束した。

「――法皇様が偽物？」

「ああ、魔族が入れ替わっているって噂《うわさ》だ」

どこかの街角で労働階級の男達が荒唐《こうとう》無稽《むけい》な噂話に興じている。

「そんな馬鹿《ばか》な話があるか！」

「そうだそうだ！　法皇様はパリオン神の聖なる結界がある大聖堂にいらっしゃるんだぞ！」

「そうとも！　魔族なんかが入り込めるものか！」

労働者といえど馬鹿にはできぬ。

聖職者達が思うよりも彼らは多くの事を知っている。

「忘れたのか？　お前ら？」

「何をだ？」

「魔王が結界を破って大聖堂を襲っただろうが！」

その言葉に男達の反論が止まる。

「あの時に入れ替わったんじゃないか？」

「だ、だが、あの後も法皇様は癒《い》やしの儀をしてくださっているぞ？」

「本当か？　よく思い出せ」

そう強く言われて男達が思案顔になる。

「そういえば！　この間の癒やしの儀は途中で終わったぞ」

「法皇様の体調が悪かっただけじゃないか？」

「違う！　前にも中断した事があったが、今回は癒やされるどころか気持ちが悪くなって倒れる奴《やつ》が続出したんだ」

法皇がユニークスキルを暴走させた日の事か……。

荒唐無稽な噂話といえど、事実を一部含むと信憑性《しんぴょうせい》が増す。早めに打ち消す噂を広めねば。

『こっちも面白いザマスよ』

緑殿の声とともに視点が切り替わる。

「俺、見たんだ。法皇様が癒やしの儀をする時に、勇者様みたいな青い光じゃなくて、紫色の光を出しているところを」

「何言ってるだ？　癒やしの儀の時はいつも綺麗《きれい》な青い光でねぇか」

「本当だ！　この前、最前列で儀式を見てたんだけど、儀式の始めに風が吹いて、垂れ幕の向こうに見えた法皇様のお身体《からだ》を紫色の光が包んでいたんだ！」

まずいな……目撃者がいたか。大事の前の小事、早めに口封じしておくとしよう。

「そういえば、あの日の癒やしはなんかおかしかった」

「そういえばそうだな。うちの祖母《ばあ》ちゃんなんかあの日から寝込んだままだ」

「もしかして、あの噂は本当なのか？」

「あの噂？」

「知らないのか？　法皇様が魔族と入れ替わっているって噂だよ」

また、この噂か。

少し不自然に広まりすぎている。

「誰か黒幕がいるのか……」

『正解ザマス』

視界が切り替わり、法皇と魔族の入れ替わりを噂していた男が、フードを被《かぶ》った何者かと話す場面になった。

「噂を流してきたぜ」

「よくやった。次は人々を扇動して大聖堂に集めろ」

「おいおい、勘弁してくれよ。神殿兵に逮捕されたり神殿騎士に斬《き》られたりするのは嫌だぜ」

「そちらは我らが抑える。貴様は煽るだけ煽ったら、適当な頃合《ころあ》いを見計らって退くがいい」

フードの男から金を受け取ると男は仲間達を集めて、人々を扇動し始めた。

まずいな……。

私は身じろぎしようとして、自分の身体が認識できない事に気付いた。

「緑殿、魔法を解除してくれ。私は聖都に戻らねばならん」

身体を動かす事もできず、無詠唱での魔法発動もできない。

これでは緑殿の魔法を解析する事も強制解除する事も不可能だ。

『心配無用ザマス。この映像は過去のもの。ゆっくり見ても現実世界では一瞬の事ザマスよ』

緑殿はそう言って、次の光景を映した。

「「「法皇様を助けろおおおお！」」」

「「「魔族を排除しろおおおお！」」」

噂を信じた民衆が大聖堂に押し寄せる。

「「「法皇様に化けた魔族を倒せぇえええええ！」」」

「「「魔族を殺せぇえええ！」」」

「「「人殺しを打ち倒せぇええ！」」」

民衆達が血走った目で大聖堂を睨《にら》み、怒声や罵声《ばせい》を繰り返す。

その中には子供や老人の姿まである。

「あれは――」

――大人になったら神官になって、法皇様のお役に立つんだ。

法皇に父親を癒やされ、無垢《むく》な顔でそんな事を言っていた少年さえ、暴徒の中に交ざっていた。

他《ほか》にも癒やしの儀で法皇に何度も礼を言っていた見覚えのある者達もいるようだ。

……愚かな。

掌返《てのひら》しをする民衆に、侮蔑《ぶべつ》の視線を向ける。

「「「法皇様に化けた魔族を倒せぇぇぇぇぇ！」」」

見ているうちに暴徒達がどんどん人数を増しヒートアップしていく。

「……どういう事だ」

扇動者がいるにしてもおかしい。

『精神魔法は扇動に必須《ひっす》ザマス』

緑殿の言葉と同時に、民衆を煽るフード男の間近に視点が移動した。

よく見れば、私の姿をした扇動者は緑色の口紅を塗り、爪《つめ》や目元を緑に染めていた。

あれは以前見た事がある。緑殿の擬体《アバター》だ。

「――私、だと？」

「裏切ったのか緑殿！」

私が烈火の怒りを発するやいなや映像が解けた。

目の前にいる緑殿へと詰め寄る。

「とんでもないザマス。こちらの目的は最初から魔神牢《ろう》の封印解除ザマス。その為《ため》の最適解を実行したただけザマスよ」

「――おのれ！」

私は怒りに任せて緑殿に光系の上級攻撃魔法「破魔光剣《アンチエビル・レイソード》」を叩《たた》き込む。

鮮烈な光剣が緑殿の身体を真っ二つに斬り裂いた。

――軽い。

「仕損じたかっ！」

『怖い怖い。擬体《アバター》を用意して九死に一生を得たザマス』

「戯《ざ》れ言《ごと》をっ」

緑殿の気配が薄れていく。

どうやら、逃げられたようだ。

「この借りは必ず返すぞ」

暗闇《くらやみ》にそう言い捨て、私は大聖堂へと影を渡った。

◆

「「「法皇様に化けた魔族を倒せぇえええええ！」」」

大聖堂の前には暴徒と化した群衆が、神殿兵や衛兵達を飲み込む勢いで押し寄せていた。

神殿兵や衛兵の中には群衆に交ざっている者までいる。

「神官どころか司祭までもか……」

精神魔法で扇動されているとはいえ、これが神の名を冠する国で人々を教え導く者の実態か……。

あまりの醜態に開いた口が塞《ふさ》がらない。

「──賢者様?! 後方で指揮を執られていたのではないのですか?」

部下の一人が私を見つけて駆け寄ってきた。

どうやら、こやつも緑殿の「擬体《アバター》」に惑わされていたらしい。

「あれは偽物だ。あれから命じられた指示は全《すべ》て破棄せよ」

「な、なんと! ──大変です! 仲間の中に聖下を弑《しい》し奉る為に行動している者がおります」

「聖下は私が守る。お前は他の者に今の話を伝え、民衆を煽《あお》る者達を排除しろ」

「御意」

部下が群衆の中に駆けだすのを見届け、影魔法で三頭の「影獣《シャドウ・ビースト》」を喚《よ》び出した。

「お前達は群衆の後方に隠れる私の偽物を始末せよ」

ガウと一声吠《ほ》えた影獣達が群衆の影から影へ渡っていく。

それを見届ける事なく、私は「影渡り」の魔法で法皇の下へと急いだ。


「──ここもか」

司祭や神官達が法皇の部屋に群がっていた。

法皇の部屋は神聖魔法の結界で閉ざされており、私は自室から移動する事を余儀なくされてしまったのだ。

「「「うわぁあああ」」」

「「「きゃあああああ」」」

部屋の中から叫びや悲鳴が聞こえ、開け放たれた扉の向こうから暗紫色の光が溢《あふ》れ出した。

「人が！　人が干からびて！」

「魔族だ！　やはり噂は事実だったのだ！」

「誰《だれ》か、メーザルト殿を！　聖剣の担い手を呼べ！」

部屋の前に転がり出てきた司祭達が人々をパニックに陥れる。

私は床を蹴《け》り、壁を走って法皇の部屋に飛び込んだ。

「なんという事だ」

幾人もの司祭や司教が干からびて死んでおり、その向こうでは剣を抜いた神殿騎士が法皇を包囲していた。

法皇は耳を塞ぎ頭を抱えて部屋の隅で震えている。

精神的に不安定になっていた法皇が、親しい者達に詰め寄られてユニークスキル「万能治癒《ヒール・オール》」の力を反転暴走させてしまったようだ。

「待て！　聖下は魔族などではない！」

私は神殿騎士達を刺激しないように、ゆっくりと歩み寄る。

精神魔法で法皇を落ち着かせようとするものの、この部屋に張られた神聖魔法の結界がそれを無効化してしまう。魔法破壊《ブレイク・マジック》で結界を消すわけにもいかない。そんな事をすれば、それこそ神殿騎士を暴発させてしまうだろう。

「待つのは貴殿だ」

「――メーザルト殿！」

厄介なタイミングで厄介な者が現れた。

今の法皇にとって、神殿騎士メーザルトの持つ聖剣ブルトガングは危険すぎる。

「私が聖下を落ち着かせる」

「魔族の傍《そば》には行かせぬ。貴殿には魔王と共謀して、法皇様を攫《さら》い、魔族を法皇様になりすまさせた疑いが掛かっている」

メーザルトを無視して強引に法皇の下へと駆ける。

「行かせぬと言った！」

メーザルトの怒声と同時に背中が熱くなる。

振り向いて距離を取る私の目に、血塗られた聖剣が映った。

どうやら、背後からメーザルトに斬られたようだ。脱皮した下級竜の皮で裏打ちされた私のローブを切り裂くとは……。やはり聖剣は侮れぬ。

「……ソ、ソリジェーロ」

私に気付いた法皇が死人のようにゆらゆらと立ち上がり、おぼつかない足取りで歩を進める。

「う、動くな！」

「刃向かうなら容赦せぬぞ！」

神殿騎士達の一人が恐怖から剣を抜き、法皇を斬り付けた。

傷は浅かったようだが、法皇はショックを受けた表情で涙を流している。

――まずい。

法皇の身体から黒い瘴気《しょうき》が漏れ出している。

「退《ど》け！　メーザルト！」

「そこで魔族が正体を現すのを見ていろ」

治癒魔法で聖剣による傷を癒《い》やし、メーザルトの傍らを瞬動で抜けようとするものの、数多《あまた》の戦場で血塗られた日々を送ったメーザルトが、易々《やすやす》とはそれを実行させてくれない。

「正体を現したぞ」

「この魔族め！　魔王の手先め！」

「わ、私は、ワタシは、ワTAシHAアアアアアアアアア」

――ちっ。

法皇から瘴気が吹き出し、その身体を異形へと変えていく。

「……手遅れか」

こうなっては是非もなし。

私は煙玉を投げ、メーザルトが切断した煙玉から溢れた煙幕を抜けて襲いかかってくるまでの間に、影の中へと潜った。

さすがに聖剣使いといえど、影の中までは追って来られまい。

私は影越しに法皇の様子を覗《うかが》う。

「ソ、Sぉリ、JぇRォオオオオオオオオオオオオオ」

粘液のように身体《からだ》が崩れ、服と身体の境界すら曖昧《あいまい》になった法皇が、奇妙な突起やひだを増やし、徐々に体積を拡大させていく。

その身体中からは漆黒の靄《もや》を噴き出し、ぼこぼこと変化する身体の表面に稲光のような暗紫色の光を瞬かせている。

もはや頭部に法皇の面影を残すのみ。

――HZOOOBBBLZY。


魔、魔王ザーザリスが誕生の産声を上げた。


暗紫色の光が法衣のように魔王の身体を覆い、周囲へと波紋のように広がる。

「これは……」

波紋を浴びた人々が断末魔の悲鳴を上げ、次々と干からびて死んでいく。

反転したユニークスキルの力だろう。

『おのれ……魔族め！』

影越しにメーザルトの叫びが届いた。

レベルが高い神殿騎士達も生命力を吸われて行動不能となり、聖剣ブルトガングに守られて難を逃れたメーザルトさえも、虚脱状態になって膝《ひざ》を突く。

「聖剣使いまで無力化するとは、なりたての魔王にしてはなかなかやるではないか」

予定とは違ったが、魔王化をしてしまったザーザリスを有効に活用せねば。

この状況を嘆くよりも、魔王化したザーザリスを有効に活用せねば。

「やはり、魔王を無駄にせぬ為にも魔神牢の封印解除が最適か……。私を裏切った緑殿の思惑に乗るのは業腹だが、手をこまねいていてはペンドラゴン一行やシガ王国の勇者が来てしまう」

影の向こうで魔王が巨大化を終え、大聖堂の天井を突き破っている。

「ペンドラゴン達は遠距離攻撃をする三名を私が暗殺すれば、残りはメーザルトと同様に魔王が始末するだろう。問題はシガ王国の勇者だ。大魔王『黄金の猪王』や邪神『狗頭《くとう》の古王』さえも倒したというのはさすがに眉唾《まゆつば》だが、そう言われるだけの実力はあるはず」

少なくとも魔王シズカによって強化し尽くした、一つの完成形とも言うべきホーズナス枢機卿《すうききょう》を倒した者が、シガ王国にはいるのだから。

視線を巡らせると、魔王ザーザリスは未《いま》だに「天空の間」で癇癪《かんしゃく》を起こす子供のように暴れている。僅《わず》かに法皇の面影を残しているのがいっそ醜悪だ。

「世話の焼ける」

私は「影渡り」で魔王の耳元へと移動し、影から出て魔王の耳元で囁《ささや》く。

幸いな事に、私がシズカを使って収集した耐性スキルが仕事をしているらしく、思ったほどの虚脱感はなかった。

「聖下。私の声が聞こえますか？」

「ソ、そり、Ｊぇ Ｒォオオオオオオオオオオオオオオ」

まだ、私の事は覚えているのか。

「ワタシＨＡドウＳゥレＢＡ」

そして、まだ私の事を信じているのか。

――愚かな。

だが、その愚かさもまた愛《いと》おしい。

「さあ、聖下。表に出て愚かなる者達に神の愛を説きましょう」

端末を介して都市核と接続し、「強制」スキルを使う場を整える。

光でできた幾重もの魔法陣が魔王の足下を照らし、宙に展開された積層型の魔法陣が柱のように魔王を包んだ。

「さあ、聖下。表に出るのです。神に仇《あだ》なす愚かなる背信者達に死を与える事こそ、神の愛と知るのです」

強制スキルと精神魔法を併用し、魔王に逆らい得ぬ命令を植え込んだ。

「ソ、そり、Ｊぇ Ｒォオオオオオオオオオオオオオ」

――ＨＺＯＯＯＢＢＢＬＺＹ。

魔王が大聖堂の壁を砕いて広場へと転がり出た。

「魔族め！　姿を現したな！」

「ば、化け物だぁあああああ」

「逃げろぉおおおおおお」

壁を破った魔王の姿に、広場に詰めかけていた人々が恐慌を起こして逃げ惑う。立ち向かおうとした無謀な者も、圧倒的な魔王の巨体に剣を捨てて逃げ出した。

「聖下、神に仇なす愚かなる背信者達に死を与えましょう。それこそが愚者への神の愛です」

「アイ、AIヲ、カMIノアイOォオオオオオオオオオ」

――HZOOOBBBLZY。

私の言葉に促された魔王が暗紫色の光を帯びる。

魔王の放つ波動を浴びた者達が、次々に干からびていく。

「いるだけで人々に等しく死を与えるか……まさに魔王だな……」

人を殺して得られる経験値は低いが、これだけの人口がいる土地の人々を全て虐殺すれば、勇者にも手出しできぬ無敵の魔王が作れそうだ。

「これは……」

魔王の放つ波動を浴びて干からびた者達が、暗紫色に染まりアンデッドともキメラとも思える異形の姿へと変じていく。

異形の眷属《けんぞく》――紫祈者《エビル・プレイヤー》達が生まれたての雛《ひな》のように魔王の後をついていく。その多くは人の姿を失い、魔族とも魔物とも思える不気味な姿へと変異していた。

「便利な兵隊だ。奴《やつ》らも精神魔法で煽っておくか」

私は精神魔法で紫祈者達を焚《た》き付けた後、都市核の間へと向かった。

人々を逃がさぬ為《ため》に聖都を封鎖する積層結界を設置する為だ。密《ひそ》かに法皇の意志を操作して得た副王の座がようやく役に立つ。

聖都の魔力が大量に失われるが、これでいかなる者も脱出できぬ魔王の狩り場が完成だ。

全《すべ》ての準備を終えて私は大聖堂の外に出る。

「カMIノアイOォオオオオオオオオオオオオ」

魔王は大聖堂前の広場で叫び続けるばかりで、紫祈者達もその周りを無軌道に徘徊《はいかい》するだけだ。

神殿兵や神殿騎士達がバラバラと集まり、広場の縁《ふち》から遠巻きに囲み始めている。広場の外縁付近にある屋根の上には物見高い者達が陣取っているようだ。身の危険も分からぬとは度し難い。

「私が指示せねば、殺戮《さつりく》すら満足にできぬとは――」

私は風魔法で魔王に声を届ける。

「聖下、神に仇なす愚かなる背信者達に死を与えなさい。それこそが神の愛です」

「アイォオオオオ、カMIノアイOォオオオオオオオオオオ」

――HZOOOBBBLZY。

魔王は暗紫色の波動を放ち、町中に向けて移動を開始した。

急激に広まった波動が外縁の建物に届き、干からびた人々が地面に転落していく。墜《お》ちた人々を救おうと周辺の者達が集まっていたようだが、紫祈者に変じた転落者が周りの者を殺戮し、新たな紫祈者へと変え始めた。

「なかなか効率のいい眷属だ」

数を増やした紫祈者達が人々を追い立て、建物を破壊して回る地獄絵図がそこに現れようとしていた。

「――満ちる、満ちる、満ちる。愚神の名を冠する聖なる都に、恐怖が、絶望が、死が溢《あふ》れ、それは瘴気となって地に満ちていく」

聖都の各所に配置した呪怨《じゅおん》瓶や邪念壷《カオス・ジャー》もすぐに満ちるだろう。

私は影を渡り、魔王の肩へと着地する。

その眼前に立ち塞《ふさ》がる白い影――。

「――現れたな、シガ王国の勇者」

真なる聖者

〝サトゥーです。人の本性というのは極限状態にあって初めて表に出ると聞いた事があります。そんな時に自分がどうなるのか分かりませんが、できれば家族に誇れる自分でいたいと思います。〟


「聖都が見えたわ！」

オレ達は帰還転移《リターン》を繰り返し、黒幕である賢者ソリジェーロがいる聖都へと向かっている。

ライト少年や魔法教室の二人は安全な場所に避難させ、魔王シズカは本人同意の下、複合魔法「蜃気楼《デザート・ミラージュ》」で呼び出した都市に保護しておいた。その事によって「国を出るな」というギアスに反すると大変なので、魔黄杖《まおうじょう》に残っていた最後の「ギアス」を使って相殺してある。

なお、救出作戦で一緒だったピピンは「クロ様からの指令が入った。ここから先は勝手にやらせてもらうぜ」と言って去っていった。もちろん、指令を出したのはオレだ。彼には「才渡り」の実態や黒幕の証拠を確保しに行ってもらっている。

「到着――げっ。大聖堂が！」

遠くに見える大聖堂が大きく崩れ半壊状態になっている。

「マスター、都市の周囲に障壁が設置されていると告げます」

「都市核《シティ・コア》由来の結界みたいだね」

都市の外縁を見回しながらナナに答える。

「ご主人様、大聖堂の近くに何かいます！」

ルルが言うように、大聖堂前の広場には巨大な魔物が出現している。

『アイォオオオオ、カＭＩノアイＯォオオオオオオオオオオ』

巨大な魔物が天に向かって泣き叫ぶような咆哮《ほうこう》を上げ、のそりのそりと大聖堂を背にして歩きだす。

その魔物を調べて驚いた。

「――魔王、だと？」

魔王の横に詳細情報がＡＲ表示されていく。

「ご主人様、あれって」

「ああ、魔王化したザーザリス法皇だ」

最初はＡＲ表示される情報が信じられなかったほどだ。

マップ情報によると、大聖堂前の広場には魔王の眷属である紫祈者《エビル・プレイヤー》というのが大量発生しており、既に混戦状態のようだ。

僅かな間に、ここまで酷《ひど》い状況に悪化しているとは。

「オレは魔王の相手をしてくる。皆《みんな》は魔王の眷属を頼む」

手早く仲間達に状況を伝えると、勇者ナナシに変じて魔王上空へと閃駆《せんく》で向かい、そこから天駆で魔王の眼前へと降下した。

◆

「――現れたな、シガ王国の勇者」

魔王の耳に掴《つか》まった白装束――賢者が言う。

いつもの黒装束と違う司教のような白い法衣を着ているので、一瞬誰《だれ》か分からなかった。賢者は油断ならない相手なので、今のうちにマーカーを付けておこう。

「君は誰？　どうして魔王と一緒にいるのさ」

「仮面の勇者――背格好は似ているが、ペンドラゴンの声ではないな」

おっと疑われていたか。

『ご主人様、着替え終わったわ』

『分かった。殺された者は眷属の仲間入りをするみたいだ。遺体にも注意するようにね』

アリサが「戦術輪話《タクテイカル・トーク》」で皆をつないでくれたので注意事項を伝達する。ついでに仲間達を確認できるように空間魔法の「遠見《クレアボヤンス》」と「遠耳《クレアヒアリス》」を使っておく。

「――眷属達が。あの白銀の鎧《よろい》には見覚えがある。ペンドラゴンはあちらか」

「ペンペン達もこっちに来てるの？　相変わらず、トラブルに愛された子達だね」

オレは詐術スキルの助けを借りて他人のフリをする。

よく観察すれば一人足りない事が分かるだろうが、混戦の中を飛び回る前衛陣やアリサの転移で次々に場所を変える後衛陣を把握するのは難しいだろう。

――危機感知。

「破魔光剣《アンチエビル・レイソード》！」

詠唱もなしに賢者が放った光魔法を閃駆で回避する。

お得意の影魔法ではなく、まさかの光魔法だ。危機感知スキルが働かなかったら、痛い目に遭うところだった。

「これを避《よ》けるか――聖下、愚か者に神の裁きを！」

――HZOOOBBBLZY。

賢者に促された魔王が咆哮を上げる。

暗紫色の光が魔王の身体《からだ》を流れ、光と同色の波動のようなモノが全方位に放射された。

『皆！　回避しろ！』

オレは危機感知スキルの反応と同時に仲間達に警告し、閃駆で安全圏に移動する。

大聖堂前広場に色鮮やかに咲いていた花々や木々が、波動に触れた途端に赤茶けて枯れていく。

思ったよりも、波動の有効範囲は狭いようで、仲間達に届く遥《はる》か手前で霞《かす》んで消えた。

魔王の間近にいるのに、賢者は波動の影響を受けていない。魔王自身が波動が届かないように配慮しているようだ。

「またも回避したか！　貴様のユニークスキルは回避と移動を兼ね備えたものと見た。瞬間移動ではあるまい。縮地の空中版とも言うべきものか？　いや、それよりは――」

戦闘中だというのに、賢者が考察を始めた。

こいつは根っからの研究者体質らしい。

「勇者よ！　もう一度使ってみせろ！」

「えー、やだよー」

「使わぬというなら、嫌でも使わせてくれる！」

賢者がマントを払って杖《つえ》を構える。

前に見た影石が填《は》まった奴に似ているが、今回は幾種類もの属性石が填まっていて、いかにも色々な魔法を使ってきそうな感じだ。

「聖下、聖なる波動であの者を！」

――HZOOOBBBLZY。

魔王は完全に賢者の支配下にあるらしく、再び暗紫色の波動を放ってきた。

オレはさっきと同じパターンで回避する。

「見た！　見たぞ、勇者！」

よほど閃駆を観察したかったのか、賢者が小躍りしそうな声で喜ぶ。

その瞳《ひとみ》に淡い紫色の光を帯びているのが気になる。

「良かったね」

「ああ、もう十分だ。十分に見た」

賢者がやけに見た事を強調する。

見たからと言って、閃駆はすぐ使えるものでもないと思うけど。

「次の力を見せろ、勇者！　貴様のユニークスキルを私に見せるのだ！」

「えー、やだよ」

そもそも閃駆はユニークスキルじゃない。

「聖下、聖なる波動を！」

――HZOOOBBBLZY。

賢者に命じられた魔王が、暗紫色の波動を身体の周囲に放射する。

「まあ、何回やられても当たらないけど――」

「理力縛鎖《マナ・チエイン・ホールド》」

閃駆で回避を終え、静止したタイミングで身体が拘束された。

賢者が術理系の拘束魔法を使ったらしい。さっきの光魔法もそうだったけど、賢者は無詠唱、あるいは詠唱破棄が使えるようだ。

「聖下！　波動を絞り込め！」

敬語を放棄した賢者の指示を受け、魔王の波動が細く絞り込まれて射程を伸ばしてきた。

槍《やり》のような波動の穂先がオレに迫る。

その間にも絶え間なく、新たな理力縛鎖で包み込む念の入れようだ。

「死にたくなくば力を見せろ、勇者！」

「――やだね」

オレは腕の一振りで理力縛鎖を破壊し、閃駆で波動の穂先を回避する。

今度は前に、だ。

「影縛り《シャドウ・バインド》」

眼前に迫るオレに驚きつつも、賢者は余計な呻《うめ》き一つ漏らさずに影を投網のように放ってきた。

「——おっと危ない」

オレはストレージから取り出した聖剣デュランダルで影を切り裂く。

——賢者がいない。

視線が切れた一瞬の間に隠れたようだ。

マップのマーカー一覧の情報によると、現在位置は「マップの存在しない空間」となっているから、影の中にでも隠れたに違いない。

「それくらいで逃げられると——」

「ソ、Sぉリ、JぇRォオオオオオオオオオオオ」

影空間への痕跡《こんせき》を探そうとしたのだが、トラックサイズのパンチが襲ってきたので閃駆で回避する。

回避を終えてから改めて痕跡を探したのだが、魔王が放つ瘴気《しょうき》と波動の残滓《ざんし》に掻《か》き消されて分からなくなってしまった。

——HZOOOBBBLZY。

振り回すだけじゃ命中しないと学習したのか、今度は波動をハリセンボンのように四方八方に伸ばしてくる。

――ＨＺＯＯＯＢＢＢＬＺＹ。

――ＨＺＯＯＯＢＢＢＬＺＹ。

――ＨＺＯＯＯＢＢＢＬＺＹ。

魔王が何度も波動の針を出し直す。

しかも出し直すたびに針の出る位置を変える念の入れようだ。

「まあ、何回やられても当たらないけど――うおっ」

空中に静止した瞬間を狙《ねら》って、不可視の斬撃《ざんげき》が襲ってきた。

――賢者だ。

危機感知スキルの報《しら》せを頼りに回避し、回避しきれない奴《やつ》は聖剣デュランダルで切り払う。

賢者の攻撃はそこで終わらない。地表付近の物陰から術理魔法「誘導矢《リモート・アロー》」が何十本も打ち出され、オレが「誘導矢」を迎撃するタイミングで、別の建物の陰から風魔法の「刃嵐《ブレード・ストーム》」や雷魔法の「電撃嵐《サンダー・ストーム》」が襲ってきた。

「だから、当たらないってば」

閃駆で回避し、オレの背後に気配を感じて振り返る。

「闇吸《ダーク・アブソーブ》」

視界が闇《やみ》に包まれ、空中の足場が消失した。

どうやら、闇魔法の「闇吸」で空中に浮かぶオレの足場を中和してきたようだ。

「理力縛鎖」

術理魔法でオレを捕まえようとしたようだが、オレの姿は既にない。

なんらかのスキルでオレの位置を察した賢者が見上げるのと同時に、閃駆で懐に入り込み、掌打を放つ。

目の前から、賢者が消えた。

いや、賢者は閃駆を使ったのだ。

紫色の光を纏《まと》った賢者の頭上に八つの紫光の球が浮かんでおり、そのうちの一つが明るく輝いている。

魔王のユニークスキルみたいな感じだが、彼はユニークスキルを持っていない。

「盗神の装具」やそれに類する偽装アイテムも装備していない事は確認済みだ。

「盗まれちゃったかな?」

「盗んではおらぬ。模倣しただけだ」

「――模倣? どういう事?」

ヨウォーク王国の迷宮遺跡で手に入れた魔黄杖のように、スキルをコピーするアイテムを隠し持っているのだろうか?

「そのままだ。それよりも力を見せろ、勇者」

「またそれ?」

閃駆以外の力も学習《ラーニング》する気まんまんだね。

「聖下！　手加減も慈悲も無用です。勇者を騙《かた》る者に審判を！」

「ソ、Sぉリ、JぇRォオオオオオオオオオオオオ」

――HZOOOBBBLZY。

魔王の方から、さっきまでとは一線を画する激烈な波動が襲ってきた。

同時に賢者から「闇吸」や「理力縛鎖」の魔法がオレに放たれる。

目視ユニット配置なら余裕で回避できるが、奴がそれを学習したら大変だ。世界中を縦横無尽に移動するテロリストなんて危なすぎる。

「光あれ」

宗教国家なので、ちょっと宗教っぽい台詞《せりふ》を言ってみた。

閃光《フラッシュ》の魔法で目潰《めつぶ》しし、賢者の魔法を術理魔法の「魔法破壊《ブレイク・マジック》」で消去したのだ。

魔王の攻撃は閃駆で回避するつもりだったのだが、閃光の目潰しで魔王が顔を覆って突っ伏した為《ため》に、オレには攻撃が届かなかった。

「ぐぉおおおおお」

悲鳴とともに干からびた賢者が影の中に沈んでいくのが見えた。

どうやら、魔王が賢者へのフォローを失念した為に、波動の影響を間近で受けたようだ。マップ情報によると「衰弱」「重度」状態らしい。因果応報を地で行っているね。

少し余裕ができたので、オレは仲間達の様子を確認する。

『民間人に手を出すのは禁止だと告げます！』

『弱い者いじめは許さないのですよ！』

ナナやポチが魔王の眷属《けんぞく》――紫祈者から人々を守っている。

『歯ごたえのある相手はいませんね』

『狙い、撃ちます』

リザやルルは紫祈者の排除主体だ。

『リザさん、次の角を左に。ルルはそこが終わったら三時の方向にある赤い建物の陰から飛び出してくる眷属を狙撃《そげき》して。ミーア、小シルフは？』

『サポート中』

アリサは空間魔法で仲間達をナビゲートし、ミーアは精霊魔法で召喚した小シルフ達を手足のように使って、ナナやポチをフォローしつつ避難誘導をしているようだ。

そんな仲間達の活躍に勇気付けられ、パリオン神国の人達も最初の混乱から脱し、紫祈者に秩序だてて対抗できるようになっていた。

この調子なら、向こうは仲間達に任せていて大丈夫だろう。

◆

「聖下！」

眼下から聞き覚えのある声がした。

見下ろすと、いつの間にか輿《こし》に乗せられた老聖女が魔王の前にいた。輿の周りには巫女《みこ》さん達もいるようだ。

老聖女以外の人達は怯《おび》え、真っ青な顔で冷や汗を流している。

巨大な魔王の威圧感や木々や花園の枯れ具合を見れば当然の反応だ。平然としている老聖女の方が普通じゃない。

「竜鱗粉《ドラゴン・パウダー》を撒《ま》いて！」

「「はい、聖女様！」」

巫女さん達が魔力を篭《こ》めた竜鱗粉を撒き、一行の中にいたメガネの神官が風魔法でそれを魔王に向けて吹き付ける。

キラキラした青い光を帯びた粉が魔王の方へと流れ、地に伏した魔王の顔近くでたゆたう。

それを確認した老聖女が、青い宝石が付いた聖なる杖を掲げる。

「――幼神浄光《セイクリッド・ピュリフィケーション》」

老聖女が詠唱を終えていた神聖魔法の発動句を唱えると、清浄な青い輝きが波紋のように放たれ、魔王の周りに浮かぶ竜鱗粉と反応して、激しい聖光が魔王を包んだ。

「ＣＭＩノＡィイイガァアアアアアアアアア」

聖光を浴びた魔王が絶叫し、身体《からだ》から溢《あふ》れていた漆黒の煙が吹き飛ばされていく。

絶叫を上げつつも魔王の表情が穏やかになってきた。おそらく老聖女の魔法は魔王の瘴気を祓《はら》う浄化系の最上位魔法に違いない。

「聖下！」

「……レアン」

「聖下！　小父《おじ》様！　私が分かるのね！」

老聖女が涙ながらに叫んだ。

凄《すご》い。理性を失っていた魔王が僅《わず》かに理性を取り戻したようだ。心持ち、魔王のサイズも小さくなっているような気がする。

「……レア、ン」

魔王が同じ言葉を繰り返す。

たぶん、レアンという名は老聖女がユ・パリオンという名を与えられる前のものなのだろう。

「もう一度、詠唱を！　絶対に小父様を元に戻すの！　■■……」

「……ああ……レ……アン」

優しい表情をした魔王のまぶたが落ちていく。

このままなら魔王化が解けるかもしれない――そんな思いは無粋な言葉が打ち砕いた。

『聖下！　目の前を薙《な》ぎ払え！』

どこからか絞り出すような賢者の声が響いた。

「ソ、ソリじぇエろォオオオオオオオオオオオオオオ」

――HZOOOBBBLZY。

魔王の意志とは無関係に暗紫色の光が身体を伝い、凶悪な波動が老聖女達に向けて放たれる。

——させないよ？

オレは閃駆で魔王と老聖女一行の間に割り込み、フォートレスを緊急展開する。

「くぅうううううう」

思ったよりきつい。

大抵の攻撃なら無効化できると思ったが、魔王の波動はフォートレスを浸透して、オレの身体から生命力や気力のようなものを奪っていく。

「レア、レ、Rエ、レアアアアアアアアン」

背後を振り返ると、老聖女が輿の上で蹲《うずくま》っている。

オレがほとんどを受け止めたとはいえ、僅かな残滓が後ろまで届いてしまったようだ。

「「「聖女様！」」」

「だ、大丈夫。えいしょ、詠唱を、もう一度！」

輿に手をつき、脂汗を流しながらも、老聖女は中断させられた魔法を唱え直す。

『聖下！　薙ぎ払えええええええ！』

「ソ、Sぉリ、JぇRォオオオオオオオオオオオ」

——HZBBBBBBBZ。

賢者が絶叫で老聖女の排除を命じるが、魔王はそれに抗《あらが》うように首を横に振る。

暗紫色の光が身体を流れる途中で切れかけの蛍光灯のように瞬いた後、ぼんやりと消えてしまった。

賢者の命令に抗ったせいか、魔王の目や耳から暗紫色の液体が流れ出す。

魔王の状態が「ギアス／違反」になっていた。どうやら、魔王は賢者のギアスに縛られていたようだ。

「おのれぇ……私の命令に逆らうか」

賢者が憤怒《ふんぬ》に染まった声を絞り出す。

このままだとマズい。賢者の居場所を特定して、魔王から引き剥《は》がさねば。

全神経を耳に集中する。

『魔王ザーザリス！』

余計な音が消え、賢者の声だけが鮮明に耳に届いた。

『貴様の主《あるじ》の命令だ！』

マップが勝手に開き、立体表示《3D》された画面にターゲットマークが小さく絞り込まれていく。

『反転した貴様の――』

ターゲットマークがロックオン状態に変わる。

――見つけた！

オレは閃駆で移動し、竜牙《りゅうが》コーティングの竜爪《りゅうそう》短剣に宿る「全《すべ》てを貫く」力で、次元の隙間《すきま》をこじ開けた。

「ば、馬鹿《ばか》な――」

衰弱した状態の賢者が「影鞭《シャドウ・ウィップ》」を発動したようだが、それが十全な威力を発揮する前に、オレの放った「誘導気絶弾《リモート・スタン》」の雨が賢者を打ちのめし、意識を刈り取った彼を影の奥へと吹き飛ばした。

「しまった。やりすぎた」

賢者の姿が影の向こうへと消えてしまった。

まあ、賢者は影魔法の「影渡り《シャドウ・ポータル》」が使えるし、目が覚めたら戻ってくるだろう。今は賢者よりも、魔王の方が先だ。

オレは老聖女と魔王の間に降下する。


「貴様、何者だ！」

「魔王と戦っていたようだが、それ以上、聖女様に近寄るのは許さん」

老聖女の従者達が今更な誰何《すいか》をしてきた。

彼らはオレが聖剣を使っていたシーンは見ていなかったらしい。

フォートレスで彼らを守った時は、それどころじゃなかっただろうしね。

「大丈夫――」

騒ぎだす従者達とは裏腹に、老聖女は落ち着いた声で従者を制す。

「――お兄ちゃんは、勇者様だから」

「勇者様？」

「この方がシガ王国の勇者様か！」

従者達が老聖女の一言でオレを勇者だと認識してくれた。

「ボクが彼を抑えておくから、浄化をお願い」

「うん、分かった」

子供のように頷《うなず》いた老聖女が詠唱を始める。

魔王は賢者のギアスが残っているのか、何度も身じろぎして暴れようとするが、それはオレが力《ちから》尽《ず》くで押さえ込んだ。

「――■幼神浄光《セイクリッド・ピュリフィケーション》」

詠唱を終えた老聖女が神聖魔法の発動句を唱えた。

魔王から溢れた漆黒の煙は、青い光の洪水に吹き飛ばされるものの、すぐにまた魔王の身体から漏れ出てくる。

それでも効果はあるようで、魔王の身体が縮んで一回り小さくなった。

「もう一度！」

「聖女様、もう竜鱗粉がありません」

「なくてもやるの！」

従者の泣き言を聞かされた老聖女が意固地になった子供のように地団駄を踏む。

「これを使って」

「竜鱗粉？」

「こんなに力に溢れた竜鱗粉は初めて見た」

「これならやれるぞ!」

ストレージに大量ストックしてある竜鱗粉を分けたら、従者達が妙な盛り上がりを見せた。

「ありがとう、勇者様」

喜ぶ老聖女に頷き返し、彼女の詠唱を見守る。

「──■　幼神浄光《セイクリッド・ピュリフィケーション》」

老聖女の神聖魔法が魔王の瘴気《しょうき》を吹き飛ばす。


「……レ……アン」

魔王の意識が少し戻った。

これを繰り返せば、正気を取り戻してくれそうだ。

オレは老聖女をサポートする為《ため》に、普段は封印している精霊光を解放して瘴気の浄化を手伝う。

「……ゆ、う……しゃ」

魔王がオレを呼んだような気がしたので、天駆で彼の眼前へと移動する。

彼は正気と狂気の間に揺れる瞳《ひとみ》で、オレを見つめた。

「なんだい、法皇猊下《げいか》」

「……こ、ろ……して……」

ころして──「殺して」か?

「……わた、し……しょう……き……うち、に」

私が正気のうちに、か。

さすがはパリオン神の名を冠する国のトップだ。魔王化してなお、自裁して災いを封じる事を望むとは。

聖者の称号を持つオレよりも、彼の方がよっぽど聖者の名にふさわしい人格を持っていると思う。

「……たの、む……」

魔王が――いや、法皇がオレに懇願する。

殺してやるのが救いなんて聞くけど、老聖女の魔法で瘴気を祓った後でエリクサーを使えば、殺す必要はないと思うんだよね。

「……じか……な、い……」

時間がない、かな？

「なんの時間がないんだい？」

そう問いかける途中で理由が分かった。

法皇の身体が崩壊を始めている。しかも崩壊を始めた部分が、暗紫色の波動を帯びているのが分かった。

「……ぼう……そ……」

ぼうそ、暴走か⁈

このままだと身体から瘴気が抜けきるよりも先に、法皇の「魂の器」が砕ける方が早そうだ。

「暴走なんてさせない」

オレはストレージから取り出した下級エリクサーを振りかける。

だが、法皇の崩壊現象は止まらない。法皇を包む瘴気が薄れ、身体《からだ》が少し縮んだだけだ。

「瘴気を除去するのが先なのかっ」

――くそっ。

思い当たったその事実にオレは内心で悪態を吐《つ》いた。

老聖女は魔力欠乏寸前になりながらも、法皇を救おうと浄化を続ける。

そろそろ効果が薄れてきたようだ。法皇はいつの間にか昏倒《こんとう》しており、肉体の方も身長が三メートルを切ったくらいから変化がない。

「――まだっ！　ぜったいに聖下を助けるの」

諦《あきら》めない老聖女に魔力を譲渡し、諦めかけていた自分に活を入れる。

魔王として討伐する以外の方法が、絶対にあるはずだ。

「聖女様を信じるのだ！」

「聖女様を支えろ！」

従者達が互いを励ます。

その言葉がオレに気付きをくれた。

聖女――魔王シズカだ。

彼女なら、この状況を打破できるかもしれない。

『シズカ――』

オレは蜃気楼《しんきろう》都市に保護したシズカに遠話《テレフォン》をつなぐ。

『何これ？　どこから聞こえてくるの？』

『空間魔法の「遠話」――携帯電話みたいなものだと思ってくればいいよ』

『ああ、誰《だれ》の声かと思ったら、あなたね。何か急ぎの用？』

シズカがはきはきした声で言う。

彼女は電話だと性格が変わるタイプの人らしい。

『ザーザリス法皇が魔王化した』

『白髭《しろひげ》のお爺《じい》ちゃんが？』

『ああ、彼からユニークスキルを除去したい。彼を眷属《けんぞく》化できそうか？』

法皇の「魂の器」が壊れる要因を取り除けば、エリクサーも効くかもしれない。

砂塵《さじん》王は救えなかったが、今度は助けてみせる。

『できると思う。一度、眷属化した事がある人は、もう一度眷属化しやすいから』

今の発言が賢者のギアスに違反していないか心配したが、シズカの反応を見る限り大丈夫だったようだ。

『なら、後で連れて行く。除去を頼む』

『分かった。でも、ユニークスキルは誰に移すの？　私は限界だから、ユニークスキルを移す対象がいるんだけど』

対象は誰でもいいという事だが、いくら有用な「万能治癒《ヒール・オール》」といえど、法皇ほどの人が魔王化してしまうくらいだから、誰に移しても危ないと思う。

問題が起こった時にオレが傍《そば》にいるとは限らないし、身内にそんなに危険なモノを持たせたくない。

アリサや迷宮下層の転生者みたいに、ユニークスキルを御せる人は希《まれ》だろうしね。

『適当な虫でも捕まえていくよ。それでもいいだろ？』

『……い、いいけど、本当にいいの？』

『ああ、問題ない』

もったいないの精神は大切だけど、ここは勇気を持って処分したい。


「――■ 幼神浄光《セイクリッド・ピュリフィケーション》」

老聖女が神聖魔法の発動と同時に輿《こし》の上に突っ伏した。

「「聖女様！」」

無理のしすぎで気を失ったようだ。

「あとは任せて」

オレは老聖女にそう囁《ささや》き、法皇を連れて魔王シズカの待つ蜃気楼都市へと「帰還転移」した。

「シズカ、来たぞ！」

「準備はしておいたよ」

地面に魔法陣のようなものが描かれている。

オレが連れてくるまでの間に用意するとは、実にありがたい。

「意識がないとダメなんだよね。起こせる？」

「少し手荒だけど——」

雷魔法だと殺してしまいそうなので、威力の低い雷杖《かみなりづえ》による電気ショックで目覚めさせる。

「ヌウォオオオオオオオオオ」

痛みに驚いた法皇が暴れるが、それは圧倒的なレベル差で押さえ込む。

「お爺ちゃん、私を見て」

「……せい……じょ……」

「やっぱ、名前は覚えてないんだね」

法皇が震える手をシズカに差し出すが、無意識の事故が怖いので「理力の手《マジック・ハンド》」でホールドしておいた。

「私はシズカ。私の眷属になって——」

シズカは自ら歩み寄り、法皇の大きな手を掴《つか》む。

「——眷属化《アドプション・ファミリーア》」

紫色の光が瞬き、つながった手を通して法皇へと流れていく。

「アァアアあアアあぁぁぁ——」

法皇が安堵《あんど》の表情になり、急にゲホゲホと咳《せ》き込んだ。

咳《せき》と一緒に可視化するほど濃い瘴気が、黒煙のようにシズカに浴びせられる。

「――うっ」

瘴気を浴びたシズカに変化が起きる。

犬歯がギチギチと音を立てて牙《きば》へと変化し、綺麗《きれい》に切り揃《そろ》えられていた手の爪《つめ》も一〇センチ以上伸びて剣呑《けんのん》な輝きを帯びた。

瘴気は魔王化を進行させるらしい。

シズカにまで理性を失われたら困るので、解放したままの精霊光に加え、複数の聖碑で周囲を囲み、老聖女一行がやっていたように魔力を篭《こ》めた竜鱗粉を散布して瘴気を中和する。

「ありがとう。私の身体も灼《や》けるけど、瘴気を浴び続けるよりマシ」

シズカが脂汗を流しながら言う。

「お爺ちゃんの眷属化はできた。でも、思ったよりも状態が悪い。このままだとユニークスキルを移しても、すぐに死んじゃうと思う」

「大丈夫だ。『神の欠片《かけら》』が除去できたら、エリクサーで癒《い》やす」

「エリクサー？　人界ではほとんど流通していないってあいつが言っていたのに？」

「独自のルートがあるんだよ」

オレは疲労が激しいシズカに、ストレージから取り出した栄養補給剤を手渡す。

彼女は躊躇《ためら》いなくそれを飲み干し、何度か咳き込んだ。

「効くわね、これ。コミパの締め切り前の修羅場に欲しかったわ」

シズカのカミングアウトを聞き流し、彼女が呼吸を整えるのを待つ。

「それじゃ、本番行くわ。本当に虫に移すの？」

「ああ、本気だ」

オレはここに転移する前に捕まえておいた甲虫《スカラベ》をシズカに差し出す。

「あんまり触りたくないから、そのまま持ってて——いや、間違ってユニークスキルがあなたに移ったら危ないから、何かで固定しておいてくれる？」

繊細なシズカの言う通り、適当な枝を地面に突き刺し、そこに甲虫を綿糸で縛り付けた。

「ふぅ——」

シズカは精神集中し、法皇と甲虫に指を押し当てる。

「——譲　渡《トランスファー・エレメント》」

黒い色が混ざる紫色の光がシズカの身体を流れ、それが手を伝わって法皇と甲虫を包む。

「くぅううう」

「ぁぁあぁぁああああああぁ」

シズカが脂汗を流し、法皇も苦悶《くもん》の表情で身体を暴れさせる。直接触ると「譲渡」を邪魔しそうなので、「理力の手」で押さえつけた。甲虫もさっきからギチギチとうるさい。

法皇の身体から漆黒に近い暗紫色の淀《よど》みが溢《あふ》れ出し、二人の手を伝わってシズカに流れ込む。

彼女のスタミナが凄《すご》い速さで消費され、魔力《MP》ゲージも目に見える速さで減っていく。

「くぅううううう——ぃうっ、ぃったぁあああああああああああい」

ユニークスキルの譲渡は痛みを伴うらしい。激痛が彼女を苛《さいな》んでいるようだ。

なんの手出しもできないオレは、固唾《かたず》を呑《の》んで見守る。

「っぅうう──あと、一息っ」

シズカが歯を食いしばり、お腹《なか》に力を入れる。

「ってぇえええええええええい」

気合いを入れて淀みを甲虫へと流し込む。

さっきからギチギチとうるさかった甲虫が、ビキビキと音を立てながら巨大化していく。

それに伴って、一だったレベルが五〇へと底上げされていった。

甲虫の称号が「魔王」に代わり、空欄だった名前が「魔王甲虫《デーモン・ビートル》」へと上書きされる。システムの自動決定なんだろうけど、なかなか雑なネーミングだ。

甲虫の下腹部辺りから黒い靄《もや》が吹き出る。

このままだとシズカや法皇に悪影響がありそうだ。

オレは魔王甲虫の背後に蜃気楼都市の出口を開き、奴《やつ》を外に追い出す事にした。

「ザーザリス法皇を頼む」

オレはそう言って、シズカにエリクサーを渡し、魔法欄から「短気絶弾《ショート・スタン》」を選んで魔王甲虫に叩《たた》き込んだ。

魔王は下級魔法に対する完全耐性を持っているはずだが、衝撃波までは無効化できないようで、碌《ろく》に踏ん張る事もできずに外へと吹き飛ばされた。

魔王甲虫が空中で翅《はね》を広げて舞い上がる。

「生《い》け贄《にえ》みたいで悪いけど――」

オレは甲虫に心の中で詫《わ》び、爆裂魔法「爆裂《エクスプロージョン》」の連打で魔王甲虫の魔力障壁を破壊する。

――ＳＺＣＡＢＢＢＢＲＺＡＢＥ。

魔王甲虫が咆哮《ほうこう》し、暗紫色の波動を周囲に撒《ま》き散らし始めた。

オレはストレージから取り出した魔弓に、魔力過剰充填《じゅうてん》した聖矢をつがえ、「加速門《アクセラレーション・ゲート》」の魔法で一二〇枚の加速陣を生み出す。

「――痛みなく眠れ」

オレは人間本位な呟《つぶや》きとともに、超加速された聖矢で魔王甲虫を射貫《いぬ》いた。

レーザービームのような青い輝きが新月の空へと伸び、威嚇のポーズをする魔王甲虫を一片の残《ざん》滓《し》も残さず消し飛ばした。

轟音《ごうおん》が空の彼方《かなた》に反響し、やがて静寂が辺りを包む。

『ちくしょーめー、たらいまわし、はんたい～』

ぼやきながら空中を漂っていた暗紫色の小さな光を見つけ出し、神剣の一撃で消滅させる。

＞「魔王甲虫」を倒した。
＞称号「天を射る者」を得た。
＞称号「魔王殺し『魔王甲虫』」を得た。
＞「神のカケラ」を倒した。

視界の隅にＡＲ表示されるログで討伐を確認する。

オレはもう一度、魔王甲虫に黙祷《もくとう》を捧《ささ》げ、蜃気楼都市へと戻った。

◆

「ただいま」

「――ひっ」

こっちを凝視していたシズカに片手を上げて挨拶《あいさつ》したら、怯《おび》えて後ずさりされてしまった。

「そんなに怖かった？」

「え、ええ。仮初めでも魔王なのに……あそこまで簡単に倒すとは思わなかった」

おどけた軽い口調で尋ねたお陰か、スキルにある「交渉」や「弁明」あたりが効果を補助してくれたからか、声を震わせながらもシズカは普通に話してくれた。

「あなたは本当に勇者？」

「どういう事？」

「ご、ごめんなさい。悪い意味で言ったんじゃないの！」

軽く尋ねただけなのに、また少し怯えられてしまった。

「囚《とら》われの身になる前、史実に基づいた勇者と魔王の物語は幾つも読んだわ。でも、あんなに一瞬で魔王を倒せた記述はなかった」

シズカは言葉を選びながら理由を語る。

「なら、ボクの正体はなんだと思う？」

「もしかしたら、神の使徒か神そのもの――あるいは人化した竜の化身じゃない？」

なかなか想像力豊かだ。

「ハズレ。ただの人だよ」

「――ただの？」

まっとうな事実なのに、シズカは納得できないようだ。

それよりも――。

「ザーザリス法皇は無事みたいだね」

「預かったエリクサーが効いたみたい」

法皇は未《いま》だ昏睡《こんすい》状態だが、危険な状態を脱する事はできたようだ。

「君も飲んだ方がいいね」

オレはストレージから取り出した下級エリクサーを彼女に手渡す。

聖碑で進行が止まったとは言え、牙や爪は生活しにくそうだ。

「いいの？」

「法皇のと違って、下級エリクサーだけどね」

シズカはしばらく遠慮していたが、「牙や爪が邪魔じゃない？」と指摘したら、逡巡《しゅんじゅん》した後に礼を言って飲み干した。

牙が抜けて新しい歯が生え、紫色の爪が抜けて新しい爪が生え揃った。

「――いる？」

爪や牙を集めたシズカが差し出してきた。

「――何に使えと？」

「いらない？　あいつは良い素材になるって言って、嬉々《きき》として回収していたけど」

賢者が集めていたのか……。

放置して変な奴らに悪用されたら怖いので、オレが預かってストレージに死蔵する事にした。

どんどんストレージ内に危ないアイテムが増えていくよ。

『ご主人様、そっちはどう？』

『法皇なら人間に戻せたよ』

元のサイズより一回り大きいけど、そのくらいの誤差は見逃してほしい。

『良かった。それでこっちの眷属《けんぞく》が動かなくなったのね』

向こうの騒動も終わったようで何よりだ。

だが、まだ終わりではないとアリサが続ける。

『それはいいんだけど、今度は大聖堂で騒動が起こりそうな感じなの』

大聖堂の「天空の間」に賢者が居座り、そこに向かって聖剣使いのメーザルトが神殿騎士の集団を引き連れて向かっているらしい。

『なら、メーザルト殿の手伝いに行った方がいいね。すぐに聖都に戻るよ』

オレはそう言って通信を終える。

「悪いけど、法皇の事は任せていいかな？」

「うん、それはいいけど。私の傍《そば》に置いておいていいの？」

シズカが自分を指さして「私、魔王」と片言で主張する。

「君は信じられるからね」

裏で画策するタイプにも見えないし、非道な行いを強要されて胃痛や鬱《うつ》症状を発症するような人が、昏睡状態にある人を害するとは思えない。

「ふーん、分かった。信用した事を後悔させないようにするわ」

シズカがぶっきらぼうな言い方をしてそっぽを向いた。

横顔が赤い。照れているようだ。

「それじゃ、頼んだよ」

オレは蜃気楼《しんきろう》都市の出口を閉じ、聖都へと「帰還転移」した。

次は黒幕である賢者との決着だ。

賢者と愚者

〝世の中には僅《わず》かな賢き者と大勢の愚かな者達がいる。愚かでも愚かであると自覚している者は学ぶ機会を得て知性を得るだろう。だが、自分が賢いと思う愚者ほど始末に負えぬ者はいない。

――賢者ソリジェーロ〟

大聖堂の天空の間に落ちる影の中から這《は》い出してきたのは、満身創痍《まんしんそうい》の賢者ソリジェーロだった。

「無事とは言えぬが、影の彼方で迷子になる事は回避できたようだ」

賢者は身体《からだ》を引きずるようにして、天空の間にある法皇の椅子《いす》に腰掛ける。

「世はままならぬな……」

椅子に身を委《ゆだ》ね、賢者は思考する。

（魔王を用いた魔神牢《ろう》の封印解除はサガ帝国の勇者に阻まれ、傀儡《かいらい》の法皇は緑殿の裏切りで魔王化させられた挙げ句にシガ王国の勇者に退治された）

肉体の傷もさる事ながら、精神的な疲労が澱《おり》のように彼の身体に積もっていた。

（何より計画の要《かなめ》だった聖女――魔王シズカが始末されたのが痛い）

賢者は悔恨とともに深い深い溜《た》め息《いき》を吐《つ》いた。

「……戻れたか」

「それでも、死体だらけの焼け落ちた村にいた頃《ころ》よりはマシか……」

夜空を見上げ、賢者は独りごちる。

（この国にはまだまだ私のシンパがいる。その者達を束ねれば、この国を掌握し世界制覇の足掛かりを作れるはずだ）

賢者が双眸《そうぼう》に野心の炎を再点火する。

そんな彼の耳に回廊を駆ける足音が届いた。

「愚者どもが早くも嗅《か》ぎつけてきたか……」

賢者の視線が入り口に向けられた。


「見つけたぞ、ソリジェーロ！」

大聖堂の天空の間に飛び込んできたのは、パリオン神国でザーザリス法皇に次ぐ地位にあるドーブナフ枢機卿《すうききょう》だ。

「法皇猊下《げいか》が座すべき場所に腰掛けるとはなんたる不敬！」

聖剣使いにして神殿騎士のメーザルトが、枢機卿に続いて現れた。

魔王と化したザーザリス法皇の反転したユニークスキルを受けて衰弱していた彼も、司祭達の神聖魔法や魔法薬によって動けるところまで強制的に回復している。

まだ本調子に遠いのか、部下の肩を借りての登場だ。

「者ども！　囲め！」

二人に続いて雪崩《なだ》れ込んできた神殿騎士達や実戦派の神官達が、法皇の玉座に座る賢者ソリジェーロを囲む。

かつて勇者やメーザルトとともに、砂塵《さじん》王の討伐に参加したほどの賢者を相手に、神殿騎士達や神官達は緊張を隠せない。

「遅かったな枢機卿。貴様は少し遅すぎた」

薄気味悪い壺《つぼ》を膝《ひざ》の上に置いた賢者が、それを弄《もてあそ》びながら告げる。

賢者が持つのは邪念壷《カオス・ジャー》。彼は法皇が撒き散らした瘴《しょう》気《き》や聖都の人々が生んだ瘴気をこの呪具《じゆぐ》に回収していた。

「ソリジェーロ！　本物の聖下はどこだ！」

「――本物？　貴様の目は節穴か？　アレは本物だ。欲深い愚民達の尽きぬ願いに応《こた》える為《ため》に、魂を摩耗させせたなれの果てだ」

賢者がどこか寂しそうに呟いた。

「で、では本当に聖下が魔王に？」

枢機卿が呟くと、周りの者達にも動揺が広がっていく。

「ふんっ。貴様の戯《ざ》れ言《ごと》など信じぬ。それよりも魔王はどこだ！　勇者のおらぬ今、聖剣ブルトガングの担い手である、このメーザルトが退治してくれる！」

メーザルトが聖剣を抜き、青き輝きを味方に示しながらその切っ先を賢者に向けた。

「不可能だ」

「何を言う！　このメーザルト様に不可能などあるものか！」

「だから不可能だ。既に魔王ザーザリスはおらぬ」

「なんだと？　既に聖都の外に放たれたというのか⁈」

会話の成立しないメーザルトを見下ろし、賢者は嘆息する。

「この世におらぬ。既にシガ王国の勇者ナナシに討伐されたのだ」

賢者はその瞬間を目にしたわけではなかったが、僅かな邂逅《かいこう》で件《くだん》の勇者がなまなかな相手ではない事を見抜いていた。少なくとも、魔王化したばかりのニワカ魔王に勝てる相手ではない、と。

「勇者！」

メーザルトが叫んだ。

「勇者め！　またしても私から魔王討伐の功績を掠《かす》め取ったのか！」

そう憤るメーザルトを、賢者は冷めた目で眺める。

「愚かな……貴様と勇者では役者が違う」

賢者は邪念壷をアイテムボックスに収納し、立ち上がる。

「なんだと⁈　聖下を魔王に変えた反逆者の分際で、私を愚弄《ぐろう》するか！」

激高するメーザルトを無視して、賢者は枢機卿を見た。

「ドーブナフ、私と組め。名声も実利も貴様にやる。私は貴様を隠《かく》れ蓑《みの》に――」

「――魔神牢の封印を解く、か？」

自分の企《たくら》みを見破られた賢者が目を剥《む》いて枢機卿を見る。

「知らぬとでも思ったか？　賢者などと自称するくらいだ。自分以外は木偶《でく》とでも思っているのだろう」

「その程度で私を語るな！」

「ならば、続けてやろう。魔神牢の封印を解いて世界を滅ぼした後は、貴様が囲っている聖女という名の転生者に、呪《のろ》われたユニークスキルを使わせて最強の軍団を作り、世界を手中に収めるとでも考えているのだろう？」

貴様はその程度だ、言外にそう言われた賢者が、怒りに顔を赤黒く染めて額に血管を浮かせる。

「腹芸がまだまだだな。いつもフードで顔を隠しているのも、猿人である自分を隠す為ではなく、考えが顔に出るのを誤魔化《ごまか》す為か？」

ぐぬぬと賢者が唸《うな》る。

「もう一度だけ聞いてやる。私に従え、ドーブナフ。さすれば――」

「――断る。それにもう十分だ」

「十分――まさか」

賢者がハッとした瞬間、足下から青く清浄な光が溢《あふ》れ出て、賢者の周りに十重二十重の積層型魔法陣が生まれ、強固な結界を形成していく。

「儀式魔法！　陛下に神官達を集結させていたか！」

「今頃《いまごろ》気付いたか。貴様の気を逸《そ》らす為に、わざわざ私とメーザルトが連れだって来てやったというのに張り合いのない」

「この程度の結界など！」

賢者が術理魔法や闇《やみ》魔法を始めとした結界破りの魔法を無詠唱で使うが、そのいずれもがあえなくキャンセルされる。

「無駄だ。本来は魔王を封印する為にパリオン様から与えられた術式。千人もの神官達が織りなす儀式魔法を、貴様ごとき猿人に砕けるものか」

枢機卿が冷たい声で告げる。

結界内の魔法陣が歯車のように駆動し、結界を小さく折りたたんでいく。

「おのれぇええ」

賢者が憤怒《ふんぬ》の表情で歯を食いしばる。

ここで抵抗を止《や》めれば、彼を包む結界ごと次元の狭間《はざま》に放逐され、未来永劫《みらいえいごう》の責め苦を味わう事を、彼は知識として知っていた。

「魔法が役に立たぬなら――」

賢者が懐から都市核《シティ・コア》の端末を取り出した。

「■　都市内転移《シティ・ポータル》」

端末を掲げ、そう唱えるが、彼の身体はその場に立ち尽くしたままだ。

「貴様の権限はもうない。貴様は私が反逆者として告発してある。それを覆せるのは私の上位者だけ、つまりは行方不明の聖下だけだ」

その理由を枢機卿が説明した。彼は法皇の死を認めていないようだ。

「上位者？　上位者ならば、ここにいる！　■　免罪《アクイタル》！」

賢者が端末を掲げて、ステータスに刻まれた罪科を消去する都市核のコマンドを唱えたが、端末が瞬くだけで変化は起こらなかった。

「馬《ば》鹿《か》な！　なぜだ⁉　副王の私の方が、枢機卿である貴様よりも上位のはず！」

「貴様は聖下を見くびりすぎだ。聖下は貴様を副王に任じた後に、私も副王として登録されたのだ」

枢機卿は法皇が万一の反逆を考えて行ったのではなく、お人好《ひとよ》しな考えで賢者と枢機卿を同格にしただけだと察していたが、それを賢者に伝える事はしなかった。

「聖下の底を見抜けず、弟子にも裏切られた。貴様の人望など、外道な方法で築いた砂上の楼閣にすぎん」

「弟子に裏切られただと？　そんな馬鹿な」

「精神魔法か魅了かのいずれで弟子を従えたのかは知らぬが、貴様は差別主義者の持つ偏見や嫌悪を甘く見すぎていたのだ。あの者は精神を冒された上でなお、猿人である貴様をこき下ろしていたぞ。貴様の計画も全《すべ》て、その弟子からの密告だ」

「あの裏切り者どもめっ」

賢者が憤怒の顔で吐き捨てる。

「ふん、自分の不徳を恨め。――■　誅伐《パニッシュ》」

枢機卿が都市核の端末を取り出し、都市核由来の雷撃で結界内の賢者を撃った。

「結界外からの攻撃は自在というわけか――」

途中で何かに気付いたように、賢者が言葉を止めた。

「――外が見え、外から内が見える。つまり光は自由に出入りできるという事か」

「光魔法は通じぬぞ。その結界は魔法を通さぬ」

現状打開策を講ずる賢者に、枢機卿が無慈悲な言葉を告げる。

「貴様に言われるまでもない。魔法が通じぬのは先刻承知。光が通じるのなら、完全無欠の境界ではないという事だ！」

「それがなんだというのだ！　■　誅伐《パニッシュ》」

自信ありげな賢者に、枢機卿は二度目の雷撃を放つ。

賢者はその雷撃を闇魔法で受け止め、独白めいた言葉を続ける。

「神の力を借りた結界なら、神の力で打ち砕いてくれるまで――」

賢者の身体を青みがかった紫色の光が流れ、その頭上に八つの紫光の球が現れる。

「ユニークスキル『複写模倣《コピー・ペイジャーリズム》』の真骨頂を見せてくれる」

賢者が空手のような構えを取った。

「スロット六番を消費。我が拳《こぶし》に『最強の矛《つらぬけぬものなし》』」

八つある紫光の球が一つ弾《はじ》け飛び、賢者の拳に青い輝きを宿す。

「そ、それは勇者ハヤトの！」

驚く枢機卿を一顧だにする事なく、賢者は拳を突き出した。

青い輝きを帯びた拳が結界面に激突し、青と紫の光の波紋を作る。

「結界よ、砕けろ！」

裂帛《れっぱく》の気合いを帯びた叫びと同時に均衡は崩れ、結界を構成していた膨大な魔力が逆流し、天空の間を無残に打ち砕いた。

天井は崩れ落ち、側面に描かれていた国宝とも言うべきステンドグラスの神話も砕けて散った。

床もめくれ、階下へと吹き荒れた魔力の嵐《あらし》は、結界を構成していた神官達を打ちのめす。

「メーザルト、奴《やつ》を倒せ！　■　聖戦、■　王鎧《おうがい》、■　王剣」

「おおおっ、力がみなぎる！」

都市核の力が騎士メーザルトの身体《からだ》に流れ込み、衰弱から脱したばかりの彼の身体を戦士のそれへと変える。

「これなら、呪文使いの一人や二人――」

聖剣ブルトガングの青い光を曳《ひ》きながら、騎士メーザルトが賢者へと瞬動で迫った。

「――天威滅閃《アーク・ブレイザー》」

目にも留まらぬ速さで放たれた騎士メーザルトの必殺技が、賢者の首元へと吸い込まれる。

その場にいた者は、誰《だれ》しもが刎《は》ねられて宙を舞う賢者の首を幻視した。

だが――。

「遅い」

首を斬《き》られたはずの賢者が、騎士メーザルトの頭上にいた。

紫色の光を身に纏《まと》った賢者が、頭上に七つの紫光の球を浮かべており、そのうちの一つが明るく輝いている。

「■　誅伐《パニッシュ》」

その賢者に向けて枢機卿《すうききょう》が雷撃を放つ。

「無駄だ」

雷撃が届いた時に賢者の姿はなく、紫色の光とともに枢機卿の横に現れ、彼の持つ都市核端末を掠め取った。

紫色の光を帯びた賢者が別の場所に現れる。

「ふむ、たまには『掏摸《すり》』スキルも役に立つ」

賢者は端末を土魔法の「緑柱石筍《トス・ベリル》」で破壊し、先ほどの意趣返しとばかりに雷魔法の「稲　妻《ライトニング・ボルト》」で枢機卿を打ち据えた。

「よくも枢機卿猊下《げいか》を！」

不意打ち気味に放たれた「天威滅閃」さえも、賢者は瞬間移動のごとき速さで回避してのけた。

「これが神出鬼没たるシガ王国の勇者が持つ力か。猪王や狗頭《くとう》を倒せたのは、この『閃駆《せんく》』という力のお陰か」

騎士メーザルトの猛攻を、賢者は独白の片手間に回避し続ける。

「貴様ごときは相手にならぬな」

土魔法の「緑柱石筍」で騎士メーザルトの移動経路を絞り、予想進路に闇魔法と影魔法の合わせ技を放って彼から魔力と生命力を奪う。

「メーザルト様を助けろ！」

「「「応！」」」

神殿騎士達がメーザルトと賢者の間に殺到する。

「少し面倒だ。枢機卿もろとも消し炭に変えてくれる」

宙に舞い上がった賢者が、アイテムボックスから取り出した杖《つえ》を構える。

何をするのかを察した枢機卿が、都市核由来の防御魔法を重ねがけしながら、出口へと転がるような勢いで駆けだした。

「今更逃げられるものか――」

賢者の持つ杖の火晶珠が赤々と輝き、杖の周囲に紅蓮《ぐれん》の炎を渦巻かせた。

騎士達の絶望を煽《あお》るように、杖の周囲の炎が大きくなっていく。

その場にいた全ての者が死を確信するに足る圧倒的な破滅の象徴だった。

「――火炎地獄《インフェルノ》」

賢者が発動句とともに杖を前方に押し出した瞬間、地獄の釜《かま》が開いたような業火が騎士達へと迫る。

逃げ惑う人達の背中を業火が焦がさんとするその時――。

◆

「――させないよと告げます」

白銀の輝きとともに割り込んだ一つの影が「フォートレス」と叫んだ。

瞬間的に十重二十重の積層型魔法障壁が展開され、「火炎地獄」を受け止める。

莫大《ばくだい》な熱量がフォートレスと拮抗《きっこう》し、輻射熱《ふくしゃねつ》が白銀の騎士――ナナを焦がす。

「少し厳しいと申告します」

ナナの言葉に応《こた》えたのは同じ白銀鎧《よろい》を着込んだ娘達だ。

「隔絶壁《デラシネーター》！」

「ふぁらんくす～？」

「なのです！」

空間魔法式の障壁が輻射熱を遮断し、獣娘達の使い捨て防御盾ファランクス三枚が「火炎地獄」を押し返す。

「狙《ねら》い、撃ちます！」

狙撃《そげき》銃から放たれた弾丸が、宙に浮かんだままの賢者を狙う。

「ぬおっ」

賢者の防御障壁がギリギリで間に合い、その弾丸を受け止めた。

だが、肩に届いた障壁越しの衝撃までは殺す事ができずにその場できりもみ状にスピンする。

「水剣山《スプラッシュ・ニードル》」

賢者の足下に生み出された水魔法が、「火炎地獄」による高熱で瞬間的に気化——水蒸気爆発を引き起こし、賢者を天へと吹き飛ばした。

予想外の展開に、ミーアがギャグ漫画のような驚きの表情をしている。

「枢機卿猊下、お怪我《けが》はありませんか？」

急転直下の展開についていけない枢機卿に声を掛けたのは、白銀色の鎧に身を包んだサトゥーだった。

「大した怪我ではない。それよりもペンドラゴン卿はソリジェーロの里に身を寄せていたのではないのか？」

「はい、そこで賢者殿の企《たくら》みを知り、こうして駆けつけた次第です」

賢者側の人間ではないのかと言外に問う枢機卿に、サトゥーは自分は違うと告げる。

「やはり現れたか、ペンドラゴン！」

吹き飛ばされていた賢者が、幾重もの防御魔法や支援魔法で完全強化して降りてきた。

水蒸気爆発の威力は思ったより大きかったようで、賢者の着ている法衣がボロボロだ。

「『傷知らず』の看板に偽りなしか……まさか我が『火炎地獄』を浴びて無傷とは思わなかったぞ」

上級の魔力回復薬を飲み干しながら賢者が呟《つぶや》く。

「だが、それもいつまで続く？　魔導王国ララギの誇る『天護光蓋《てんごこうがい》』にも匹敵する鉄壁の防御障壁といえど、それを成す為《ため》の代価が必要なはず。たとえ『賢者の石《フィロソフィウム》』を持っていようと何度も使えまい」

賢者が揺さぶりを掛けるが、年若いサトゥーは毛ほどの動揺もその顔に浮かべない。

「まさか、何度でも——いや、そんなはずはない。『賢者の石』を炉にくべるような愚行をせぬ限り、あの防御は使えて一、二回。ならば勝利は我が手にあるも同然」

聖樹石炉をディスられたサトゥーが、表情には出さずに内心で苦笑する。

「素直に降参する気はありませんか？　僅《わず》かとはいえ師事した相手を殺したくないのです」

「ふん、はったりもほどほどにしろ。それよりも、儀式場から攫《さら》った聖女はどうした？　既に殺したか？」

「聖女？　私が救出したのは知り合いの子供達です。聖女様ならクロ殿の部下が居合わせたから、彼が救出したんじゃないかな？」

「——クロ？」

「勇者ナナシ様の従者ですよ」

「またしてもシガ王国の勇者かっ」

サトゥーの詐術スキルが賢者の洞察力を凌駕《りょうが》する。

「——聖女様？　聖女様にお怪我はないだろうな？」

枢機卿がサトゥーの両肩を掴《つか》んで揺さぶる。

サトゥーが誤解を解こうと口を開く前に、新たな混乱の種が「天空の間」に現れた。

「ドーちゃん、私は大丈夫だよ」

現れたのは輿《こし》に乗った老聖女だ。ザーザリス法皇を魔王から人へ戻そうと力を使いすぎて、気絶していた彼女だったが、随員達の尽力によって回復し、ここに駆けつけたようだ。

ドーちゃんというのはドーブナフ枢機卿の愛称らしい。

「聖女様！」

無事を目にした枢機卿が歓喜の叫びを上げ、それがすぐに驚愕《きょうがく》へと変わる。

空に浮かんでいたはずの賢者が、一瞬のうちに老聖女の背後に現れ、その従者達を吹き飛ばしたからだ。

「――きゃっ」

「動くなペンドラゴン！」

紫色の光を帯びた賢者が、短剣を老聖女の喉元《のどもと》に突きつける。

叫ぶのと同時に、賢者は防御障壁の中に老聖女を引き込んだ。

これでいかにサトゥーの能力が優れていようと、防御障壁を砕いて短剣を奪う前に、賢者が老聖女の喉を斬り裂くだろう。

「これはサガ帝国の血吸い迷宮で発見された『脱命呪剣』という悪名高い短剣だ。斬った相手に致死の呪《のろ》いとヒュドラの猛毒すら凌駕する神経毒を注入する。いかなる魔法薬とて、救う方法はない。最悪の暗殺道具だ」

賢者はあえて、エリクサーなら命が助かるという事実を話さなかった。

迷宮探索者であるサトゥーなら、万が一にも所持している可能性があったからだ。そして、その予想は正しい。

「形勢逆転のようだな。降伏するのは貴様らだ」

賢者はアイテムボックスを開いて、そこから取り出した一〇個ほどの首輪を無造作に放《ほう》り投げた。

「まさか――」

「そうとも、これは『隷属の首輪』だ。聖女の命を救いたくば、この首輪を自らの意志で塡《は》めよ」

賢者が勝ち誇った顔で告げる。

「そこまで外道に落ちたか、ソリジェーロ。聖女様を離せ！」

「私の要求は既に告げた。聖女の命は貴様らの自由と引き換えだ！」

「た、助けて、ドーちゃん」

乱暴に扱われた老聖女が枢機卿に助けを求める。

「聖女様！　ぐぬぬぬぬ、他《ほか》に手はないのか……」

賢者の後ろから密《ひそ》かに忍び寄っていた神殿騎士達が、賢者が展開していた刃《やいば》の結界に触れて血の海に沈む。

枢機卿が苦渋の顔で「隷属の首輪」と老聖女の間に視線をさまよわせる。

この時、密かにサトゥーが使う「理力の手《マジック・ハンド》」が忍び寄っていたが、賢者の結界に阻まれて干渉できずにいた。顔には出ていなかったが、サトゥーも現状の打開策を必死に探っていたようだ。

そんなサトゥーを知ってか知らずか、タマがトテトテと賢者の前に歩み寄る。

「――タマ」

それにサトゥーが気付いた。

タマが「隷属の首輪」の手前で歩みを止める。

「聡《さと》い子だ。自ら首輪を填めに来たか」

タマは首輪を手に取り、賢者を見上げる。

「賢者先生、弱い者いじめはダメ～？」

「何を言っている？」

「弱い者いじめをせずに困っている人を助けましょうって、賢者先生言っていた～？」

賢者は忍者教室で自分が言った「優れた力は力なき者を助け導く為にある。力に溺《おぼ》れぬように注意せよ」という言葉を、サトゥーがそう言い換えていたのを思い出した。

「ああ、あの時の言葉か」

「あい」

タマと賢者が見つめ合う。

気圧《けお》されたタマが、涙目になる。

「ポチも弱い者いじめはダメだと思うのです！　卑怯《ひきょう》なのはダメなのですよ！」

孤軍奮闘するタマの横に、駆け寄ったポチが並ぶ。

「卑怯？　では問うが、多人数で一人を攻撃するのは卑怯ではないのか？」

「あっ、なのです！」

正論を返されて、ポチがオロオロする。

「なら、一対一で戦えばいいわ！」

「ん、代表戦」

ポチの横にアリサとミーアが並んだ。

「代表戦、だと？　同じ無詠唱使いなら勝てるとでも思ったか、小娘」

「いいえ、わたしじゃないわ」

アリサが首を横に振る。

「ならば、シガ八剣に並ぶという魔槍《まそう》使いの娘か！」

「私などよりもっと強い方がいらっしゃいます」

「わ、私は違いますっ」

リザに否定された賢者がルルに目を向けるも、そのルルは左右にぶんぶんと手を振って否定した。

「もちろん、私も違うと告げます。出番です、マスターと宣言します」

ナナが枢機卿《すうききょう》の前に移動し、護衛を務めていたサトゥーをフリーにする。

「貴様か。身軽なだけの戦士が魔法道具《マジック・アイテム》の力だけで抗《あらが》えると思うな」

「抗う気はありません。きっちりと倒させていただきます」

サトゥーとは思えない強気な発言に、アリサを始めとした仲間達が笑顔になった。

「愚かなっ」

賢者の身体《からだ》を紫色の光が流れ、その頭上に七つの紫光の球が現れる。

その一つが消灯し、賢者がアリサに向かって叫んだ。

「転生者の娘よ！　私のレベルを見ろ！」

「レベル？　レベルがどうしたって——レベル九九⁈」

アリサの顔が驚愕に歪《ゆが》む。

他の者達も一様に驚きの表情を浮かべていた。

否、サトゥーだけは「へー」と言いたげな顔をした後、驚きの表情を取り繕っていた。幸い、この場にいる者でそれに気付いた者はいない。

「そうだ。偽りの衣を脱ぎ捨てた今、人類の成長限界に達した私に敵《かな》う者はどこにもいない」

「どうして——あなたは『盗神の装具』を持っていなかったはずだ！　今の紫色の光がその秘密か！」

「知的好奇心が旺盛《おうせい》な事だ」

珍しく叫んだサトゥーを見て、賢者が面白そうに笑みを浮かべた。

「答えは『是』。お前の予想通り我がユニークスキル『複写模倣《コピー・ペイジヤーリズム》』で、『盗神の装具』を写し取って保持していたのだ」

「なんて、反則的なユニークスキルっ」

アリサが悔しそうに唇を噛《か》む。

「一度解除したスキルは複写し直す必要があるが、大聖堂の宝物庫にある『盗神の装具』を取り出せばいい。あの装具は魔神牢《ろう》遺跡で発掘した中では一番使える品だったな」

賢者がそう呟いた後、視線でチーム・ペンドラゴンと神殿騎士達、そして枢機卿を順番に捉《とら》える。

「では、無粋な乱入者が出ないように封じさせてもらおう」

「か、影がっ」

「なんくるないさ～」

「あわわわなのです」

「むぅ」

人々の足下から一瞬で湧《わ》き上がった影が、あっという間に拘束を終える。

タマやリザのように身軽な者は影から逃げおおせたが、それ以外は誰《だれ》もが影に縛り上げられて身動きが取れなくなってしまった。ポチのように持ち前の反射神経で逃げ延びていながら、躓《つまず》いて捕まったのは例外と言える。

「にゅっ」

「――しまった」

逃げ延びた二人も、影から次々に現れる触手に拘束されてしまった。

「さて、決闘を始めよう」

賢者が老聖女を解放し、脱命呪剣を持つ手と反対側に属性石の填まった愛用の杖《つえ》を取り出した。

「今度は人質を取らないんですね？」

「ふん、多少身軽だろうと、レベル四五しかない貴様一人にそのような手を使う必要はない。私が警戒するのは小娘だけだ」

「心配しなくてもわたしは手を出さないわ」

アリサは空間魔法で脱する事なく肩を竦《すく》める。

二人の応酬の外側で、タマが「うにゅにゅ」と言いながら影石の粉を使った忍術で自分を拘束する影を解こうとしていたが、賢者の魔法の方が影への支配力が高く、彼女の目論見《もくろみ》は難航しているようだ。

「来い、ペンドラゴン」

「それでは失礼して――」

サトゥーは腰に下げた妖精剣《ようせい》を抜かず、足下に落ちていた槍《やり》と石を拾い上げた。

「――行きます」

わざわざ宣言してから、剛速球もかくやという速度で投石を行った。

賢者の姿が消える。

サトゥーの側面に紫色の光を帯びた賢者が現れ――盛大に体勢を崩して床を転がっていく。

砂煙を上げて転がっていく賢者に少し遅れて、折れた槍も一緒に転がっていくのが見えた。あの槍は先ほどまでサトゥーが持っていた物だ。

「な、何が――」

自分に起こった事が分からず周囲を見回した賢者が、折れた槍と無手のサトゥーを見て、自分がサトゥーの槍に引っかかって転倒したのだと気付いた。

「――私の軌道を読んだというのか？」

驚愕する賢者だったが、すぐに常識がその思考を否定した。

「いや、ありえん。勇者ナナシから写し取ったスキルは縮地と同じ。目で見て反応できぬほど一瞬で移動を終える。意図して転倒させる事などできぬ」

賢者の呟《つぶや》きが聞こえていないのか、サトゥーは特にコメントする事なく、拾った別の槍をブンブンと振って感触を確かめている。

迷いのある賢者の視線に気付いたサトゥーが、「今度はそちらからどうぞ」と言いたげな顔で手招きした。

「おのれっ、強者を気取るか！」

格下扱いされた賢者が激高する。

杖をアイテムボックスに収納し、短剣を逆手に持ち替えた。

賢者はすれ違いざまに短剣で斬《き》り付けて即死させる気のようだ。

「その傲《おご》りの代償を払うがいい」

賢者の姿が消え、サトゥーから離れた側方に現れ、すぐにまた消える。

それを何度か繰り返し、誰もが賢者の現在地を見失った瞬間、サトゥーの背後で破裂音が響いた。

「にゅ！」

「あうち、なのです！」

鳩尾《みぞおち》に槍の石突きが刺さった賢者がくの字に折れ、白目を剥《む》く。

槍の穂先は大理石の床を突き破ってめり込んでおり、すぐに限界点を超えた槍の軸が折れて、賢者とともにサトゥーをすり抜けて前方へと転がっていき、最寄りの柱に激突して止まった。

柱に激突した瞬間、化粧塗りの漆喰《しっくい》がパラパラと剥《は》がれ、地面との接合部から土埃《つちぼこり》が噴き上がり、見ている者達にその勢いの激しさを教えてくれる。

「前をよく見ましょう、かな？」

サトゥーが賢者を見送りながら呟く。

「いったい何が？」

「ペンドラゴン卿が槍を地面に刺すのが見えたと思ったら、いつの間にかソリジェーロがぶつかっていたぞ？」

普通の人達には、何が起こったか分からなかったようだ。

「さすがはご主人様です」

「ご主人様には賢者さんの動きが見えていたんですね」

動きを追えていたリザやルルといった仲間達はサトゥーを称賛した。

タマとポチは激突シーンが衝撃的だったのか、痛そうな顔をしている。

「なんという絶技」

「どうやって、ソリジェーロの位置を予測したのだ」

聖剣使いのメーザルトが感嘆の声を漏らし、枢機卿が疑問を口にした。

「賢者殿は合理的なので読みやすいんですよ」

サトゥーはなんでもない事のように言う。

賢者が耳にしたら、屈辱のあまり激怒しそうな発言だ。

「ううう……」

壁際から微《かす》かな呻《うめ》き声が聞こえてきた。

「サトゥー」

「マスター、敵はまだ活動中だと告げます」

「高速道路で正面衝突したような勢いだったのによく生きているわね」

ミーアとナナが警告し、アリサがサトゥーにしか通じない表現で呆《あき》れた。

音速を超える超高速で激突したのだ。幾重もの障壁がなければ、石突きといえど腹を貫通していたに違いない。

サトゥーは瞬動にも匹敵する速度で駆け寄り、意識を取り戻した賢者の首に妖精剣を添える。

「勝負あり、という事でよろしいですか？」

にこやかにサトゥーが差し出した魔法薬を拒否し、賢者は自分のアイテムボックスから取り出した魔法薬を飲み干す。

「……二度の偶然はない。貴様はカウンター型の戦士だったのだな。後の先を取るのを得意とするわけか――」

咳払《せきばら》いした後、賢者がしわがれた声で言う。

鳩尾に喰《く》らった衝撃は、魔法薬でもすぐには癒《い》えきらなかったようだ。

賢者は少し黙考した後、魔法薬の空き瓶を投げ捨てて口を開いた。

「——試合は貴様の勝ちだ、ペンドラゴン」

「「「やったー！」」」

「ご主人様の勝ちなのです！」

「ぐっどふぁいと～？」

負けを認める賢者の言葉を聞いた仲間達が歓声を上げる。

空き瓶が弧を描き、落ちていく。猫耳族の習性で、タマがその軌道を目で追いかけた。カシャンと瓶が割れた瞬間、急速に白い煙幕が広がった。

「にゅ！」

タマが警告するより早く、柱の陰にいた神官服の男が後ろからサトゥーに忍び寄り、賢者が取り落とした短剣でサトゥーを背後から刺した。

「——ご主人様！」

無詠唱で放たれたアリサの空間魔法が、煙幕を一瞬で吹き飛ばす。

そこには倒れた賢者から伸びた影の槍と背後から短剣に刺されたサトゥーの姿があった。

「後ろから刺すなんてダメなのです！」

「ごしゅ～」

ポチが叫び、タマが忍術で影触手の拘束を解いて抜け出した。

「こうしちゃいられないわ」

アリサが空間魔法で影触手の拘束を抜け出し、ナナが理術の魔法破壊《ブレイク・マジック》で影の拘束を脱した。

リザとポチも力尽《ちからず》くで抜け出し、ルルはくノ一も真っ青な柔軟性で銃を構えて影触手を構成するキーポイントを打ち抜いて飛び出す。

「むぅ」

唯一、独力で抜け出せなかったミーアはナナが助け出し、皆がサトゥーへと駆け寄る。

サトゥーのピンチを目にしてから、僅《わず》か数秒の出来事だ。

一方で、サトゥーを襲った暗殺者は――。

「――馬鹿《ばか》な」

短剣の先を指で掴《つか》んで止めたサトゥーに驚きを隠せない。

煙幕の中、暗殺者たる自分の一撃を、後ろも振り返らず華麗に止めてみせたその超絶的な技量に、ただただ絶句していた。

「後ろに集中しすぎて失敗したな」

影槍がサトゥーの額と心臓を始めとした十数箇所に刺さっているのを確認した賢者が呟く。

「そうでもありません」

平然と喋《しゃべ》るサトゥーを見た賢者が言葉を失う。

そして、影槍が刺さっているはずの場所から一切の血が流れていないのを見て、己の失敗を悟った。

「——貴様も影魔法を使えたのかっ」

「いいえ、タマが教えてくれた忍術とあなたがくれた影石のお陰です」

サトゥーが掌《てのひら》に出した影石の粉を見せる。

後ろで暗殺者が短剣を離し、別の投剣を構えたが、サトゥーは振り返る事もしない。

なぜならば——。

「にんにん～」

「とー、なのです！」

タマの忍術が起こした突風が男を吹き飛ばし、風に追いついたポチの体当たりが男の意識を刈り取ったからだ。

二転三転するポチを拾い上げたリザが、魔槍で男を地面に縫い止めた。

遠くではミーアが詠唱を始め、ルルが狙撃《そげき》銃を構え、ナナが要人達を盾の陰に保護している。

「優秀な部下だ」

「自慢の仲間達です。ところで、まだ降伏する気はありませんか？」

サトゥーが賢者の喉元《のどもと》に添えた剣を微動だにせずに尋ねる。

「殺せぬ者の脅迫など無意味。剣を突きつけるなら、殺す覚悟で挑め」

痛い所を突かれたサトゥーが困り顔で兜《かぶと》に包まれた頬《ほお》をかいた。

「賢者先生、降参して～」

タマが賢者の前に現れ、曇りのない眼《め》で訴える。

「そうなのです！　勝負ありなのですよ！」

ポチも遠くからタマを応援し、サトゥーとその仲間達がタマと賢者を見守る。

「私に全《すべ》てを捨てて降参せよ、と？」

「あい」

タマがこくりと頷《うなず》く。

「愚かな――」

「にゅうう」

無防備に見上げていたタマの首鎧《カラー》を掴んで持ち上げる。

「――お前達に語った綺麗《きれい》ごとなど、ただのおためごかしだ」

賢者が断言し、言葉を続ける。

「どれもこれも愚者を操る為《ため》の戯《ざ》れ言《ごと》よ。弱い者は喰われ、抵抗できぬ者は蹂躙《じゅうりん》される。それがこの世界の摂理。強者だけが全てを得る残酷な世界なのだ」

賢者の暴言にタマの瞳《ひとみ》に涙が浮かぶ。

涙など弱者の憐憫《れんびん》だと言い切ってタマを突き飛ばす。

「それだけが世界の全てじゃないよ」

サトゥーはタマを空中で受け止め、その涙を拭《ぬぐ》ってやる。

「ご主人様の言う通りよ！　悪人の自己弁護なんて耳を貸す必要はないわ！」

「ん、短絡」

「イエス・ミーア。愚者の諦《あきら》めだと断言します」

アリサが辛辣《しんらつ》な言葉で賢者を決めつけ、ミーアとナナもそれに同意する。

他《ほか》の仲間達も彼女らの言葉に頷き返した。

「ふん、砂糖菓子のような子供の理想などに付き合っておれん」

賢者の身体《からだ》を紫色の光が流れる。賢者が伸ばした腕の先、爪《つめ》が硬質化し皮膚が紫色に染まっているのを見てローブの袖《そで》に隠す。

ユニークスキルを連続で使いすぎたゆえか、勇者のユニークスキルを再現したゆえか、器を超えた力の代償に、賢者の身体が少しずつ異形へと変貌《へんぼう》しつつあるようだ。

「あくまで抵抗する気か？」

「当然だ。それに――」

彼の頭上に現れた六つの紫光の球一つが弾《はじ》け、サトゥーの背後に暗紫色の光でできた反射光鱗《こうりん》が現れた。

「――死にゆく者に降伏などせぬ！」

首を刈ろうと迫る反射光鱗を、サトゥーは振り返りもせずに仰《の》け反って避《よ》けた。

そのままくるりとバク転して反射光鱗を蹴《け》り上げ、賢者が追撃で放った雷撃を背中のマントを外して受け止めてみせた。

「今のは砂塵《さじん》王のユニークスキルか――。あと残り五つ。他にはどんな能力を隠しているんだ？」

自分より格上の相手が、魔王や勇者の持つ力を使うというのに、サトゥーの顔に恐怖はない。

それどころか、絶対強者の風格すら見せていた。

「傷知らず！　貴様はなんなのだ！」

賢者はサトゥーから距離を取りながら叫ぶ。

「なぜ、私の攻撃をことごとく回避できる！」

その声には隠しようのない恐怖が宿っていた。

「貴様は、貴様だけはこの場で始末せねばならぬ――」

賢者がサトゥーを睨《ね》め付けて言った。


「――勇者ナナシ」

愚者の末路

〝サトゥーです。現実では悪人の末路が破滅とは限りませんが、物語の中でくらい悪者は悪者らしい最後を辿《たど》ってほしいものです。極悪非道な悪者が破滅するのもまた一つのカタルシスだと思います。〟

「――勇者ナナシ」

オレの正体を見抜いた賢者の言葉に驚きを隠せなかったが、ふがいないオレに代わってスキルレベル最大にした「無表情《ポーカーフェイス》」スキル先生が完璧《かんぺき》に取り繕ってくれた。

きっと、きょとんとした表情を保てたと思う。

ユニークスキルで閃駆《せんく》をコピーした賢者が、能力に振り回されて罠《わな》に嵌《は》まるのが面白くてやりすぎたのはいなめない。

レーダーに映っていた暗殺者も、空間魔法の「遠見《クレアボヤンス》」を使った俯瞰《ふかん》視点で確認していたから余裕で対処できたし、それに合わせて賢者が得意の影魔法で攻撃してくるのも予測できたので、ギリギリで対処できた。冷や汗で背中がべっとりだったのは秘密だ。

「勇者ナナシ？　シガ王国の勇者ナナシか！」

「仮面の勇者の正体は、ペンドラゴン子爵だったのか⁉」

パリオン神国の重鎮達が驚きの声を漏らし、仲間達が青い顔で互いの顔を見合わせるのが「遠見」による別視点で確認できた。

『ど、どうしようご主人様』

アリサから「戦術輪話《タクティカル・トーク》」越しに心配する声が届いたので心配無用と返した。

オレは「意味が分からないよ？」と言いたげな顔を賢者に向ける。

「――勇者ナナシ様？　私が？」

「とぼけるか！　人族の頂点に立つ私を翻弄《ほんろう》する者など、勇者でないなら神か神の使徒くらいしかおらぬわ！」

確信を持った顔で賢者が吠《ほ》える。

オレを警戒しているのか、反射光鱗をオレと自分の間に配置している。

気のせいか、賢者が吠えるたびに、その口の端から漆黒の靄《もや》のようなモノが吹き出ていた。

やたらとユニークスキルを連発していたし、魔王化の兆候でないといいのだが……。

「過大評価しすぎですね。それに勇者ナナシ様なら、あそこに――」

オレは素早くストレージ内で身代わり人形に勇者ナナシ衣装セットを装着させ、魔力充填《じゅうてん》済みの鋳造聖剣と一緒に「天空の間」の崩れた天井の向こうに取り出した。

装備確認用の人形を身代わりにするのは迷宮都市セリビーラ以来かもしれない。

『《踊れ》、クラウソラス！』

腹話術スキルで人形に叫ばせ、「理力の手《マジック・ハンド》」で十三本出した聖剣をふわりと人形の傍《そば》に浮遊させる。

明らかにクラウソラスとは違うが、本物を見た事のない者達を騙《だま》すには十分だろう。

なにせ、自作とは言え、十三本とも本物の聖剣なのだから。

「なん、だと⁉」

賢者が空に浮かぶナナシ人形を見つけて目を剥《む》き、どこからともなく取り出した赤と紫の二つのアンプルを噛《か》み折った。

あれは枢機卿《すうききよう》邸で見た致死性の禁止薬品――濃縮した魔人薬である廃魔人薬と高濃度魔力賦活剤とかいう正体不明の薬だ。

「待て、賢者！　死ぬ気か！」

オレは「理力の手」を賢者に伸ばすが、彼の周りにある闇《やみ》魔法の障壁がそれをキャンセルしてしまった。

「にゅ！」

タマの手裏剣がアンプルの一つを破壊した。

「狙《ねら》い、撃ちます！」

続いて放たれたルルの銃弾が残り一つを打ち抜く。

二人とも、いい仕事だ。

「おのれ、よくも奥の手を――」

舌打ちした賢者が瓶の残骸《ざんがい》を捨て、報復に十数本の理槍《ジャベリン》をタマやルルに向けて放った。

タマがするりと避け、アリサの空間魔法「隔絶壁《デラシネーター》」がルルを守る。

賢者の注意をオレに向けねば。

『魔王はボクが始末した。捕まっていたザーザリス法皇も助け出したから安心して。今は安全な場所に保護しているよー』

腹話術でナナシ人形から声を出す。

ナナシ人形を操りながら、サトゥーとして目の前の賢者を見張るのはなかなか大変だ。

そのせいでなんて言いわけはしたくないが、神官服を着た男が賢者に接近するのに気付くのが遅れた。

「賢者様、今こそアレを使う時ザマス」

「み、緑殿！」

緑――神官服を着た男の爪や唇は緑色に染まり、帯や靴も緑色の物を使っている。

それはかつて迷宮都市セリビーラで「緑貴族」と呼ばれたポプテマ前伯爵が、緑の上級貴族に操られていた時の姿に酷似していた。

「神喚《コール・イモータル》を使うザマス！」

緑神官が叫んだ。

――神喚《コール・イモータル》？

年末のシガ王国王都で、「魔神の落とし子」を召喚したホーズナス枢機卿が使ったユニークスキルの名前だ。

あのユニークスキルをも賢者は模倣《ラーニング》したというのか。

——マズい。マズすぎる。

あの時は神剣とヒカル達のサポートの二つがあったからなんとかなった。

ヒカルや天竜がいない今、賢者が「神喚《コール・イモータル》」を実行したなら、パリオン神国に甚大な被害が出てしまう。

「緑殿、それは不可能だ。今の私はユニークスキルを使いすぎた。今使えば、神の力に負けて理性なき魔王に堕する可能性が高い」

「それなら大丈夫ザマス。私にいい案があるザマスよ」

ちっ、いらない事を。

「さすがは緑殿！」

「これを——」

緑神官が懐に手を入れるのが見えた。

「ペンペン」

ナナシ人形から指示を出し、オレは緑神官の行動を阻止しようと瞬動で接近する。

「させぬ！」

オレの行く手を反射光鱗が阻む。

ナナシ人形の傍に浮かべた聖剣を投擲《とうてき》したが、「理力の手」による単なる投擲では反射光鱗を排除できず、ヒビが入っただけだ。

「――魔槍竜退撃《ドラグ・バスター》」

疾風の速さで飛び込んだリザが反射光鱗を貫き、柱へと縫い止める。

新生した魔槍《まそう》ドウマを十分に活用してくれているようだ。

オレはリザのアシストに感謝しつつ、緑神官を掌打で排除する。

「緑殿！」

「賽《さい》は投げられたザマース」

漆黒の何かが賢者の背中に刺さっている。

それはオレが腕を伸ばすよりも早く靄となって消え、賢者の背中に吸い込まれた。

「ぐぉおおおお――緑殿！　ま、まさか！」

「お前の拠点に放置されていたから、回収してきたザマスよ。有効に役立てて――」

緑神官が床にバウンドし、ぐりんと首を回して賢者を見た。


「――立派な魔王になってほしいザマス」


その言葉の直後、賢者の身体から黒い靄が吹き出し、彼の肌が暗紫色に染まっていく。

「謀りおったなっ！　邪悪な魔族め！」

叫ぶ賢者の身体に変な突起やトゲが現れ、どんどん巨大化していく。

頭頂部が変化して王冠のようになり、頭上に浮かんでいた紫光の球がその窪《くぼ》みに収まった。

「裏切ってなんかいないザマス。魔王化を恐れて『神喚《コール・イモータル》』を使えないみたいだったから、憂いなく使えるように背中を押してあげたザマスよ」

緑神官が悪びれることなく言う。

AR表示される賢者の種族が「猿人」から「魔王」へと変化していた。

奴《やつ》が使った漆黒の何かは、魔王化を促進するアイテムだったらしい。

「アリサ！　安全圏に脱出しろ！」

オレは焦燥感に駆られて叫んだ。

あの漆黒の何かが「神の欠片《かけら》」を持つ者を魔王に変えるモノだったなら……。そんな危険なモノがアリサの身に振るわれる事を考えると背筋が寒くなる。

間違っても、あれをアリサに使われるわけにはいかない。

「ペンペン、ここはボクに任せて、皆《みんな》を避難させて」

「分かりました！」

オレはナナシ人形と一人芝居を交わし、アリサをいち早く避難させられるように、オレ自身も避難誘導に参加する。

「やっぱり、器が壊れかけだと『魔神様の加護』もよく効くザマス。普通なら『裏返って』死ぬだけザマスからね」

緑神官がケタケタと嗤《わら》うのが聞こえた。

――器が壊れかけだと『魔神様の加護』もよく効くザマス。

それが魔王化を誘発する条件か。

「緑どのぉおおOおおおおおおおおお！」

それを確認する寸前で、緑神官が巨大化した賢者に押しつぶされた。

足を止めたオレの方にも、賢者の肉体が覆い被《かぶ》さってきたので、地面に転がっていた何人かを拾って「天空の間」を脱出する。

「ミドリDぉNoおおおおおおおおおお！」

魔王が天に向かって吠える。

『邪悪は否定しないザマスけど、裏切った覚えはないザマスよ。魔王を使って魔神牢《ろう》の封印を解くのは既定事項ザマス』

どこからかザマス口調の声が聞こえてくる。

『さあ、聖都を滅ぼすザマス。幸せに暮らす人々を絶望の淵《ふち》に叩《たた》き落とすのが、一番濃厚な瘴気《しょうき》を生むザマスよ』

「ミドリDぉNoおおおおおおOOお！」

魔王化した賢者の声がどんどん違和感を増していく。

賢者――魔王ソリジェーロが八つ当たりするように「天空の間」を破壊し、大聖堂の外へと歩を進める。

『ご主人様！　急いで！』

『入り口が埋まっちゃいます！』

アリサとルルから急ぐように通信が届く。

『タマ、助け行く～』

『ポチも運ぶのを手伝うのです！』

『いけません、二人とも！』

タマとポチはリザが止めてくれたようだ。

『早く！』

『マスター、ハリーアップと告げます』

ミーアとナナの言葉を遮るように、天井が崩れてくる。

眼前で入り口が埋まっていく。

『受け取ってくれ！』

オレはそう叫んで、担いでいた者達を「理力の手」でサポートしながら入り口の向こうへ投げ飛ばす。

命中しそうになった瓦礫《がれき》は全《すべ》て「理力の手」で逸《そ》らした。

『ご主人様も早く！』

『オレは「帰還転移《リターン》」する。アリサ達は聖都の人達を避難させてくれ』

そう告げて、オレも崩れ行く大聖堂から脱出した。

これでナナシ人形と入れ替われるよ。

◆

「――さてと」

身代わり人形から回収した勇者ナナシ装備に着替え、空へと舞い上がる。

「大聖堂周辺の高位神官達の屋敷は壊滅か……」

今のところ人的被害は少なそうだ。

賢者――魔王ソリジェーロは火魔法で聖都を焼き、火魔法の業火が作り出す色濃い影から伸びた触手が建物を薙《な》ぎ払っている。

遠くの方では暴風の壁が黒煙や火炎を巻き上げていて、その向こうは見えない。

『避難誘導の方はどうだい？』

『マスター、外門でつかえていると報告します』

『他《ほか》の門も同じみたいです』

要人の護衛をするナナと高所に陣取ったルルが報告してくれた。

まあ、当然と言えば当然か。

「ゆぅうUううううしゃあああAAああああああああ！」

高位神官達の屋敷を破壊し終えた魔王が、叫びながら一般家屋のある方へと移動を始めた。

『ご主人様、避難が終わるまで魔王を大聖堂の辺りから動かさないで！　わたしの

「長城隔絶壁《エンドレス・デラシネーター》」やミーアのガルーダが作る風結界だけじゃ、あいつの魔法を防ぎきれないの！』

『分かった。こっちは任せろ』

『魔王がレベル一一〇になってるから注意してね！』

アリサに警告されて気がついたが、確かに魔王化した賢者はレベル九九からレベル一一〇にレベルアップしていた。

魔窟《まくつ》の奥で勇者ハヤトが倒した砂塵《さじん》王を思い出す。

あいつも途中でレベル一〇ずつ上がっていた。こいつは一一レベルだが、このくらいの差は誤差だろう。

「ゆうUうううううしゃあああAAああああああああ！」

理性を失ったように魔王が叫ぶ。

魔王シズカとの交流で分かった事だが、瘴気が魔王化を促進するようなので、精霊光を全開にして周辺空間の瘴気を消すようにしてみた。

「魔王！　こっちだ！」

オレは魔王の背に向かって「氷雪嵐《アイス・ストーム》」を使う。

炎で熱されてこの辺りの気温が凄《すご》いので、魔王の気を引くついでに少し下げたかったのだが、ちょっと威力が強すぎた。

避難が終了している高位神官邸がある区画が氷と雪に覆われて、沸騰していた水路が凍り付いていく。

やっぱり、都市内で広範囲型の中級攻撃魔法を使うのは危険なようだ。

「ゆぅうウぅうううしゃあああアアあああああああ！」

魔王が白い息を吐きながら、オレをめがけて落雷《コール・サンダー》の魔法を放ってきたので閃駆で回避する。

前に見た時は四元素魔法と影魔法だけだったが、今見たらほとんどの魔法系列スキルが網羅されていた。

「……威力が強いな」

魔王化によって攻撃魔法の威力が上がっている。

向こうの気を引くだけでは、そのうち流れ弾で死人が出そうだ。

「なら、こいつを都市の外に！」

オレは魔王を掴《つか》んで「帰還転移」する為《ため》に、閃駆で急接近し――途中で急停止した。

『ご主人様、どうしたの？』

『罠《わな》だ』

さっきオレがやったように、閃駆での急接近を狙《ねら》った罠が張り巡らされていたのだ。影魔法で作った目に見えないほど細い影刃の網が、魔王をドーム状に覆っている。

危機感知スキルや罠感知スキルが教えてくれなければ危なかった。

まあ、罠があると分かっていれば対処のしようもある。

魔法破壊《ブレイク・マジック》で影刃の網を消し去り、そこから閃駆で――。

飛び込む寸前に、反射光鱗《こうりん》が襲ってきた。一つしかなかったはずなのに、反射光鱗が次々に増えて魔王の周囲を周回し始めた。

魔王が暗紫色の光を帯びるたびに、王冠を飾る五つの紫光が一つずつ増え、八つになったところで反射光鱗を生んで一つずつ減るというサイクルをしている。

どうやら、自分で出した反射光鱗を「複写模倣《コピー・ペイジャーリズム》」で複製しているようだ。それに伴って、魔王の身体《からだ》を覆う紫色の光がどんどん黒く淀《よど》んでいく。

オレの精霊光なんて焼け石に水ほども効いていない。

「止《や》めなよ、賢者！　それ以上、ユニークスキルを使ったら、元に戻れなくなるよー」

ナナシ口調は説得に向かない気がする。

「くはっ、くハハははハぁは――」

魔王が夜空に向かって嗤う。

「――もはやテぉおクれダぁ」

魔王の意志に従って怒濤《どとう》のように襲ってくる反射光鱗を、オレは聖剣の二刀流で捌《さば》く。

あまりの速さに動きが止まったところで、別の攻撃魔法や阻害魔法が襲ってくるので、なかなか次の手に移れない。

手遅れなんかじゃないと言ってやりたいが、呼吸が乱れたら反射光鱗を捌き損ないそうだ。

『狙い、撃ちます！』

青い光弾が反射光鱗の渦をすり抜け、魔王の側頭部に命中した。

使い捨て加速砲の威力では魔王の頭蓋骨《ずがいこつ》を貫通できなかったようだが、それでも体勢を立て直すだけの隙《すき》はできた。

オレは閃駆で空に舞い上がる。

『ありがとう、ルル。ナイス・アシストだ』

『そ、そんな。私なんてまだまだです』

褒められて照れるルルに笑みが浮かぶ。

「ゆぅうウうううううしゃあああアAああああああああ！」

閃駆を使ったのか、一瞬で魔王が追いついてきた。この調子で聖都から引き離そう。

オレも閃駆で魔王を引き連れて移動する。魔王の閃駆はあまり距離が移動できないようなので、オレを見失わないように移動距離を加減しつつ、夜空の逃避行を続けた。


「むぁあアあてぇええええEええええエ」

オレが静止したタイミングを狙って魔王が攻撃魔法を放ってきた。

移動先やその周辺で幾つもの火球《ファイア・ボール》が爆発し、氷雪嵐が行く手を阻み、弾幕のような誘導矢《リモート・アロー》や雷撃《サンダー・ボルト》が追いかけてくる。

いずれもランダム軌道の閃駆で回避したが、向こうは諦《あきら》める事なく多彩な魔法攻撃を続ける。

魔法攻撃の合間にフェイントでオレの首を刈ろうと反射光鱗を飛ばしてきたが、それは閃駆を駆使して回避し、反射光鱗を地面に激突させて無力化した。巻き添えになって切断された涼御樹《すずみじゅ》が太い幹から噴水のように水を噴き上げて倒れていく。

「ゆぅうウうううしゃあああアAあああああああああ！」

魔王が放つ上級火魔法の「火炎地獄《インフエルノ》」を閃駆で回避する。

今回は静止時間が長かったせいか大技だ。執拗《しつよう》な攻撃には辟易《へきえき》するが、地上から見たらきっと綺《き》麗《れい》な輝きに見えるに違いない。これだけ魔法を連発して魔力切れを起こさないとは、魔王化してずいぶんと魔力量が増えたようだ。

それにしても、閃駆での追いかけっこをしていると、先の読み合いになるので精神的に疲れる。火球で気を逸らせておいて、前方に闇《やみ》魔法のトラップを仕掛けてくるのは止めてほしいね。

「さてと――」

聖都から十分距離を取れたので、魔王の説得に移るとしよう。

これまで魔王は討伐する以外の選択肢はなかったけれど、魔王シズカという協力者がいる今は別の道も模索できる。

「賢者！　今からでも遅くないから、『神の欠片《かけら》』を捨てなよー」

「ざレゴとOォオオオオオオ」

魔王が叫ぶのに少し遅れて、空中に三つの魔法陣が現れた。

そこからジャングル迷彩のような色合いのワイバーンっぽい魔族が現れる。

「くけけけけ、無駄ザマァース」

「魔神様の加護を得た欠片は、猿の魂に深く深く融合しているザァーマスよ」

「鬱《うつ》魔王の力があっても、もう後戻りはできないザマッスゥー」

ワイバーン型の中級魔族が魔王を煽《あお》る。

こいつらは語尾やカラーリングからして、緑の上級魔族の眷属《けんぞく》だろう。

「うラぎりぃイい、けんゾぉくぅうウううう」

魔王の放つ業火が中級魔族一体を一撃で滅ぼし、辛くも逃げおおせた二体は魔王を挑発しながら、聖都の方へと逃げ惑う。

どうやら、こいつらは魔王を聖都に引き戻す為に来たようだ。

『サトゥー、魔族』

『こっちでも見かけました。一撃で倒せたので下級だと思います』

『ポチは二体倒したのですよ！』

聖都で避難誘導をする仲間達から、次々と魔族発見の報告が届いた。

空間魔法の「遠見」を発動して仲間達の様子を確認する。

『殺戮《さつりく》は許さないと告げます！』

『ろうぜきむよ～』

避難民に襲いかかるサボテンを擬人化したような魔族の突進をナナが阻止し、針鼠《はりねずみ》っぽい魔族達をタマが忍術で行動不能にしていく。

『よくやりました！　後は任せなさい！』

『狙い、撃ちます！』

落とし穴に落ちたり、影に縛られたり、風で進路を逸らされて建物に突っ込んだりした魔族を、リザとルルが各個撃破していく。

『シルフ達、守って』

『やらせはせん！　やらせはせんぞぉおおおお！』

ミーアに命じられた小シルフ達が人々を守りながら誘導し、変なノリになったアリサが空間魔法を駆使して仲間達が来るまでの時間を稼いでいる。

ここから魔法で援護するには少し遠い。オレは仲間達を信じて魔王の対処に戻る。

「まずはお邪魔虫の排除から」

ストレージから取り出した魔弓に、魔力過剰充填《じゅうてん》済みの聖矢を二本つがえる。

魔法欄から選択した「加　速　門《アクセラレーション・ゲート》」の魔法で、聖矢の前に一二〇枚の魔法陣を生み出した。

——風を読むんです。

ルルの言葉を思い出しながら調整し、魔族の未来位置に向けて矢を放った。

「速いだけじゃ追いつけないザッマ——」

「あんよは上手、ザマ——」

レーザーのような軌跡を残し、二本の聖矢が魔族を消し飛ばす。

「ゆぅうウうううしゃあああアアああああああああ！」

元気いっぱいに魔王が閃駆で組み付いてきた。

反射光鱗のドレスを纏《まと》った相手とダンスをする趣味はない。

少し元気を削ってやろう。

そう考えて、魔王が静止した瞬間を狙って爆縮《インプロージョン》を放つ。

「ぐアああアァアアアアアアアアアアアア」

直撃を喰《く》らった魔王が悲鳴を上げた。

閃駆で魔王の周囲を移動しながら、ダミーの火炎嵐《ファイア・ストーム》や氷雪嵐や電撃嵐《サンダー・ストーム》なんかをブラインド代わりに使いつつ、俯瞰《ふかん》視点に置いた「遠見」の視界を活《い》かしながら、反射光鱗で反射しにくい爆縮のラッシュで魔王をボコボコに揺さぶってみる。

中級攻撃魔法の連打で、あっという間に反射光鱗が砕けていく。

魔王も自己回復スキルを持っているようなので、殺さないギリギリのラインを攻めてみた。

しばらくはアガアグ言っていた魔王も、そのうち静かになる。

「そろそろ魔王なんて止めたくなった？」

「人の限界を超えて魔王とナリ、歴代魔王の中でも有数のレベルへと至ったノニ、なぜ貴様に届かぬノダ」

オレの質問には答えず、魔王が少し流暢《りゅうちょう》になった口調で愚痴を漏らした。

まあ、レベルが倍以上離れていたら、仕方ないよね。

「実力差は分かった？　そろそろ降伏しなよ」

「降伏ダト?!　一生を掛けて準備した計画が結実するその寸前で邪魔をサレ、挙げ句の果てに敵に情けを掛けられるナド！　そのような汚辱に耐えてまで生きたいとは思ワン！」

魔王が漆黒の瘴気《しょうき》ブレスを吐きながら吠《ほ》える。

「コウなれば最後の手段ヲ――」

――神喚《コール・イモータル》か。

「それを使おうとすれば容赦なくとどめを刺しちゃうよ？」

ユニークスキル「神喚《コール・イモータル》」で召喚される「魔神の落とし子」とはできれば戦いたくない。

正直なところ、魔神牢《ろう》に封印されている「何か」が解放されたパターンの方が、まだ気が楽だ。

不殺を基本姿勢にしているけど、絶対じゃない。

仲間達の安全の方が遥《はる》かに重要だ。

「貴様の焦る顔が見られるナラ、この命を賭《か》け札にしても惜しくナイ」

う～ん、魔王が自暴自棄になってしまった。本当にとどめを刺す必要が出てきそうだ。

親しく会話をした相手と殺し合うなんてストレスフルな事はできれば避けたいんだけど……。

頭を悩ませるオレの耳に、足下からよく知る声が届いた。

「賢者先生～、もう止めよう～？」

視線を足下に向けると、オレの影からタマが顔を出していた。

たぶん、忍術を使ったんだろうけど、ずっと影に潜っていたはずはないし、持ち前の勘の良さで「戦術輪話」のつなぐラインを辿《たど》ってきたと考えるのが妥当だろう。可能かどうかは別として。

「何をしにキタ」

「降伏して『ごめんなさい』、しよ～？」

タマが少ない語彙《ごい》で魔王を説得しようと頑張る。

「誰《だれ》が降伏などするもノカ」

「このままだと賢者先生、死んじゃう～？」

「それがどうした。誰もが最後はシヌ。シズカ亡き、イマ。貴様の忍術を鍛えた意味もなくナッタ。養分にならぬ貴様など、道ばたのゴミほどの価値もナイ」

「にゅ～。でもでも――」

魔王の暴言に涙を浮かべながらも、タマは説得を諦めない。

前にタマを突き放すような発言をした時は、タマの為《ため》に偽悪的に振る舞っているのかもと思ったが、今の言葉を聞く限り、彼はただの悪党と判断して良さそうだ。

「――賢者先生が死んだら、タマ悲し～」

タマがぽろぽろと透き通った涙を流す。

これだけ拒絶されたのに、まだ魔王の事を諦めていないようだ。

だが、真心が必ずしも通じるとは限らない。

「それがどうした？　貴様の涙に価値はない――いや、レベル五〇超えなら、多少の経験値にはなルカ。そこの勇者を名乗る化け物を倒すタメ、我が糧になるがイイ！」

魔王がタマの頭上に特大の落雷が降らせた。

「にゅ～」

タマを閃駆で安全圏に攫《さら》う。

その背後で、漆黒のマントのようなモノが落雷を吸い込んで無効化していた。

たぶん、あれは闇石《やみいし》の粉を使ったタマの忍術だろう。

「雑魚を潰《つぶ》す事もさせぬという事か……」

「だから言っているザマス。この規格外の化け物を倒すには、『神　喚《コール・イモータル》』しかないザマス」

緑色をした小さなコウモリが、魔王の耳元で囁《ささや》く。

あれは緑魔族の擬体《アバター》だ。オレはヒカルから借りた夢追糸車をストレージから取り出し、糸を繰り出す。

「それしかないノカ」

――やばい。

魔王が緑魔族の口車に乗りそうだ。

「説得の邪魔」

オレは誘導矢でコウモリを撃墜する。

「早まっちゃダメだよー。神　喚《コール・イモータル》を使ったホーズナス枢機卿《すうききょう》は塩の柱に変わったんだよ？」

「人の限界を超える事のできなかったホーズナスと一緒にすルナ」

「賢者先生、だめ～」

「うるサイ！」

魔王の振った腕の先から炎の奔流が現れ、オレ達を呑《の》み込まんと襲ってくる。

オレは「自　在　盾《フレキシブル・シールド》」で炎を受け流し、「氷雪嵐」で炎を相殺した。

「にゅ！」

魔王のいる周りに巨大な球形の防御障壁ができている。

しかも、勇者ハヤトのユニークスキル「無敵の盾《つらぬけるものなし》」で強化してあるようだ。

あれで神喚《コール・イモータル》の時間を稼ぐつもりか。

「タマ、離れてて」

オレは縮地で球形障壁に接近し、ストレージから取り出した試作版の竜槍《りゅうそう》で攻撃する。

青と紫の光が激しくせめぎ合い、数瞬後に球形障壁を貫いた。

「——マジか」

球形障壁の内側にはさらに球形障壁がある。

魔王は幾枚もの球形障壁を重ね、それぞれ全《すべ》てに「複写模倣《コピー・ペイジヤーリズム》」でコピーした「無敵の盾《つらぬけるものなし》」を掛けて強化してあるようだ。

積層化された球形障壁の向こうで、魔王の足下に暗紫色の魔法陣が現れている。

あれは「神喚《コール・イモータル》」の為の召喚陣に違いない。

「タマ！　オレの近くに！　安全圏に送り返す」

「でも～」

オレは試作竜槍で球形障壁を破壊するのを繰り返す。

いつもは素直なタマが珍しい。

「後は任せろ」

「……あい」

こくりと頷《うなず》いたタマをユニット配置で自軍エリアへと転送する。

魂殻花環もなしにユニット配置を使ったのがバレたらアリサに怒られそうだが、今は非常事態だから許してほしい。

試作竜槍だけでは追いつかないので、リザの魔槍ドウマを改造した時に作った竜牙《りゅうが》コーティングの竜爪短剣《りゅうそう》も使ってペースを上げる。

——やばい。

暗紫色をした光の柱が天に伸びていく。

召喚が最終段階だ。

あと数枚——。

「もう間に合わないザマス。『神 喚《コール・イモータル》』は成されたザマスよ」

緑魔族のものらしきヤモリ型アバターを、球形障壁を破壊する手を止めずにレーザーで消滅させる。

せっかく伸ばした糸が切れたが仕方ない。

「あと一枚！」

最後の球形障壁を目前にした時、それは内側から弾《はじ》けて消えた。

光柱の中を漆黒の何かが降りてきて、魔王がそれに手を差し伸べる。

——小さい？

魔王の掌《てのひら》に収まるような小ささだ。

しかも薄い。まるで漆黒の羊皮紙に見える。

「……な、なんだこレハ」

羊皮紙の上に魔法陣が現れ、影絵のような女の子っぽい姿が浮かび上がる。

『召喚システムをご利用いただきありがとうございます——本エリアはサービスの対象外の為、召喚リクエストをキャンセルさせていただきました。利用料金の徴収も行われませんのでご安心ください。今後ともサービスエリアの拡充に努めて参りますので、ご了承ください』

影絵の女の子が音声合成ソフトのような声と抑揚で、神代語の長台詞《ながぜりふ》を読み上げた。

魔神が仕込んだものなんだろうけど、携帯のサービスエリアみたいな扱いはどうかと思う。

まあ、「魔神の落とし子」が降ってこないのは大歓迎だけどさ。

「あー、やっぱりハズレだったザマス」

下級魔族が転移で現れた。

またしても緑魔族のアバターだ。

「ハズレとはどういう事ダ！」

「そのままの意味ザマス。次に期待ザマスね」

緑魔族のアバターが短い手で魔王の肩をポンッと叩《たた》く。

「次ダト？　既に神喚《コール・イモータル》は失われレタ！　私に次の機会などなイワ！」

魔王が血涙を流しながら地団駄を踏む。

腹立ち紛れに羊皮紙を破ろうとするが、いかに力を込めようと魔王の爪《つめ》で引き裂こうとしても綻《ほころ》び一つ生まれない。

「無駄ザマス。それは不壊属性付きザマスよ」

緑魔族の言葉を聞いた魔王が、それを丸めて地面に叩き付けた。

「あー、それはまずいザマスよ?」

「それはどういう――」

魔王が問いを発する途中で、地面が漆黒に染まった。

オレは反射的に閃駆を使う。魔王も閃駆を使おうとしたようだが、地面に埋没した足が抜けずに出遅れた。

――げっ。

漆黒に染まった地面から、無数の手が魔王に伸びる。

危機感知スキルが教えてくれる。あれは「魔神の落とし子」にも匹敵するヤバイ奴《やつ》だ。

「ぬぉおおおおおおおおおオオ」

どれもシルエットだけだったが、人の手、獣の手、魚の鰭《ひれ》、蜥蜴《とかげ》の手、鳥の足、昆虫の足といった様々な形をした手足が魔王を掴《つか》んで地面に引き摺《ず》り込む。

「賢者!　手を伸ばせ!」

助ける価値なんてない相手だが、こんな奴でも死んだらタマが悲しむ。

伸ばしたオレの手を掴もうとした魔王だったが、すんでの所でオレの手を振り払った。

「貴様の助けなどいラヌ!」

魔王は無数の手を排除するよりもオレを除く事を優先した。

オレの「理力の手」を闇《やみ》魔法で払いのけ、近付けないように数多《あまた》の攻撃魔法でオレを攻めた。

「私は人類の限界を超えた存在ダ！　私は賢者！　私こそが賢者！　賢者ソリジェーロなノダ！」

閃駆で攻撃魔法をくぐり抜けようとしたが、それが決して間に合わない事はオレにも分かっていた。

目の前で無数の手足に搦《から》め捕られた魔王が、地面の奥へと呑み込まれて消えた。

漆黒の地面も潮が引くように元の砂色に戻っていく。

「一族再興を望んだ猿の末路は憐《あわ》れザマス」

緑魔族のアバターが魔王の消えた大地を見下ろして嘲《あざけ》る。

今すぐにでも倒してしまいたいが、まだ聞きたい事がある。

「さっきのはなんだ？　魔王はどこに連れて行かれた？」

「おやおや、口調が違うザマスよ？」

緑魔族はもったいを付けるようにパタパタとオレの周囲を飛び回った後、続きを口にした。

「あれは魔神様が置いた牢番ザマス。魔王は今頃《いまごろ》、本物の『魔神牢』の中で他《ほか》の囚人達と地獄のフルコースを楽しんでいるザマスよ」

魔神牢の封印を解こうとしていた賢者が、魔神牢の囚人になるなんて皮肉もいいところだ。

◆

「今回はこれで終わりザマス」

緑魔族が勝手な事を言う。

「牢番《ろうばん》が起きた以上、あと百年は近寄れないザマスね。不用意に近寄ったら、封印を解くどころか猿の二の舞ザマス」

魔族の言葉なんて、どこまで信じられるか分からないが、さっきの「手」を見る限り、あながち間違っていない気がする。

「今回はお前の勝ちザマス」

緑魔族がオレを嘲るようにパチパチパチと拍手をする。

「でも、次は譲らないザマスよ。次は物量と多方面作戦でお前の裏をかいてやるザマス」

「オレも言っておく。お前に次はない」

緑魔族が下級魔族のアバターで現れた時に、夢追糸車を使っていた。

オレは糸を手繰り、糸の先端にある極小の刻印板を目指して「帰還転移」する。

目の前には巨大な魔法装置に身体《からだ》を結合した緑魔族がいた。

「ど、どうやってここを突き止めたザマスか!」

時間稼ぎをしようと緑魔族が騒ぐが、千載一遇のチャンスを逃す気はない。

オレは転移前に既に準備を終えている。

「チェック――」

漆黒の神剣を光より速く振り抜く。

「――メイトだ」

勝利の宣言《チェックメイト》を終える前に緑魔族の命運は尽き、パリオン神国や様々な国々を混沌《こんとん》へと導いていた諸悪の根源は黒い靄《もや》となって消えた。

エピローグ

〝サトゥーです。世の中、上手《うま》くいかない事も多いですが、それでも家族や友人が傍《そば》にいれば乗り越えられる事も多いと思うのです。くさくさせずに前向きに頑張るのが一番ですよね。〟


「悪の巣窟《そうくつ》としか言えない場所だな……」

ＡＲ表示されるログで緑魔族の討伐を確認した後、オレはようやくゆっくりと緑魔族の拠点を見回す余裕ができた。その感想が今の言葉だ。

奇妙に有機的なラインをした金属質な素材でできた構造物が広大な空間に広がっていた。

緑魔族がつながっていた巨大な魔法装置は、緑魔族を失った事で壊れたようで、生き物であるかのように急速に腐って崩れていく。

「下級魔族が何体かいるかな？」

全マップ探査の魔法でマップ内の敵が分かったので、「誘導矢《リモート・アロー》」や「光線《レーザー》」の魔法で殲滅《せんめつ》する。

視界の隅でログが凄《すご》い速度で流れ始めた。

マップ内の敵を全て殲滅したから、「戦利品の自動回収《オートマチック・ルート》」の発動条件を満たしたのだろう。

ちらっと見てみたが、瘴気《しょうき》を集めた壺《つぼ》や装飾品、魔族を召喚する卵や人を魔族に変える短角《ショートホーン》や長角《ロングホーン》といった碌《ろく》でもないアイテムばかりだ。緑魔族フォルダを作って、そこに凍結しておこう。

オレはログが止まったのを確認して外に出る。

「――領外か」

帰還転移《リターン》で届いたから、パリオン神国内だと思い込んでいた。

パリオン神国の南関門領に隣接する魔物の領域の一つのようだ。

「ここは破壊しておくか」

魔族達が再利用しようとするかもしれないし、オレは鋳造聖剣に充填《じゅうてん》してある魔力を吸い出しつつ、威力の高い爆裂魔法「爆裂《エクスプロージョン》」を連打して地下構造物を完膚なきまでに破壊した。

再調査するかもしれないし、この場所にマーカーを付けておこう。念の為《ため》だ。

マップ内に同じような拠点がないかだけ確認してから、オレは仲間達の下へと戻る事にした。

◆

「――タマ」

タマを避難させた仮設拠点に行くと、膝《ひざ》を抱えたタマがパッと顔を上げた。

「ご主人様～」

オレを見つけたタマがトテトテと歩み寄る。

「賢者先生は……ダメだった～？」

「賢者なら、牢番に捕まって魔神の牢獄に入れられちゃったよ」

目に涙を浮かべて問いかけるタマの頭をぐりぐりと撫《な》でて事実を伝える。

「にゅ～？」

タマが首を傾《かし》げる。

今一つ意味が伝わっていなかったようだ。

「ちゃんと生きているって事さ」

「にゅ！」

タマが目元を拭《ぬぐ》ってオレを見上げた。

「また会える～？」

「う～ん、どうだろう。面会はできないから、出所するまでは無理かな」

「残念～」

タマはしょんぼりとしたが、笑顔になってくれたので良しとしよう。

『ご主人様、タマが行方不明なの。そっちに行ってない？』

アリサから「無限遠話《ワールド・フオン》」が届いた。そういえば魔王との戦闘中に「戦術輪話《タクテイカル・トーク》」が解けていたっけ。

『来ているよ。怪我《けが》はないから安心して。こっちは終わったから、今から連れて帰るよ』

『そっか、良かった。聖都の避難は終了して、都市内に魔族の残党がいないか神殿騎士達が調査に行っているわ。民間人の被害はあるけど、死者はいないみたい』

『それは不幸中の幸いだね』

『うん、魔王が暴れても被害が少ないのは神のご加護だって言って、パリオン神や勇者に感謝の祈りを捧《ささ》げていたわ』

宗教国家らしい反応だ。

『そうだ。聖都に戻るなら、大聖堂に隠れてくれない？』

『構わないけど、変な注文だな』

『枢機卿《すうききょう》や聖女のお婆ちゃんが、自分達の命を救ってくれたご主人様を救助に行くって聞かなくてさ。神殿騎士の一部隊を大聖堂に送っちゃったのよ』

老聖女は純粋に恩返しだろうけど、枢機卿は交易搦《がら》みの話が流れたら困るからかな？

『分かった。それじゃ、大聖堂で待ってるよ』

オレは通話を終え、タマを連れて聖都へと数度の「帰還転移」で戻った。

転移先は大聖堂から少し離れた場所だったので、そこからはストレージから取り出した透明マントを着て天駆で大聖堂に向かう。

大聖堂の周囲を神殿騎士達が調査していたので、砕けたドーム部分から中に入り、適当なタイミングで「偽装」スキルで服や顔を汚してからタマと二人で大聖堂の外へと出た。

「ペンドラゴン卿！」

「ご主人様！」

アリサ達が来ていたのは知っていたが、枢機卿まで一緒に来ているとは思わなかった。

「ご心配をおかけして申し訳ありません」

「無事で良かった！　命の恩人が生き埋めのままでは格好が付かんからな」

枢機卿がふんぞり返って言う。

『あんな事を言っているけど、さっきまでご主人様を絶対に助け出せって、必死な顔で部下達に命じていたのよ』

アリサが笑いをこらえながら遠話《テレフォン》で教えてくれた。

どうやら、賢者との戦いに割り込んだ事を少しは感謝してくれていたらしい。


「お兄ちゃん」

輿《こし》に乗せられた老聖女までやってきた。

「聖女様！　まだ聖都内は危のうございますよ」

「大丈夫よ、ドーちゃん。神様が大丈夫って教えてくれたから」

輿が地面に下ろされ、「うんしょ」と幼い掛け声を呟《つぶや》きながら老聖女が地に降り立つ。

「ありがとう、お兄ちゃん。神様が『ありがとう』って伝えてって」

老聖女が天に両手を掲げながら告げると、天から雪のように青い光が降ってきた。

勇者ハヤトが魔王を討伐した時や日本へ帰還する時にパリオン神が降らせた光に似ている。

「あれは！」

「大変」

アリサとミーアも同じ連想をしたのか、オレの足にヒシッと抱きついた。

オレはそんな二人の頭を笑顔で撫でる。さすがに有無を言わせずに日本へ送還される事はないと思うよ。

――ありがとう。

感謝に満ちた幼い声が心に届く。

>称号「パリオンの認めし者」を得た。
>称号「パリオンの証《あかし》」を得た。
>称号「パリオンの使徒」を得た。
>称号「祝福：パリオン神」を得た。

どうやら、パリオン神国でのミッションは終わったようだ。

色々とゲットした称号を順番に眺める。

最初のはともかく、二番目は意味がよく分からないし、三番目の使徒なんてなった覚えがないので削除してほしいくらいだ。最後の祝福とやらは、確か勇者ハヤトも持っていたはずだ。公都のテニオン神殿で洗礼を受けた時は弾《はじ》かれたのに、こちらは問題なく得られたらしい。

「おお……」

青い光が消えてようやく、呻《うめ》き声も出せずに固まっていた枢機卿達が動きだした。

「先ほどのはパリオン神の聖光に違いない！」

「勇者でもないペンドラゴン子爵が、パリオン神から直々に祝福が与えられたぞ！」

「新たなる聖人の誕生だ！」

老聖女以外には予想外の出来事だったのか、神殿騎士達が片膝《かたひざ》を突いて天に祈り、枢機卿や他《ほか》の神官達も感涙を流しながら祈りを捧げている。

「パリオン神から直接祝福が授けられるとは！」

「聖人の誕生を祝わねばなりません！」

枢機卿と側近が妙な盛り上がりを見せ、「所用ができた」と去っていった。神殿騎士達も枢機卿を追いかけていく。特殊な形でパリオン神の神託を行った老聖女は疲れて眠ったようで、従者達が輿に乗せて聖女宮へと連れて行った。

周りに人がいなくなったので、ようやくオレ達は互いの無事を祝う事ができた。

「タマ！　勝手にどこかに行ってはいけませんと教えたでしょう！」

「そうなのです！　ポチはとってもとっても心配したのですよ」

「ごめんなさい～」

リザとポチの前でタマが平身低頭で謝っている。

「ようやく平和になった感じ？」

「そうだね」

魔王の脅威は去ったし、魔族も当分はちょっかいを出してこないはずだ。

パリオン神国は復興で大変だろうけど、資材調達や金銭面で助力するので頑張ってほしい。

ここは現地の人に任せるとして、オレ達は「才渡り」から助け出した人々の下へと行く事にした。

◆

「エルフ様！　アリサ先生！」

魔法教室の子供達――ジムザとアブルがミーアやアリサと再会を祝う。

「貴族様！　おいらだよ！　ライトだ！」

ライト少年が人混《ひとご》みの向こうから、ぶんぶんと手を振りながらやってくる。

「――ライト？」

近くでライト少年の名前に反応した人がいる。

伸び放題の髪と髭が顔の大部分を隠しているが、僅《わず》かに見えるザラザラした砂色の素肌が、ライト少年と同じ砂人の特徴を表していた。

「ライト！」

その男性が人混みを掻《か》き分けてライト少年の方へと必死に近寄る。

「え？　おっちゃん誰《だれ》？」

「俺だ！　ライトぉおおおお！」

男性が髪の毛を手で掻き上げた。

「父ちゃん！　父《どう》ぢゃんんんんん」

ライト少年が人々の上によじ登るようにして、人混みを掻き分けて父親の方に走っていく。

「父《どう》ぢゃん、本当に父《どう》ぢゃんだあああ」

「ライト！　ライドォオオオオオ！」

ライト少年と父親が涙と鼻水で顔をぐしゃぐしゃにしながら抱き合って再会を祝う。

ＡＲ表示されるライト父の名前を見て驚いた。

「ユウサクさん？」

「ああ、ぞうだ。あんだ、誰だ？　会っだ事あっだが？」

ライト少年からはイユースァクと聞いていたが、本当はユウサクと言うらしい。彼は魔王シズカが言っていた転生者の一人だ。

彼からはもう少し色々聞きたいが、今はライト少年との再会を堪能《たんのう》してほしいと思う。


「――若様」

声に振り返ると、大きな背負い袋と二つのズダ袋を持ったピピンがいた。

「最下層の鉱山区画で働かされていた奴《やつ》らも助けてあるぜ」

「ありがとう、ピピン。それはクロ殿に頼まれた犯罪の証拠かい？」

「ああ、量が多くて困ったぜ」

「それなら、これを貸してあげるよ」

オレは格納鞄《ガレージ・バッグ》から取り出した小容量の「魔法の鞄《マジック・バッグ》」をピピンに渡す。

ストレージにたくさん死蔵してあったんだよね。

「おっ、助かるぜ」

「気にしないでいいよ。今回はオレ達も色々と世話になったからさ」

むしろ、クロとして任務を依頼する時に、「物質転送《マテリアル・トランスファー》」の魔法で「魔法の鞄」を支給しておくべきだった。

「賢者の野郎はどうなった？」

「大聖堂で暴れ回って大変だったよ。勇者ナナシ様が助けに来てくれなかったら危なかった」

「勇者様が来たのか。なら、大丈夫だな」

気のせいか、ピピンの忠誠度がナナシよりクロの方が大きい気がする。

まあ、どっちもオレだから別にいいか。

「才渡りの儀式に参加していた奴らだが、大半はまだ賢者の野郎を信じたままみたいだぜ？」

経験値工場で強制労働させられていた人達でさえ、何割かは賢者を信じたままとの事だ。

賢者は精神魔法を持っていたから、それと人心掌握術を併用して人々を心酔させていたんじゃないかと思う。

とりあえず、食事と休息を与えた後、賢者に愛想を尽かした人達や保護を求める人達を最寄りの街まで連れて行って、身を寄せる先がある者はそこまでの旅費を与え、途方に暮れる者は西関門領のエチゴヤ商会の支店で雇ってやればいいだろう。

これからシガ王国とパリオン神国の貿易の拠点を作るんだし、働き口は山ほどあるだろうからね。賢者を信じたままの人達のケアは、枢機卿を始めとしたパリオン神国の人達に頑張ってもらうとしよう。そのままだと賢者の後継者を詐称する連中が出てきた時に、食い物にされかねないからね。

◆

「——シズカ」

人々を夜営地で落ち着かせた後、オレ達は蜃気楼《しんきろう》都市へとやってきていた。

「法皇の様子はどうだい？」

「お爺《じい》ちゃんなら寝かせてあるわ。まだ意識は戻っていないけど、呼吸は落ち着いているし、もう大丈夫だと思う」

家屋の一つで法皇の看病をしていた魔王シズカが振り返る。

「それで、そっちの子達は？」

魔王シズカが入り口の方を指さす。

そこにはトーテムポールのように顔を覗《のぞ》かせた仲間達がいた。

黄金鎧《よろい》を着込んでいるので少しシュールだ。外で待っているように言ったのだが、中の様子が気になって覗いていたのだろう。

「入っておいで」

オレが手招きすると、年少組を先頭に年長組が続いて入ってきた。

「あなたのハーレム？」

「オレの仲間だよ。家族みたいなものかな？」

女性ばかりの仲間達を見て魔王シズカが誤解したので、正しい情報を伝えておく。

「とりあえず、自己紹介といこう」

オレは勇者ナナシの装束を解く。

『ちょ、ちょっと正体を見せていいの？』

驚くアリサが遠話で突っ込んできた。

『大丈夫だよ』

魔王シズカが賢者や魔王信奉者に与《くみ》する事はないし、むやみに噂《うわさ》を吹聴《ふいちょう》するタイプじゃない。

それに魔王である彼女の信頼を得る為《ため》には、正体を明かしてこちらの弱みを握らせてやるのが一番な気がするんだよね。

オレは魔王シズカに顔を向ける。

「オレはサトゥー・ペンドラゴン子爵。シガ王国のムーノ伯爵の家臣で、観光副大臣をしている」

「ペンドラゴン？　観光副大臣？」

この世界にふさわしくない単語に、魔王シズカが引っかかっていた。

「わたしはアリサ。あなたと同じ転生者よ」

オレに倣ってアリサもベールと金髪のカツラを取って紫髪を見せながら変なポーズで自己紹介し、

他の子達もそれに続く形で兜《かぶと》やベールを取りながら順番に自己紹介をした。

アリサが変なポーズをしたせいか、年少組やナナがそれをマネし、リザやルルまで恥ずかしがりながらも決めポーズをしていて可愛《かわい》かった。恥ずかしがるリザの姿はなかなかレアだ。

「私はシズカ。魔王よ」

「「「——魔王！」」」

シズカの名乗りに、リザやナナが超反応し、アリサ以外の他の子達も戦闘態勢を取る。

「待って、待って！　この子は大丈夫よ！」

アリサが慌てて両者の間に割って入った。

殺意を向けられた魔王シズカの方は「この子？」と言って首を傾《かし》げている。

「ですが、アリサ。魔王は倒すべき相手では？」

「違うってば」

困惑するリザをアリサが説得する。

「私も倒すべきだと思うけど？」

そんな事を言うのは当の魔王シズカだ。

「もう！　人ごとみたいに言わないでよ！」

「魔王になったら、もう戻れないわ。あいつも瘴気《しょうき》が回収できて便利だとか言っていたし」

魔王シズカが鬱々《うつうつ》とした顔で下を見る。

彼女に言われて瘴気視で確認したが、確かに彼女の身体《からだ》からうっすらと瘴気が漏れている。

魔王化したからか、あるいは魂の器が壊れたせいだろうか？

――おや？

エリクサーを飲ませた法皇の身体からは、瘴気が漏れていない。

「ちょっとこれを飲んでみてくれ」

「分かった」

魔王シズカがオレの渡したエリクサーを躊躇《ちゅうちょ》なく飲み干した。

相変わらず躊躇《ためら》いがない。

「――くうぅっ」

魔王シズカの身体に沿って幾枚もの魔法陣が現れて、その身体や魂を修復していく。

彼女の身体から漏れていた瘴気が消えていく。

「もしかしてエリクサー？」

「そうだよ」

肩で息をする魔王シズカに答え、彼女の身体を観察する。

しばらく待っても、再び瘴気が漏れ出す様子はない。

「ミーア」

「ん、大丈夫」

瘴気に敏感なミーアも、こくりと頷《うなず》いてくれた。

シズカの称号は相変わらず「魔王」だ。少し期待したのだがエリクサーを飲ませたくらいで、魔王の称号が取れる事はないらしい。

「これで瘴気が漏れる事はない。人里で暮らしても、周りの人達や農作物に悪影響はないよ」

「そう、ありがとう」

魔王シズカはあまり嬉《うれ》しそうじゃない。

「余計な事だったかな？」

「農作業に影響がないのは嬉しいけど、人里は苦手なの。前世も取り替え子《チェンジリング》として生まれた今世も、他人には碌《ろく》な思い出がないから」

「ポチも『取り替え子』なのです！」

「タマも〜？」

ポチとタマが元気良く告げる。

「あなた達も？」

「あい！」「なのです！」

魔王シズカが眩《まぶ》しそうな目で二人を見る。

「この子達を見ていると、もう一度、ちゃんと生きようって思えるわ」

「行きたい場所があるなら送ってあげるよ」

「まだ、人の中で暮らすのは抵抗があるから、どこか知らない街の近くに、小屋でも作って暮らすわ。どこかいい場所はある？」

魔王シズカは故郷には戻りたくないらしい。

「秘密基地」

ミーアがぽそりと呟《つぶや》いた。

「あー！　あそこならいいわね！」

「ん、清涼」

アリサとミーアが笑顔で頷き合う。

「――秘密基地？」

「精霊溜《だ》まりにある拠点だよ」

魔物だった足長蜘蛛蟹《ロングレッグ・スパイダー・クラブ》が幻獣になるくらいだし、魔王シズカから「魔王」の称号が外れるかもしれない。

魔王シズカも乗り気だったので、「帰還転移」を繰り返して秘密基地へと移動した。

「――綺麗《きれい》な場所」

朝日に照らされた秘密基地の風景を見て、魔王シズカが感嘆の吐息を漏らす。

秘密基地は居住性をあまり考えていなかったので、池の畔《ほとり》に複合魔法の「家作製《クリエート・ハウス》」で別の家を作る事にした。

「家を建てるなら、この辺りがいいかな？」

魔王シズカに確認する。

「そうね――もう少し、そっちの大きな木の近くがいいわ。小屋は自分で建てるから、工具を貸してもらえるかしら？」

「日曜大工用の工具はもちろん用意するけど、家はオレが建てるから大丈夫だよ。こんな感じでいいかい？」

オレは光魔法の「幻影《イリユージョン》」で家のサンプル画像を表示してみる。

森の中にある魔女の家〔イギリス風〕みたいな感じのイメージにしてみた。

「可愛い。もう少しドイツ風がいいかな？　こんな感じの窓で、入り口はこんな感じ」

魔王シズカが適当な棒で地面をひっかいて絵を描く。なかなか上手《うま》い。

「おう、ぐれいと〜？」

「とっても上手なのです！」

絵を見たタマとポチが興奮する。

オレは魔王シズカの絵を参考にイメージ映像を修正した。

「うん、そんな感じ！　中はこんな風なのがいいのよね」

地面にさらさらと絵を描いていく。思ったよりも具体的だ。

「シズカたんは漫画家さんだったの？」

「商業じゃなくて同人。界隈《かいわい》ではけっこう有名だったのよ」

魔王シズカがちょっと自慢げに言う。

「アリサちゃん、腐女子仲間が増えたね」

「だ、誰《だれ》？」

魔王シズカが秘密基地から姿を見せたヒカルに驚いた。

「私はヒカル。サトゥーの幼なじみよ。よろしくね！」

「よ、よろしく」

「私は読み専だったから、描き手が来てくれて嬉しいわ！」

魔王シズカの手を取ったヒカルがぶんぶんと振る。

「わ、分かったから手を離して」

ヒカルの勢いにタジタジになった魔王シズカが、ふらふらとこちらに来る。

「な、なんで？　どうして、さっき設計したばかりの家が建っているの？」

「外側だけだよ。内側はベッド以外は最小限しかないから、ヒカルと王都で揃《そろ》えてきてくれ」

ヒカルと一緒なら、王都で買い物をしても大丈夫だろう。

念の為、ヒカルと一緒でしか王都への転移鏡を使えないようにしておくけど、しばらくしたら彼女だけでも転移鏡を使えるようにしてやりたい。ヒカルとつながる緊急報知器を渡しておけば、非常時も大丈夫なはずだ。

「サトゥー、あなたはいったい？」

魔王シズカが呆然《ぼうぜん》とした顔をオレに向けてきたが、どう答えていいのか迷ったので、日本人らしく笑顔で誤魔化《ごまか》した。

「中に入ってもいい～？」

「ポチも中が気になるのです！」

「ど、どうぞ」

許可を貰《もら》った仲間達が楽しそうに入っていく。

「理想の家……」

魔王シズカは仲間達と一緒に入らず、外観を眺めて感慨にふけっている。

「ここで愛人として囲われちゃうのかしら？」

魔王シズカの独り言を聞き耳スキルが拾ってくる。

「ショタの愛人。犯罪っぽいけどそれはそれでありね」

アリサと気が合いそうな内心が漏れていたが、聞こえなかった事にしよう。

新居の使い心地を試す意味を込めて、今日の朝食は魔王シズカの手料理となった。ルルやリザの手伝いは受け入れてくれたが、オレが厨房《ちゆうぼう》に立つのは「男の子は外」と言って拒否された。ジェンダー差別は良くないと思う。

「そうだ、ヒカル。糸車をありがとう。お陰で緑の上級魔族が倒せたよ」

「え？　本当に？」

ヒカルが目を白黒させて驚いた。

「あの逃げ足が速い『緑』をよく追い詰められたわね」

「あいつの気を逸《そ》らせる出来事が色々あったお陰だよ」

オレはヒカルに礼を言い、「夢追糸車」を彼女に返す。

「これでミッチーも天国で満足してるよ」

ヒカルが夢追糸車を作った魔法道具師の名前を挙げて頷いた。

「お待たせしました。朝ご飯ができましたよ」

ルルとリザが大きなお盆を持って家から出てきて、庭先に作ったテーブルに料理を並べていく。

一人暮らし用に設計した家だから、この人数が入れるほど食堂が広くなかったんだよね。

いつものようにアリサの「いただきます」の合図で朝食が始まる。

そこまではいいんだけど——。

「へー、世界が違ってもジャンルの流行《はや》り廃りはそんなに変わらないのね」

「作品名はけっこう違う感じね。シズカさんはどの系統が好き？」

「わりと何でもかな？　ガチムチ系や陵辱系は少し苦手。スーツ萌《も》えだからオフィス系恋愛モノや上司部下ＢＬも好きかな。お姉ショタ系は手を出し始めたところだから浅めね」

「うんうん、よきよき」

ヒカル、魔王シズカ、アリサの三人が同人話で盛り上がっていた。

他《ほか》のメンバーにはよく分からないようで、頭の上にハテナマークを浮かべている。

オレは仲間達を促して魔王シズカの手料理に箸《はし》を付けた。彼女の料理の腕は絶品と言うほどではないが、料理スキルなしとは思えないほどの腕前だ。

「自分で描く方も同じジャンル？」

「そっちは全年齢がほとんどなの。前世は二十歳で終わっちゃったから」

「そっかー、シズカさんのいた日本にも、あれあった？　えっと正式名はなんだっけな〜」

「——二十歳？」

アリサが何かダメージを受けていた。

ヒカルと魔王シズカはそれに気付かずにコアなトークを繰り広げている。

朝食が終わっても語り足りない様子だったので、後の事をヒカルに任せて、オレ達はパリオン神国へと戻った。

◆

「聖都パリオンの人々よ！」

勇者ナナシの姿になったオレは、大聖堂上空から演説していた。

蜃気楼《しんきろう》都市から回収したザーザリス法皇は、聖女宮の老聖女に預けてある。彼女なら善良だし、パリオン神国のナンバー2であるドーブナフ枢機卿《すうききょう》とも親しいから上手くやってくれるだろう。

「ザーザリス法皇に化けていた邪悪な魔族は退治した。君達の敬愛するザーザリス法皇は無事だ！」

オレがそう言うと、大聖堂に集まっていた人達が大歓声を上げた。

「聖下は！　聖下はどこに！」

「今は神の御許《みもと》で、魔王から受けた傷を癒《い》やしている。治療が終われば、君達の前に姿を見せるだろう」

この辺りの台詞《せりふ》は、聖女宮にいた枢機卿と打ち合わせした内容だ。

勇者ナナシの口調だと伝わりにくいので、枢機卿が用意した台本を読み上げる形になっている。

「聖下が魔王に変じたと誰かが言っていたぞ！」

誰かが叫んでいたが、周りにいた人達に「不敬だぞ！」とか「お前は魔王信奉者か！」とか言われながら袋だたきに遭っていた。

「信徒達よ！」

オレに代わって枢機卿の演説が始まった。

それを聞き流しつつ、パリオン神国の今後について少し考える。

魔王化の影響で法皇が復帰するのは絶望的だと思う。法皇が回復次第、人々に顔を見せて安心させた後に引退し、北関門領にある風光明媚《ふうこうめいび》な館《やかた》で余生を送る事になるらしい。

新しい法皇は司祭以上の聖職者による投票で決める事になると枢機卿が言っていた。それまでは枢機卿が法皇の代理を務めるそうだ。

神殿騎士団長に就任した聖剣使いのメーザルト卿は枢機卿を支持していたし、枢機卿の法皇就任は確実視されている。

なお、サトゥーを聖人の列に加えるという名誉ある申し出は固辞した。枢機卿はまだ諦《あきら》めていないような感じだったが、謹んでお断りさせていただきたい。

「魔王の脅威は去った！　これからは国の再興に努める事が聖下の、ひいてはパリオン様の御心に適《かな》うと知れ！」

枢機卿が号令し、神官達の指揮の下、人々が復興作業を始める。

オレはパリオン神国の人々に手を振って、仲間達が待つ西関門領へと向かった。

「お帰り、ご主人様」

アリサ達は西関門領前の大きな商館にいた。

窓から身を乗り出すアリサ達に手を振り返し、商館の入り口に向かうと見知った顔がオレを迎えてくれた。

「よう、若様。遅かったな」

「ピピン——という事は、ここはエチゴヤ商会の支店なのか？」

シガ王国の王都にある本店と変わらないサイズの立派な商館に思わず疑問形で尋ねてしまった。

「子爵様！　ようこそエチゴヤ商会パリオン神国支部へ！」

エチゴヤ商会の幹部娘——改め支店長のメリナが笑顔でオレを出迎えた。

支店長になったからか、いつもの幹部服ではなく支配人が着ているのに似た服を着込んでいる。

「こんにちはメリナさん。ずいぶん立派な建物ですね」

「うふふ、子爵様のお陰です！　枢機卿閣下に口利きしてくださったんでしょう？　お陰で、こんな一等地に店を構えられて、武者震いが止まりませんよ！」

なるほど、枢機卿が手を回してくれたのか。彼には何かお礼をしないとね。

前にピピンが押さえた物件は、現地のアンテナショップとして使うそうだ。

「ご主人様、連れてきた人達は全員エチゴヤ商会で雇ってくれるって」

二階から下りてきたアリサが教えてくれた。

「うふふ、元々こちらで人を雇う予定でしたから」

メリナはそう言うが、あれだけの人数をいきなり雇うのは大変だったに違いない。

今晩にでも、シガ王国の貿易都市タルトゥミナに集積してある交易品を何割か、クロの姿で運んでやろう。商材があれば西関門領の商人達との交流もできるだろうし、大量雇用して支出が増えた帳簿も赤字も出さずに済むはずだ。

「ご主人様、ニルボグの研究もエチゴヤ商会さんでやってくださるそうです」

「上手くいけば、炊き出しの費用も削減できますから」

礼を言うオレとルルに、支店長のメリナは気にしないでくださいと照れ笑いをする。

ニルボグが美味《おい》しく食べられるようになってパリオン神国の食卓が豊かになったら、ガボの実も研究してもらおうかな？

メリナとの会話が終わったタイミングでピピンが話しかけてきた。

「若様はまだこっちにいるのか？」

「ああ、内海沿いを観光しようと思っている。ピピンはもうシガ王国に戻るのか？」

「俺はクロ様の命令で西方諸国を巡って支店設立準備さ。まったく人使いが荒いぜ」

そう言いながらもピピンは楽しそうだ。

今回は十分な資金も渡したし、ピピンの他にもエチゴヤ商会の支店長候補が何人か同行する事になっている。パリオン神国の支店設立準備よりは負担が減っているはずだ。

「旅先で会ったら飲もうぜ」

「ああ、その時は奢《おご》るよ」

オレはピピンと握手を交わし、彼の出立を見送った。

「ご主人様、ライト君がご主人様に話があるって」

忙しそうなメリナと別れ、アリサに連れられてライト少年達がいる場所へと向かう。

「――貴族様。おいら達、やっぱり故郷に帰るよ」

ライト少年があっさりした口調で告げる。彼と転生者である父親のユウサク氏をエチゴヤ商会に勧誘したのだが、断られてしまった。

「やっぱり、残った方がいいんじゃないか？」

「何言ってるんだよ、父ちゃん！　一緒に母ちゃんの墓参りするって約束しただろ！」

父親のユウサク氏はエチゴヤ商会の仕事に未練があるようだ。

「気が向いたら、またここを訪ねるといい。支店長のメリナさんにも言っておくよ」

「うん、分かった！」

ライト少年が元気に答え、ユウサク氏がほっと安堵《あんど》の吐息を漏らした。

「ユウサクさんはダイゴ君とチナツちゃんの二人をご存じですか？」

「いや、知らねぇ。日本人っぽい名前だけど、そいつらも転生者か？」

ユウサク氏とは時期が違ったようだ。

二人ともせっかちな性格なのか、翌日には駱駝《らくだ》に乗って西関門領を出発していった。

なお、ダイゴ君とチナツちゃんの二人は北関門領にある崩れ落ちそうな修道院に幽閉されていたので、幽霊のような顔をした院長に小金を握らせて助け出した。適当に死亡したと記録しておいてくれるらしい。

どちらも、衰弱して死にそうだったので、下級エリクサーで癒やして魔王シズカの家に届けて看病を頼んだ。幼い二人を抱きしめて涙を流す姿が印象的だったよ。


パリオン神国関係の仕事だが、実はもう一つ実行した。

貧困対策だ。ニルボグを美味しく食べる為《ため》の研究をエチゴヤ商会に丸投げした事で、一定の義理は果たしたと思っていたのだが、床に就いた時にもっと根本的な解決策があるのに気付いたのだ。


「まさか、こう来るとは……」

アリサの視線の先にはマンホールサイズの深い穴が開いている。

土魔法の「落とし穴《ピット》」を使って、マップで見つけた地下水脈まで届く穴を掘ってみたのだ。

「深い～？」

「落ちたら大変なのです」

穴を覗《のぞ》き込もうとするタマとポチが落ちないように、リザが二人の腰帯を掴《つか》んでくれている。

「でも、ご主人様。こんなに深かったら、汲《く》み上げるのが大変じゃないですか？」

「イエス・ルル。ポンプでも大変だと同意します」

「風車とかを使うの？」

「いや、もっといいモノだよ」

オレはアリサにウィンクし、マップ検索で見つけておいた涼御樹《すずみじゅ》を運んでくる。

落とし穴より遥《はる》かに太い幹をした樹齢千年くらいの大きな木だ。豊かな根が凄《すご》く長い。

「バオバブ――にしては幹が太いわね」

「涼御樹は幹の中に大量の水を蓄える木なんだよ」

魔王化した賢者と戦っている時に、切断された涼御樹から大量に水が噴出するのを偶然見た事で、その性質を知る事ができた。

「ミーア、涼御樹の根を水源まで届けるのを手伝ってくれるかい？」

「ん、任せて」

ストレージから取り出した樹霊珠をミーアに渡す。

オレは涼御樹に壷《つぼ》入りの栄養剤を振りかけ、普段は封じている精霊光を全開にする。

これで前準備は完了だ。

「ボルエナンの森のミサナリーアがパリオン神国の涼御樹に願う。樹霊珠の力を受け、地の底に眠る豊かな水源に根を届かせん事を」

ミーアが長文で涼御樹に呼びかける。

栄養剤と樹霊珠の力が涼御樹に注がれ、その根が地下水源へと凄い速さで伸びていくのを、術理魔法の「透視《スルーアイ》」を実行するオレの瞳《ひとみ》が捉《とら》えた。

「完了」

「お疲れ様」

ミーアの魔力を半分ほど消費したところで、涼御樹の根が地下水源へと届いたようだ。

「ミーア、次は水を汲み上げるように頼んでくれ」

「分かった」

魔力譲渡《マナ・トランスファー》でミーアの魔力を回復する。

「ボルエナンの森のミサナリーアがパリオン神国の涼御樹に願う。樹霊珠の力を受け、地の底に眠る豊かな水源を汲み上げて大地の渇きを癒やさん事を」

ミーアが樹霊珠を掲げて祈ると、ごうんごうんと地の底から地鳴りのような音が聞こえてきた。

「にゅ？」

「何か音がするのです」

タマとポチが涼御樹から距離を取り、仲間達がミーアと涼御樹を見守る。

「来た」

ミーアの言葉と同時に涼御樹の周囲の湿気が濃くなり、ほどなくして涼御樹の葉から水滴がしたたり始めた。

「マスター、枝が生えている辺りを見てくださいと告げます」

「水が！」

ナナが指さす先、涼御樹の上部から水が流れ落ちる。リザが驚くほどの量だ。

それは瞬く間に大地に流れ落ち、乾いた大地を湿らせていき、最終的に池と言ってもいいような水溜《みずた》まりができた。

樹霊珠の効果が切れてからは、ここまで極端な量の水が流れ落ちる事はなかったが、それでも葉からしたたり落ちる水滴は止《や》まず、パリオン神国の強烈な日差しの下でも水量を減らす事はなかった。

これなら十分に水源として活用できるだろう。

オレは日が暮れるまでの間に、勇者ナナシの姿で枢機卿《すうききょう》に相談し、特に貧困層の多い街や都市の周辺に涼御樹の群生地を作って回った。

途中からはミーアが疲労気味だったので、オレが一人で樹霊珠の作業を担当した。

けっこう大変だったけど、疲れただけの甲斐《かい》はあったと思う。

◆

「ようやく観光に戻れるわね」

パリオン神国での心配事が全《すべ》て片付いたので、オレ達は支店長のメリナの紹介で予約が取れた西関門領一のレストランにやってきていた。

「全くだ。皆《みんな》はどこか行きたい所はあるかい？」

料理を待つ間に、皆にこれからの話を振ってみる。

サガ帝国で勇者召喚の魔法陣を見学させてもらう約束があるけど、あれは別に急ぎじゃない。

どちらかというとクボォーク王国のキメラ化された人達を元に戻す方法を探すのを優先させたい

くらいだ。

ピピンが回収してくれた資料も、交易品を届けた昨日のうちに受け取って確認したが、悪事の証拠が大量に見つかっただけで、キメラ化を解くような情報はなかった。

悪事の証拠は枢機卿に届くように手配し、それ以外の研究資料や魔法書はオレがありがたくいただいて、人助けに活《い》かしたいと思う。

「ポチは侍タイショーに会ってみたいのです！」

「ポチは侍大将殿ですか、私は噂《うわさ》の剣聖様にお会いしたいですね」

「私は『千変万化の調理人』さんの料理が食べてみたいです」

ポチ、リザ、ルルは有名人に会いたいようだ。

ちなみにルルが言った「千変万化の調理人」は「変態料理人」とも呼ばれている人物だ。ルルを会わせていいのか、少し悩む。

「わたしは『賢者の塔』かな。あそこなら色んな魔法書がありそうじゃない？」

そこはオレも気になっていた。アリサの言う「賢者の塔」とは古《いにしえ》の賢者が作った塔を中心にした都市国家カリスォークの通称で、賢者ソリジェーロとは関係ない。現地では「叡智《えいち》の塔」って呼ばれているみたいだしね。

「ミーアは？」

「大音楽堂」

「ミューシア王国だっけ？」

「ん、島国」

大音楽堂はフルー帝国時代に音楽好きの皇帝が作ったもので、現在の技術では再現できない天界の音楽を聴かせてくれる場所らしい。

「私は『人形の国』が良いと告げます」

「興味」

ナナが言う「人形の国」ロドルォークはぬいぐるみとか人形作りで有名な小国だ。

パリオン神国からも近いので、港の市場で商品を何度か見かけた事がある。

「にゅ～」

タマは難しい顔で唸《うな》っている。どこかアンニュイな感じだ。

皆の心配そうな顔に気付いたタマが「肉！」と言った後、「美味しい肉がいっぱい食べられる国～？」と続けた。

「ポチもなのです！　ポチもいっぱいいっぱいいっぱいお肉が食べられる国がいいのです」

「内海には色々な国があると聞き及びます。中には私達を満足させる歯ごたえの肉があるかもしれません」

「どんな肉料理があるのか楽しみですね」

タマの言葉にポチが乗っかると、リザやルルも肉談義を続け、皆が和気藹々《わきあいあい》と食べたい肉料理の話題で盛り上がった。

「お待たせ。肉料理じゃないけど、美味しいわよ」

魚料理を持ったウェートレスがテーブルの上に美味しそうな料理を並べてくれる。

「美味《おい》しそう～？」

「ポチはハラヘリがペコペコなのですよ！」

タマとポチの笑顔が皆に伝染する。

「それじゃいただこう」

「「「いただきます！」」」

賑《にぎ》やかな声がパリオン神国の空に響く。

うん、美味しい。やっぱり美味しい料理と笑顔が旅の醍醐味《だいごみ》だよね。

西方諸国は美味しい料理が多いらしいから、今から楽しみだ。

あとがき

こんにちは、愛七《あいなな》ひろです。

この度は「デスマーチからはじまる異世界狂想曲」の第二一巻をお手に取っていただき、誠にありがとうございます！

こうして無事に巻数を重ねる事ができているのも、応援してくださる読者の皆様のお陰です。

これからも常に今まで以上の面白さを追求して参りますので、今後とも変わらぬご支持をお願いいたします。


さて、それではあとがきを読んでから買うか決める方のために、前巻のおさらいと本巻の見どころを語って参りましょう。

前巻ではシガ王国から遠く離れたパリオン神国で、勇者ハヤトとの再会を果たしました。

勇者一行を始め、聖剣使いや黒騎士、賢者といった英雄達と轡《くつわ》を並べて魔王「砂塵王」の討伐に参加し、無事に討伐を成し遂げた勇者ハヤトは使命を果たして日本へと帰還しました。

本巻はその続きから。

物語は魔王討伐後の聖都からライト少年が招かれた「才ある者」の里へと舞台を移し、「才」とは何か、「才渡り」とは何か、などの謎とともに、里に隠された秘密が徐々に明かされて行くのです。
才ある者の里では謎を追いかけるばかりではありません。

表紙で示唆されているように、才ある者の里ではタマの忍者修行パートもあります。ポチやサトゥーを交え、「普通」の忍者から忍術を学びます。サトゥー達の「普通」が、忍者達の「普通」とどう違うのか。楽しんで見ていただけたら幸いです。

サトゥー達が忍者修行を楽しむ裏側では、前巻の最後で読者に正体を明かした黒幕——賢者ソリジェーロがパリオン神国の裏側で進めていた計画が進行していきます。

WEB版とは大きく異なる流れになっているので、WEB版既読の方も安心してご覧いただけるでしょう。

賢者や緑魔族といった悪役との決着がどのようになるのか、ザーザリス法皇や聖女シズカやドーブナフ枢機卿の役割がどう変わるのか、聖剣使いの神殿騎士メーザルトに出番はあるのか、ライト少年は父親と再会できるのか、などなど色々な注目ポイント盛りだくさんなので、最後まで楽しんでいただけるかと。

もちろん、本シリーズのテーマである観光パートも健在です。

パリオン神国の港町で土産物を探しつつ土地の名産に舌鼓を打ち、観光スポットを巡ります。とある食通に招かれた食事会では、西方諸国の絶品料理の数々がサトゥーの前に。フルー帝国から連綿と続く食文化にサトゥーも大満足だったようです。

ちょい役だったピピンも、今回は色々と活躍してくれます。もちろん、エチゴヤ勢やヒカルの出番もありますよ～。アーゼさんはもう少し出番を増やしたかったかも。


謝辞の前に一つ告知を。

あやめぐむさんによるコミカライズ版「デスマーチからはじまる異世界狂想曲」の一一巻が一二月に発売される予定なので、そちらもよろしくお願いいたします。

この一一巻では、ついにセーラが登場します！

本編では長らく出番がなく、セーラロスに悩まされたセーラ推しの方もそうでない方も、ぜひご覧下さい。

原作のセーラも可憐《かれん》でしたが、コミカライズ版のセーラも、とっても素敵なのです。


では恒例の謝辞を！

担当編集のI氏とS氏、そしてボスのAさんという分厚い布陣でサポートいただきありがとうございます。盛り上げるべき箇所や表現が足りない所を適切に指摘いただける事で、物語の魅力や分かりやすさがアップしました。これからも末永くご指導ご鞭撻《べんたつ》の程をよろしくお願いいたします。

いつも魅力的なイラストでデスマ世界に色鮮やかな彩りを与えて盛り上げてくださるｓｈｒｉさんには、いくらお礼を言っても言い足りません。今回初登場のシズカのダウナーな色っぽさが素敵です。これからもデスマ世界のビジュアル面をよろしくお願いいたします。
そして、カドカワＢＯＯＫＳ編集部の皆様を始めとして、この本の出版や流通、販売、宣伝、メディアミックスに関わった全ての方にお礼申し上げます。

最後に、読者の皆様には最大級の感謝を‼
本作品を最後まで読んでくださって、ありがとうございます！

では次巻、西方諸国歴訪編でお会いしましょう！

愛七ひろ

カドカワBOOKS

デスマーチからはじまる異世界狂想曲《いせかいきょうそうきょく》　21

2020年11月10日　初版発行

著者／愛七《あいなな》ひろ

発行者／青柳昌行

発行／株式会社KADOKAWA

〒102-8177
東京都千代田区富士見2-13-3
電話／0570-002-301（ナビダイヤル）

編集／カドカワBOOKS編集部

印刷所／大日本印刷

製本所／大日本印刷

Printed in Japan
ISBN 978-4-04-073865-9 C0093

新文芸宣言

かつて「知」と「美」は特権階級の所有物でした。

15世紀、グーテンベルクが発明した活版印刷技術は、特権階級から「知」と「美」を解放し、ルネサンスや宗教改革を導きました。市民革命や産業革命も、大衆に「知」と「美」が広まらなければ起こりえませんでした。人間は、本を読むことにより、自由と平等を獲得していったのです。

21世紀、インターネット技術により、第二の「知」と「美」の解放が起こりました。一部の選ばれた才能を持つ者だけが文章や絵、映像を発表できる時代は終わり、誰もがネット上で自己表現を出来る時代がやってきました。

UGC（ユーザージェネレイテッドコンテンツ）の波は、今世界を席巻しています。UGCから生まれた小説は、一般大衆からの批評を取り込みながら内容を充実させて行きます。受け手と送り手の情報の交換によって、UGCは量的な評価を獲得し、爆発的にその数を増やしているのです。

こうしたUGCから生まれた小説群を、私たちは「新文芸」と名付けました。

新文芸は、インターネットによる新しい「知」と「美」の形です。

2015年10月10日

井上伸一郎

異世界の大賢者と
勘違いされるけど、
それ、ただの
DIYスキル！
カドカワBOOKS